Marcus Hünnebeck

ZU VIEL GESEHEN

Thriller

BE
Belle Époque Verlag

Marcus Hünnebeck
www.huennebeck.eu
https://www.facebook.com/MarcusHuennebeck

Lizenzausgabe des Belle Époque Verlags, Inh. G. Pahlberg, Wiesenstr. 7, 72135 Dettenhausen, mit freundlicher Genehmigung des Autors.

Lektorat: Ruggero Leò
Korrektorat: Kirsten Wendt
Innenlayout und Schriftsatz: Hans-Jürgen Maurer

Covergestaltung: © cover.artwize.de
Im Cover Design wird ein Bild von Shutterstock verwendet.
https://www.shutterstock.com/de/image-photo/bright-blue-eye-close-221717662

Herstellung: Custom Printing, Wał Miedzeszyński 217/1, 04-987 Warszawa, Polen

ISBN: 978-3-96357-256-2

1

Wann hatte das endlich ein Ende? Emma fühlte sich wie eine Gefangene, die immer auf der Hut war, ihren Wärter nicht zu verärgern. Vieles erledigte sie nur noch heimlich – allein das zeigte, wie falsch ihre Entscheidung vor fünf Jahren gewesen war.

»Wie krank ist das?«, flüsterte sie, als sie den Blinker setzte. »Du siehst in deinem Ehemann einen Wärter.« Sie bog vom Mittelweg ab und näherte sich ihrem Ziel. »Total krank, Emma.«

Seit Wochen, wenn nicht sogar seit Monaten, wachte sie mit demselben Gedanken auf, mit dem sie auch einschlief. *Trenn dich von ihm.* Allerdings ahnte sie, wie Andreas darauf reagieren würde. Für ihn kam eine Scheidung nicht infrage. Obwohl sie keine Kinder hatten und nicht einmal ein eigenes Haus besaßen, würde er sich querstellen und ihr das Leben zur Hölle machen.

Mit jedem Tag an seiner Seite erhöhte sich ihr Leidensdruck. Sie musste ihn verlassen, um endlich wieder frei atmen zu können.

Ohne Hilfe würde sie das allerdings nicht schaffen. Und genau deshalb war sie unterwegs. Andreas hatte sie erzählt, sie wäre auf der Geburtstagsparty einer Arbeitskollegin eingeladen. Sie hatte ihm sogar angeboten mitzukommen. Die drei Flaschen Wein im Kofferraum waren das vermeintliche Geburtstagsgeschenk. Andreas hatte auf ihren Vorschlag, den Abend im Kreis von Emmas Kolleginnen zu verbringen, spöttisch reagiert. Eher würde er sich ein Furunkel am

Hintern entfernen lassen, als sich das hysterische Geläster der Frauen anzutun. Mit der Reaktion hatte sie gerechnet. In den nächsten Stunden hätte sie Ruhe vor ihm und könnte sich seelischen Beistand für ihre Pläne holen.

Emma überquerte den Harvestehuder Weg und erreichte den Parkplatz Fährdamm an der Außenalster. An diesem Dienstagabend standen nur wenige Fahrzeuge auf dem Platz. Der schwarze Himmel deutete auf einen bald einsetzenden Regenguss hin. Emma rollte bis ans Ende und schaltete den Motor ab. Sie schaute auf ihre Uhr. Zwei Minuten vor der vereinbarten Zeit.

»Wenn er hiervon erfährt, bringt er mich um«, sagte sie leise.

Aber es wäre schon ein verdammt großer Zufall, wenn Andreas herausfände, wie sie den Abend verbracht hatte. Ihre Kollegin wohnte sogar ganz in der Nähe der Außenalster und feierte heute tatsächlich Geburtstag, zu dem Emma auch eingeladen war. Genau deswegen hatte sie diesen Ort vorgeschlagen. Die Wahrscheinlichkeit, sich mit dem Treffen Schwierigkeiten einzuhandeln, tendierte gegen null.

Emma sah im Rückspiegel ein weißes Fahrzeug näherkommen. Sie lächelte. Pünktlich wie immer. Sie stieg aus und holte aus dem Kofferraum die Tasche mit den drei Weinflaschen. Dann ging sie zu dem Auto, das ein bisschen abseits geparkt hatte. Emma öffnete die Beifahrertür.

»Hey, Süße«, begrüßte sie ihre Freundin Kristina.

»Hallo, Schatz.«

Die Frauen, die seit über fünfundzwanzig Jahren befreundet waren, gaben sich Wangenküsse.

»Valerie kommt übrigens später«, sagte Kristina.

Emma lachte. Während Kristina und sie immer pünktlich waren, tauchte Valerie grundsätzlich zu spät auf. Daran hatte sich in den zwölf Jahren, seit sie sich kannten, nichts geändert.

»Bestimmt springt ihr Hippiebus mal wieder nicht an«, vermutete Emma.

»Oder unsere Chaoskönigin hat vergessen zu tanken. Bist du zu Hause ohne Nachfragen rausgekommen?«

»Andreas hat keinen Verdacht geschöpft. Was hast du Paul erzählt?«

»Dass ich mich mit Valerie treffe. Er war überrascht, als ich behauptet habe, du wärst nicht dabei.«

»Tut mir leid, dass du meinetwegen lügen musst.«

»Nicht schlimm, Schatz. Hauptsache, du wirst diesen Tyrannen los.«

»Und Paul war nicht sauer, weil er sich den ganzen Abend um die Kinder kümmern muss?«

»Seit die Zwillinge zum Austauschjahr in Amerika sind, ist das alles total entspannt. Mit zwei statt vier Rabauken kommt er spielend klar.«

Emma beneidete Kristina um ihr Familienglück. Sie hatte Paul in der Schule kennengelernt und war das erste Mal mit zwanzig schwanger geworden. Die Zwillinge waren zwei Tage vor Kristinas einundzwanzigstem Geburtstag auf die Welt gekommen. Danach hatte Kristina noch zwei weiteren Kindern das Leben geschenkt.

»Da kommt schon unsere Chaoskönigin«, sagte Kristina. »Für ihre Verhältnisse ziemlich pünktlich.«

Emma drehte sich um. Valeries VW-Bus rollte auf den Parkplatz.

»Hoffentlich hat sie an die Campingstühle gedacht«, murmelte Emma.

Starkregen setzte ein.

»Na super«, sagte Emma. »Ausgerechnet jetzt.«

Sie stiegen aus. Kristina holte einen Picknickkorb aus dem Kofferraum. Schnell rannten sie zum Bus und öffneten die seitliche Schiebetür.

»Kommt rein, Mädels«, rief Valerie gut gelaunt. »Ein konspiratives Treffen, herrlich.«

Emma sah die zusammengeklappten Campingstühle und den Tisch. Die Ladefläche des Busses bot gerade eben genug Platz, um zu dritt bequem im Fahrzeug zu sitzen.

Valerie kletterte über die Bank nach hinten und umarmte ihre Freundinnen. Dann baute sie Stühle und Tisch auf.

»Ich habe wunschgemäß Wasser und Knabberzeug eingekauft«, sagte Valerie.

»Von mir gibt's Brot, Käse und Weintrauben«, erklärte Kristina.

»Und ich steuere das gute Tröpfchen bei. Auch wenn drei Flaschen vielleicht zu viel sind. Aber meine Kollegin wird dreiunddreißig. So wirkte das Geschenk für mich überzeugender.«

Valerie klatschte begeistert in die Hände. »Eine schöne Idee. Obwohl ich noch immer nicht verstehe, wieso wir uns nicht in einer Kneipe getroffen haben. Oder bei mir zu Hause, wie ich es euch angeboten habe.«

»Eine Kneipe ist mir zu riskant«, erklärte Emma. »Andreas kennt Gott und die Welt. Die Gefahr, jemandem zu begegnen, der ihm davon erzählt, ist mir zu groß. Ihr wisst ja, wie gut er vernetzt ist.«

»Na ja«, sagte Valerie. »Es gibt so viele Kneipen in Hamburg. Wahrscheinlich zerbrichst du dir zu sehr den Kopf. Und wieso wolltest du dich nicht bei mir treffen?«

»Wegen deiner Nachbarn zwei Häuser weiter. Mit dem Ehemann arbeitet Andreas in einer Abteilung.«

»Stimmt. Schon vergessen. Machen wir es uns halt hier gemütlich.«

Der Regen fiel laut trommelnd aufs Dach. Valerie schaltete drei akkubetriebene LED-Lampen an und verteilte sie im Bus. Kristina nahm die Plastikbecher aus dem Picknickkorb, während Emma die erste Weinflasche öffnete. Sie füllte jedes Plastikweinglas halb voll.

»Auf uns, Mädels. Ich bin so froh, dass es euch gibt.« Emma traten Tränen in die Augenwinkel. Im matten Licht schien das ihren Freundinnen nicht aufzufallen – oder sie gingen einfach darüber hinweg.

»Ich habe eine Entscheidung getroffen«, sagte Emma.

»Was dich und Andreas anbelangt?«, hakte Valerie nach.

Emma nickte. »Ich halte es nicht mehr lange bei ihm aus. Aber ihr kennt meine finanzielle Situation. Bis ich die passende Wohnung gefunden habe, können noch Monate vergehen. Ich versuche, bei der Arbeit meine Stundenanzahl zu erhöhen, ansonsten muss ich mir einen Nebenjob suchen. Wenn ihr also von einer günstigen Ein- bis Zweizimmerwohnung hört, auf die sich idealerweise nicht sofort hundert Leute bewerben, sagt mir bitte Bescheid.«

»Ich frage mal rum«, versprach Kristina. »Irgendwer sucht immer einen Nachmieter.«

»Das wäre super.«

»Und was machst du, bis du was Passendes gefunden hast?«, fragte Valerie. »Schenkst du Andreas reinen Wein ein?« Sie trank ihr Plastikglas leer. »Apropos. Reich mir mal die Flasche.«

Emma gab ihr die Weinflasche. »Ausgeschlossen. Er darf von meinen Absichten erst erfahren, wenn ich eine Unterkunft gefunden habe. Falls das mit der Erhöhung der Arbeitsstunden klappt, wäre das in seinem Sinn. Er findet meine Dreißigstundenwoche lächerlich.«

»Vermutlich rührt er keinen Handschlag im Haushalt, oder?«, fragte Valerie.

»Natürlich nicht. Das ist in seinen Augen Frauenarbeit.«

»Blöder Penner! Ich weiß schon, warum ich so gern Single bin.«

»Hältst du es überhaupt noch so lange bei ihm aus?«, vergewisserte sich Kristina.

»Was bleibt mir anderes übrig?«

Kristina schaute zu Valerie und kratzte sich dabei am Ohrläppchen.

»Wir haben uns da was überlegt«, begann Valerie. »Ein Notfallplan.«

»Ein Notfallplan?«, wiederholte Emma. »Woher wusstet ihr, worüber ich mit euch reden will?«

»Schatz«, sagte Kristina, »wenn du ein konspiratives Treffen vorschlägst, ist das nicht so schwer zu erraten.«

Emma lächelte trübsinnig. »Vermutlich nicht. Was habt ihr euch überlegt?«

»Tom und Annika sind noch vier Wochen in Amerika. So lange stehen ihre Zimmer frei.«

»Paul wäre schwer begeistert, wenn ich mich vier Wochen in einem eurer Kinderzimmer einquartiere.«

»Du weißt, er mag dich.«

»Danke, aber was soll ich machen, falls ich danach noch immer nichts gefunden habe? Mir mit Tom und Annika das Bett teilen?«

»Dann kommst du zu mir. Ein paar Wochen halten wir es zu zweit in meiner Bude aus. Allerdings müsstest du auf der Couch schlafen.«

Emma lächelte ihren Freundinnen warmherzig zu. »Ihr seid die allerbesten Menschen, die ich kenne. Ich denk drüber nach. Auf uns und unsere Freundschaft!«

Sie stießen miteinander an.

»Ich muss pinkeln«, sagte Emma eine knappe Stunde später. »Ob die Toiletten an der Eisdiele auch über Nacht geöffnet sind?«

»Eher nicht«, vermutete Kristina.

»Machen wir es wie früher und hocken uns nacheinander in die Büsche«, schlug Valerie kichernd vor.

Sie hatte bislang am meisten getrunken und war in entsprechend alberner Stimmung.

»Ich schalte mal die Lampen aus. Lasst uns durch die Windschutzscheibe gucken, was hier noch los ist.«

Der Regen hatte vor zehn Minuten aufgehört. In ihre regen Unterhaltung versunken, hatten die Frauen nicht auf die Umgebung geachtet.

Valerie schaltete die Lampen aus und beugte sich über die Rückenlehne der Vorderbank.

»Ach herrje«, stöhnte sie. »Mädels, denkt jetzt gerade nicht an einen Wasserfall. Am Anfang des Parkplatzes steht ein Typ an seinem Auto und raucht eine Zigarette.«

Emma zwängte sich neben Valerie, die ein Stück zur Seite rutschte. Valerie hatte den Bus rückwärts eingeparkt, sodass sie durch die Windschutzscheibe den gesamten Parkplatz einsehen konnten. Außer ihren eigenen Fahrzeugen war nur noch ein weiteres Auto geparkt. Außerdem der Wagen, an dem ein junger Mann stand und rauchte.

»Wirkt der nervös?«, fragte Kristina.

»Vielleicht wartet er auf seine Affäre, und die beiden treiben es gleich auf der Rückbank.« Valerie kicherte erneut. »Allerdings hätte ich dann an seiner Stelle nicht direkt vorne geparkt.«

»Wenn er da noch länger steht, kann er dabei zusehen, wie drei Weiber nacheinander vor seinen Augen pinkeln«, sagte Kristina. »Lange halte ich es nämlich nicht mehr aus.«

»Wehe, du pinkelst mir in den Bus.«

»Keine Sorge, vorher stürz ich schreiend raus und verscheuche den Kerl.«

»Oh nein«, sagte Emma. »Ist hier gerade Rushhour? Da kommt schon wieder ein Auto.«

Ein rotes Fahrzeug fuhr langsam auf den Parkplatz.

Emmas Blick fiel auf das Kennzeichen. HH für Hamburg, danach ebenfalls ein H und eine dreistellige Schnapszahl. Entweder hatte der Mann lange darauf gewartet oder gute Beziehungen zur Zulassungsstelle.

Das Fahrzeug hielt neben dem Raucher an. Der dunkelhaarige Fahrer ließ das Beifahrerfenster hinunter. Der Raucher streckte seinen Kopf hinein.

»Was wird das?«, fragte Valerie. »Ist hier seit Neuestem ein Straßenstrich?«

»Oh Gott«, stöhnte Emma. »Der hat eine Pistole!«

Im selben Augenblick stürzte der Mann mit der Zigarette zu Boden. Ohne dass sie einen Schuss gehört hatten.

»Zurück!«, zischte Emma. »Der darf uns nicht sehen.«

Ihre Freundinnen verstanden sofort, was Emma vorschlug. Sie zogen sich in den VW-Bus zurück.

»Der hat ihn gerade umgebracht«, wisperte Valerie.

»Sagt mir, dass das nicht wahr ist«, flüsterte Kristina.

»Seid bitte leise«, bat Emma. »Der macht uns sonst kalt.«

Mit hämmernden Herzen wartete sie auf das Unvermeidliche. Der Mann würde zu ihnen kommen und die Seitentür öffnen, um sich der Zeugen zu entledigen. Sie hielt sich eine Hand vor den Mund. Emma schaute sich nach etwas um, das sie als Waffe nutzen könnte. Sie griff nach einer Weinflasche und presste sich dicht neben der Tür an die Wand des Busses. Valerie nickte ihr zu. Auch sie nahm sich eine Flasche.

Minutenlang passierte nichts.

»Soll ich nachschauen?«, wisperte Valerie schließlich. »Vielleicht ist er abgehauen.«

»Sei vorsichtig«, hauchte Emma.

Valerie stellte die Flasche ab und schlich geduckt zur Vorderbank. Sie spähte über den Rand. »Ich kann den Wagen nicht mehr sehen. Aber der Tote liegt am Boden.«

»Und du siehst kein rotes Auto?«, vergewisserte sich Emma. »Bist du sicher?«

Valerie schaute sich um. »Wenn er nicht direkt neben uns im toten Winkel parkt, ist der Mörder weggefahren.«

Emma trat an Valeries Seite. Ihre Freundin hatte recht. Von dem roten Fahrzeug fehlte jede Spur.

»Was machen wir jetzt?«, fragte Valerie halblaut. »Hätte er sich neben uns gestellt, hätten wir ihn gehört, oder?«

»Vermutlich«, bestätigte Emma. »Lasst uns nachsehen.« Sie tauschte die leere gegen die volle Weinflasche aus und schraubte den Verschluss ab. »Wenn er da steht, spritze ich den Wein auf ihn.«

Valerie öffnete die Tür und schob sie beiseite. Neben dem Bus hatte kein anderes Fahrzeug gehalten.

»Er ist fort«, sagte Emma erleichtert. »Ich rufe die Polizei.« Sie schraubte die Flasche wieder zu und stellte sie ab. Mit zitternden Fingern angelte sie das Handy aus ihrer Jackentasche.

»Sollen wir nicht erst gucken, ob der Mann noch lebt?«,

fragte Kristina. »Außerdem mache ich mir gleich wirklich in die Hose. Ich muss pinkeln.«

»Ich auch«, sagte Valerie.

Emma schüttelte den Kopf. »Der Mann liegt reglos am Boden. Wir dürfen in seiner Nähe keine Spuren verfälschen. Außerdem könnt ihr euch wohl kaum neben ihn hocken.«

»Ich gehe zumindest ein paar Meter an ihn heran. Wenn er noch lebt, braucht er unsere Hilfe.«

»Und ich schlage mich jetzt sofort in die Büsche«, entschied Valerie. »Sorry.«

Zu Emmas Überraschung war der Druck auf ihre Blase durch den Schock verschwunden. »Macht das. Aber ich informiere die Polizei.« Sie tippte die drei Ziffern des Notrufs ins Handy und drückte die Verbindungstaste. Rasch meldete sich eine Beamtin und erkundigte sich nach dem Grund des Anrufs.

»Hallo, mein Name ist Emma Nehrig. Ich habe gerade einen Mord beobachtet.«

Trotz der getroffenen Vorsichtsmaßnahmen würde Andreas erfahren, mit wem sie sich verabredet hatte. Kalter Schweiß trat ihr auf die Stirn. Zu allem Überfluss kehrte der Druck auf ihre Blase schlagartig zurück.

2

Till Buchinger blickte kurz zu Miriam Decking. Sie lagen gemeinsam auf dem Ottomanen der Couch und schauten eine Folge ihrer Lieblingsserie.

Sie wandte ihm das Gesicht zu und lächelte.

»Was ist?«

»Ich wollte nur gucken, ob du eingeschlafen bist.«

Sie rammte ihm leicht den Ellenbogen in die Seite. »Das ist mir ein einziges Mal passiert. Vor Wochen nach einem anstrengenden Tag. Wirfst du mir das jetzt ewig vor?«

»Wehret den Anfängen.«

»Spießer! Alle Frauen, die ich kenne, schlafen auf der Couch beim Fernsehen ein.«

»Faule Ausrede.« Er streichelte ihren Handrücken, beugte sich zu ihr und gab ihr einen Kuss. »Schließlich bist du viel toller als andere Frauen.«

»Du lenkst mich nur ab, weil du weißt, dass ich den Professor attraktiv finde.« Grinsend nahm sie die Fernbedienung und spulte eine Minute zurück. »Ganz billiger Trick!«

»Ich finde Lissabon ziemlich attraktiv«, sagte er – und kassierte den nächsten Hieb mit dem Ellenbogen.

»Du darfst für keine andere Frau schwärmen«, warnte Miriam ihn. »Mir stehen als Polizistin Mittel und Wege offen, dich fertigzumachen.«

»Ruhe! Lissabon hat gleich einen großen Auftritt.«

Miriams Telefon klingelte. Sie warf einen Blick aufs Display. »Scheiße! Das ist Bastian.« Sie stoppte den Stream. »Der ruft bestimmt nicht aus Langeweile an. Wie ich diese

Rufbereitschaft hasse.« Sie nahm das Gespräch an und hielt sich das Smartphone ans linke Ohr, sodass Till mithören konnte.

»Hallo, Bastian. Ich hoffe, du hast nur Sehnsucht nach meiner Stimme.«

»Leider nicht«, antwortete ihr Partner. »Wir haben mit der Rufbereitschaft richtig ins Klo gegriffen.«

»Was ist passiert?«

»Ein Mord am Parkplatz an der Außenalster. Gib die Adresse Fährdamm ins Navi ein. Das Gebiet ist wohl schon weiträumig abgesperrt. Die erste Meldung klingt übel.«

»So brutal?«, fragte Miriam besorgt.

»Es hört sich nach einer Hinrichtung durch Kopfschuss an.«

»Shit. Till, wie lange brauche ich von hier zum Fährdamm?«

Da Miriam erst ein gutes Jahr in Hamburg lebte, fragte sie Till öfter nach der geschätzten Fahrtzeit.

»Um diese Uhrzeit keine Viertelstunde«, antwortete er.

»Bastian, wir sehen uns gleich.« Sie beendete das Telefonat und stand auf. »Tut mir leid«, sagte sie. »Ich würde lieber hierbleiben.«

»Der Job geht vor. Ich wusste, was mich bei einer Polizistin erwartet.« Er gab ihr einen Kuss.

»Ich ziehe mich nur schnell um, dann bin ich auch schon weg.«

Miriam verließ das Wohnzimmer und ging ins Bad. Kurz darauf hörte er sie im Schlafzimmer die Schranktür aufschieben. Innerhalb weniger Augenblicke war sie fertig umgezogen.

Till folgte ihr in die Diele. »Wenn du nichts dagegen hast, bleibe ich hier.«

»Das fände ich sogar richtig gut. Vielleicht bin ich in ein paar Stunden zurück und kann mich an deinen warmen Körper kuscheln, um schneller einzuschlafen.«

Er streichelte ihr Gesicht. »Pass auf dich auf.«

»Mach ich immer.«

Nach einem letzten Kuss öffnete sie die Tür und trat in den Flur hinaus.

»Schön zu wissen, dass du auf mich wartest. Bis später.«

Till sah ihr hinterher. Als sie aus seinem Blickfeld verschwand, schloss er die Tür. Unschlüssig, ob er direkt ins Bett gehen sollte, kehrte er ins Wohnzimmer zurück. Er schaltete den Fernseher aus und setzte sich an den Esstisch, auf dem sein Laptop stand. Till fuhr ihn hoch und prüfte, ob in den vergangenen Stunden eine wichtige Mail eingegangen war. Danach rief er verschiedene Nachrichtenportale auf. Von einer Hinrichtung in Hamburg berichtete noch niemand.

Ein ungutes Gefühl überkam ihn. Ob das allen Lebensgefährten von Polizisten so erging?

3

Miriam Decking erblickte den Wagen ihres Partners Bastian Dorfer, an dem soeben die Lichter erloschen. Entweder hatte er auf sie gewartet oder war ebenfalls gerade erst eingetroffen. Miriam parkte direkt hinter ihm und ließ einmal das Fernlicht aufleuchten.

Sie begrüßten sich, und Miriam verschaffte sich einen Überblick. Die Spurensicherung hatte ein großes Mehrzweckzelt aufgestellt, damit Regen und Wind keine Spuren vernichten konnten. Auf dem Platz parkten insgesamt sechs Fahrzeuge, die sie nicht der Polizei zuordnen konnte. Darunter ein auffälliger VW-Bus, an dem mehrere Frauen standen. Gemeinsam mit Dorfer steuerte sie einen Schutzpolizisten an.

»Wer von Ihnen war zuerst vor Ort?«, fragte Dorfer.

»Oberkommissar Ahlers und sein Partner«, sagte der Mann. Er drehte sich um und zeigte auf einen Polizisten, der etwas abseits eine Zigarette rauchte.

Sie gingen zu ihm und stellten sich vor.

Er drückte die Zigarette an einem Papierkorb aus. »Also hatten Sie beim LKA Rufbereitschaft? Herzlichen Glückwunsch.«

»Was genau ist passiert?«, fragte Dorfer.

»Wir haben um einundzwanzig Uhr siebenundvierzig von der Zentrale den Auftrag bekommen, hierher zu fahren. Eine Frau hatte einen Mord gemeldet. Im ersten Moment hielt ich es noch für denkbar, dass sich jemand einen schlechten Scherz erlaubt. Wir sind hier an der Alster. Nicht im Kiez. Leider irrte ich mich. Ziemlich nah an der Einfahrt, also da, wo jetzt das Zelt aufgebaut ist, lag ein Mann tot am Boden. Kopfschuss. Das sieht für mich nach einem Auftragsmord aus. Aber wir haben wahnsinniges Glück, denn es gibt drei Augenzeuginnen, die alles gesehen haben. Sie konnten uns den Täter beschreiben und haben sich das Kennzeichen gemerkt.«

»Drei Zeuginnen?«, wiederholte Miriam.

Ahlers nickte. »Die stehen da am VW-Bus. Haben hier wohl einen gemütlichen Abend an der Alster verbracht. Am besten hören Sie sich ihre Geschichte selbst an.«

»Das machen wir. Danke!«, sagte Dorfer.

»Was hältst du davon, wenn wir uns aufteilen?«, schlug Miriam vor. »Ich befrage die Augenzeuginnen, so von Frau zu Frau, während du dich nach Erkenntnissen der Spurensicherung erkundigst.«

Ihr Partner nickte. Miriam ging auf den VW-Bus zu, an dem drei Frauen warteten. Sie schienen ungefähr gleichaltrig zu sein, etwa Mitte bis Ende dreißig. Miriam zeigte den Zeuginnen ihren Dienstausweis.

»Decking, LKA Hamburg. Wenn meine Informationen richtig sind, haben Sie den Mord beobachtet?«

In der nächsten Viertelstunde erzählten ihr die Frauen, weswegen sie den Abend in einem VW-Bus verbracht und was sie gesehen hatten.

»Oje«, sagte sie schließlich zu Emma Nehrig. »Ich will Ihnen nichts vormachen, Ihr geheimes Treffen wird sich nicht verschweigen lassen. Sie müssen als Zeuginnen aussagen, spätestens, wenn wir den Täter festgenommen haben.«

»Ich weiß«, erwiderte Frau Nehrig.

Ob die Frau wegen der befürchteten Konsequenzen in

Tränen ausbrechen würde? Zumindest erkannte Miriam ein feuchtes Schimmern in ihren Augen.

»Kommen Sie mal bitte mit.« Miriam trat an ihre Seite und führte sie ein Stück fort. »Wie groß ist Ihre Angst vor Ihrem Ehemann? Befürchten Sie, er könnte handgreiflich werden?«

»Keine Ahnung«, gestand sie. »Er ist oft aufbrausend. Laut und aggressiv. Aber er hat mich noch nie geschlagen, nur ein einziges Mal geschubst.«

»Schlimm genug. Wann war das?«

»Vor ungefähr sechs Wochen.«

»Es gibt städtische Schutzeinrichtungen, die Sie in Anspruch nehmen können.«

»Ein Frauenhaus? Nein, danke! Kristina und Valerie haben mir angeboten, bei ihnen unterzukommen. Aber ehrlich gesagt befürchte ich, meine Freundinnen damit in meinen Scheidungskrieg zu ziehen. Das haben sie nicht verdient.«

»Und wenn Sie sich ein möbliertes Apartment mieten?«

»Das ist finanziell gerade nicht drin. Leider.« Nehrig winkte ab. »Nein! Ich will Andreas auch nicht als bösartigen Kerl abstempeln. Er wird mir nichts … Nein, alles gut.« Sie lächelte aufmunternd. Allerdings schien sie sich damit hauptsächlich selbst Mut zu machen. Überzeugend wirkte sie nicht.

Aus ihrem Etui mit dem Dienstausweis zog Miriam eine Visitenkarte. »Darauf finden Sie auch meine Handynummer. Sie können mich Tag und Nacht erreichen. Ich habe das Telefon immer an. Und mir müssten Sie in einem Notfall nichts erklären. Ich könnte sofort Hilfe organisieren.«

Nehrig lächelte dankbar und nahm die Karte entgegen. »Danke. Ich hoffe, das wird nicht nötig sein.«

»Ich an Ihrer Stelle würde Ihrem Ehemann zunächst eine einigermaßen glaubwürdige Geschichte erzählen. Sie waren gerade auf dem Rückweg von der Geburtstagsparty, als Sie Mordzeugin wurden. Irgendwie so etwas. Den wahren Ablauf erfährt er früh genug, aber vielleicht haben Sie sich bis dahin schon eine neue Wohnung organisiert.«

»So mache ich es.«

»Wir werden vor den Medien nicht verlautbaren, dass die Zeuginnen miteinander befreundet sind. In dieser Hinsicht haben Sie auch erst mal Sicherheit.«

»Das klingt gut.«

»Meinetwegen können Sie jetzt nach Hause fahren. Wir haben ja Ihre Kontaktdaten. Und wie schon gesagt, zögern Sie nicht, meine Nummer zu wählen.«

Emma nickte noch einmal. Miriam kehrte zu den beiden anderen Frauen zurück. Auch ihnen gab sie jeweils eine Visitenkarte.

»Ich habe Frau Nehrig gebeten, mich anzurufen, wenn ihr Ehemann Ärger macht. Falls Sie in dieser Hinsicht etwas mitbekommen, sagen Sie mir bitte sofort Bescheid. Egal, zu welcher Uhrzeit.«

Am Zelt der Spurensicherung tauschte sich Miriam mit ihrem Partner aus.

»Vielleicht lösen wir den Fall schneller als erwartet«, sagte Dorfer. »Das Kennzeichen ist nicht als gestohlen gemeldet und passt zu dem Fahrzeugmodell, das uns die Zeuginnen beschrieben haben. Die Abfrage über den Fahrzeughalter hat noch ein paar weitere Details ans Licht befördert. Er heißt Nikolai Velkow, ein polizeibekannter bulgarischer Staatsbürger.«

»Was hat er auf dem Kerbholz? Mord?«

»Nein, das ist neu. Aber er hat schon wegen Einbruchs, schwerer Körperverletzung und illegalen Waffenbesitzes eine Haft- und eine Bewährungsstrafe verbüßt. Während der Haftstrafe hat er darüber hinaus einen Inhaftierten brutal verprügelt, der wegen der Verbreitung von Kinderpornografie einsaß. Die Fotos in unseren Akten passen zu der Beschreibung der Zeuginnen. Und das ist noch nicht alles. Auch das Mordopfer ist polizeibekannt. Yannik Anapak, siebenundzwanzig, eine Bewährungsstrafe wegen Computerkriminalität. Er wurde beim Ausspähen von Daten erwischt.«

»Ein Hacker?«

Dorfer nickte. »Eher ein kleiner Fisch, nach allem, was wir wissen. Aber die Hinrichtung zeichnet ein anderes Bild. Vielleicht hat er Velkows Computer ausgespäht und wollte ihn erpressen. Oder es hing irgendwie mit Kinderpornografie zusammen. Bei dem Thema scheint Velkow eine kurze Zündschnur zu haben.«

»Oder jemand hat Velkow beauftragt, sich um das Problem zu kümmern. Weil Anapak die falschen Daten in die Hände gefallen sind. Was unternehmen wir jetzt? Verhaften wir den Bulgaren sofort? Haben wir seine Meldeadresse?«

»Velkow und Anapak leben in Hamburg«, sagte Dorfer. »Aber vielleicht sollten wir erst mal nur Velkows Haus von Zivilbeamten observieren lassen. Wenn wir es direkt stürmen und er nicht da ist, schießen wir uns ein Eigentor.«

»Dann brauchen wir mehr Kollegen aus der Rufbereitschaft.«

»Darum kümmere ich mich. Anschließend fahren wir direkt zu Anapak.«

»Wenn du nichts dagegen hast, sage ich kurz Till Bescheid, dass es sich nicht lohnt, auf mich zu warten.«

Dorfer grinste, erwiderte jedoch nichts.

»Was?«, fragte sie genervt.

»Ich freue mich auf die Zeit, wenn du das nicht mehr für nötig hältst. Du solltest die jetzige Phase genießen. So schön wird es nie wieder.«

»Blödmann!« Miriam unterdrückte den kindischen Impuls, ihm die Zunge rauszustrecken. Sie wandte sich von ihm ab und griff zu ihrem Telefon. Till meldete sich innerhalb weniger Sekunden.

»Hey«, sagte sie leise. »Du brauchst nicht auf mich zu warten. Das hier wird die ganze Nacht dauern. Die Ereignisse überschlagen sich gerade.«

»Schade, aber wenn du nichts dagegen hast, übernachte ich hier. Vielleicht können wir morgen früh wenigstens zusammen frühstücken.«

»Das wäre toll. Schlaf gut!« Weil sie Dorfer hinter sich spürte, verzichtete sie auf einen Kosenamen.

»Pass auf dich auf«, sagte Till. »Ich liebe dich.«

»Ich dich auch.« Mit einem warmen Gefühl im Bauch beendete Miriam das Telefonat.

4

Tatjana Velkow erwachte schlagartig, als sich die Schlafzimmertür öffnete. Ihr Blick fiel zur Uhr. Kurz nach Mitternacht. Nikolai kam in den Raum und setzte sich ächzend auf einen Stuhl neben der Tür. Er zog sich die Schuhe aus.

»Wo bist du gewesen?«, fragte sie. Normalerweise sagte er ihr immer Bescheid, wenn es später wurde. Gestern war er wortlos verschwunden.

»Kannst du noch die Waschmaschine anmachen?«, fragte er.

»Jetzt?«

»Würde ich sonst *jetzt* fragen?«

Sie tastete nach dem Lichtschalter. Als die Lampe anging, kniff ihr Mann die Augen zusammen. Er sah mitgenommen aus.

»Wo bist du gewesen?«, wiederholte sie.

»Hier zu Hause bei dir. Den ganzen Abend. Wo denn sonst?« Nikolai zog sich aus. »Du musst die Sachen heiß waschen. Nur zur Sicherheit. Und wenn du je gefragt wirst, war ich den ganzen Abend bei dir. Hast du mich verstanden?« Er wich ihrem Blick aus.

»Nikolai, was hast du getan?«

Nun schaute er sie entschlossen an. »Manche Leute stehen ab sofort tief in meiner Schuld. Mächtige Menschen. Ich habe eine Chance ergriffen. Für uns beide. Damit wir es bald besser haben. Falls du jemals gefragt werden solltest, musst du überzeugend sein. Ich bin nachmittags nach Hause gekommen, wir haben zusammen zu Abend gegessen, dann haben wir ferngesehen, ehe wir es uns im Bett gemütlich gemacht haben. Hast du die Glotze angehabt?«

»Ja.«

»Lief da etwas, was ich auch hätte gucken können?«

»Ein Fernsehkrimi.«

»Na wunderbar!« Er klatschte in die Hände. »Und jetzt stell endlich die verdammte Waschmaschine an.«

Tatjana stand auf und raffte seine Kleidung zusammen. Im Badezimmer steckte sie die Wäsche in die Trommel und startete kurz darauf die Maschine. Nikolai holte sich unterdessen aus dem Schrank ein T-Shirt und Boxershorts. Sie war wütend auf ihren Ehemann. Er hatte ihr vor Monaten ein Versprechen gegeben, das offensichtlich hinfällig war. »Wieso?«, fragte sie wütend. »Du hast mir gesagt, die schweren Zeiten lägen für immer hinter uns.«

»Baby, das tun sie auch.«

»Dann müsste ich kaum deine Kleidung mitten in der Nacht waschen.«

»Glaubst du, von dem Job auf dem Bau werden wir reich? Ich schulde deinem Onkel für das Haus hier zweihundert Mille. Wie lange brauchen wir, um das von unseren Löhnen abzustottern? Du hast was Besseres verdient. Den schönsten Schmuck. Du bist schließlich meine Prinzessin.«

»Rede nicht so einen Mist. Mir ist es lieber, wenn ich keine Angst vor der nächsten Verhaftung habe und nicht alleine bin, weil mein Mann im Knast sitzt.«

»Das wird nicht passieren. Und weißt du, warum? Weil jetzt die richtigen Leute in meiner Schuld stehen.«

»Was hast du getan?«, fragte sie zum dritten Mal.

»Hundertfünfzig Mille verdient, Baby. Wir sind fast schuldenfrei. Ist das nicht großartig?«

Erschüttert hielt sie sich den Mund zu.

»Was ist, Schatz?«

»Mir fällt nur eine Art ein, wie man so viel Geld in einer Nacht verdienen kann. Bist du wahnsinnig?«

»Nein, ich bin clever. Ab sofort geht's aufwärts mit uns beiden. Nicht wegen der Kohle. Glaub mir. Bald habe ich einen besseren Job. Dafür sorgen sie schon. Selbst du kannst …«

»Mir gefällt mein Job!«, entgegnete sie harsch. »Und jetzt will ich kein Wort mehr davon hören.«

Sie legte sich ins Bett zurück und schaltete das Licht aus. Als er sich von hinten an sie drückte, schob sie ihn weg.

»Vergiss es! Ich bin stinksauer.«

Nikolai stöhnte genervt, bedrängte sie jedoch nicht weiter.

»Du solltest dir morgen früh die Handlung des Films einprägen. Er lief im Zweiten. Und jetzt lass mich ja in Ruhe!«

5

Miriam Decking und ihr Partner erreichten das Haus, in dem der Hacker Yannik Anapak gemeldet war. Eine Streifenwagenbesatzung und zwei Kollegen der Spurensicherung parkten hinter ihnen in zweiter Reihe.

Ein Beamter der Spurensicherung prüfte das Haustürschloss. »Das bekomme ich hin«, sagte er. »Ist ein ziemlich einfaches Modell.« Aus seinem Werkzeugkoffer nahm er einen Dietrich und sperrte ihnen die Tür innerhalb einer Minute auf.

»Was die Kollegen alles können«, wunderte sich Miriam. »Ich bin begeistert.«

Dorfer betrat zuerst den Hausflur. Miriam und die anderen Polizisten folgten. Schweigend liefen sie hoch zum zweiten Stock.

»Die Tür ist bloß angelehnt« Dorfer stoppte mitten auf dem Treppenabsatz und zog seine Dienstwaffe.

Miriam folgte seinem Beispiel. Langsam gingen sie die restlichen Stufen hoch. Jemand war bereits vor ihnen hier gewesen. Ob der Unbekannte sich noch immer in der Wohnung des Hackers aufhielt?

Dorfer schob die angelehnte Wohnungstür weit auf. »Geben Sie mir eine Taschenlampe.« Er drehte sich zu einem Schutzpolizisten um, der ihm seine Lampe reichte. Dorfer schaltete sie ein und leuchtete die Diele aus, in der sich niemand aufhielt. Er drückte den Lichtschalter. Grelles Licht erleuchtete den langgezogenen Raum.

»Weiter«, sagte Dorfer.

»Ich warte hier draußen. Macht uns keine Spuren zunichte«, bat der Beamte der Spurensicherung.

Das erste Zimmer, das sie überprüften, war die Küche. Auf dem Tisch stand ein benutzter Teller, daneben lagen zwei Scheiben Brot auf einem Holzbrettchen.

»Offensichtlich wollte er später aufräumen«, murmelte Miriam.

Sie gingen weiter. Im nächsten Raum stießen sie auf das Werk des Einbrechers. Auf einem Schreibtisch stand ein auseinandergeschraubter Computer. Im Gehäuse hingen lose Kabel. Drei der insgesamt sechs Schubladen des Schreibtisches waren aufgezogen. Am Boden lagen ein gelber Klebestift und einige Notizzettel.

»Ich bin zwar keine Expertin«, sagte Miriam, »aber ich glaube, die Festplatte fehlt.«

Ein Schutzpolizist trat zum Schreibtisch. »Eindeutig«, bestätigte er. »Die hat der Einbrecher mitgehen lassen.«

Miriam sah Dorfer an. »Ist Anapak deswegen gestorben?«

»Ziemlich wahrscheinlich«, erwiderte ihr Partner.

6

Schon das erste Geräusch weckte Till. Auf dem Bauch liegend, schaute er zur Tür. Miriam hatte sich in den Raum geschlichen.

»Da bist du ja«, sagte er verschlafen. »Wie spät ist es?«

»Viertel vor fünf.« Sie schlüpfte zu ihm ins Bett und küsste ihn. »Ich habe den Wecker auf dem Handy auf sechs Uhr gestellt. Danach habe ich eine Stunde, um dir alles zu erzählen, zu duschen und zu frühstücken. Wahrscheinlich bin ich gleich ziemlich mies gelaunt, aber kannst du bitte dafür sorgen, dass ich auch wirklich aufstehe?«

»Mach ich«, versprach er. »Und jetzt komm her.«

Miriam legte sich in seinen Arm. »Du kannst dir nicht vorstellen, wie müde ich bin«, murmelte sie kaum verständlich. »Auf dem Weg hierher …«

»Wir reden später.«

Es dauerte nur Sekunden, bis er ihren gleichmäßigen Atem vernahm – und selbst wieder einschlief.

Nach einer langen Dusche und einem starken Kaffee kehrten Miriams Lebensgeister zurück. Mit Heißhunger stürzte sie sich auf die Brötchen, die Till frisch vom Bäcker geholt hatte, und erzählte ihm von den Ereignissen der Nacht.

»Wieso habt ihr den Verdächtigen noch nicht verhaftet?«, wunderte sich Till. »Wäre dann der Spuk nicht schnell vorbei?«

»Velkow ist bislang nicht als Mörder in Erscheinung getreten. Und die Tat war gewissenlos ausgeführt. Erst der

Kopfschuss, außerdem haben wir bei Anapak weder ein Handy noch einen Schlüsselbund gefunden. Das heißt, Velkow muss aus dem Wagen gestiegen sein, um ihm die Sachen abzunehmen. Obwohl er befürchten musste, dass ihm jederzeit Zeugen dazwischenfunken könnten. Wahrscheinlich hat er deswegen die parkenden Fahrzeuge auch nicht weiter überprüft. Wir vermuten, er hatte es eilig, nachdem er die Tat begangen und die Gegenstände an sich genommen hatte. Glück für unsere Zeuginnen.«

»Was schließt ihr daraus?«

»Wir halten einen Auftragsmord für die wahrscheinlichste Variante. Jemand hat ihn beauftragt, Anapak aus dem Weg zu räumen und dessen Festplatte sicherzustellen.«

»Deshalb observiert ihr Velkow«, folgerte Till.

Miriam nickte. »Er wohnt ideal für solche Zwecke. Ein freistehendes Einfamilienhaus, leicht baufällig. Wir haben ein ziviles Fahrzeug in der Nähe postiert. Außerdem besorgen wir Abhörgenehmigungen für seine Telefone. Für sein Handy, für das seiner Ehefrau und für die Festnetzleitung. Vielleicht können wir mit dem richtigen Equipment mithören, was das Ehepaar im Haus bespricht. Das lassen wir heute prüfen. Mal gucken, wie weit uns der Richter entgegenkommt.«

»Hoffentlich klappt's.«

»Hättest du Zeit, etwas für mich zu erledigen?«, fragte Miriam.

»Worum geht's?«

»Ich will wissen, ob das Mordopfer in letzter Zeit im Darknet aktiv war. Wir haben seinen Hackernamen herausgefunden, und unsere Computerspezialisten werden im Darknet nach seinen Aktivitäten suchen. Aber du weißt ja, wie es manchmal ist.«

»Als Polizisten beschränken euch störende juristische Fesseln.«

»Und je nachdem, welcher Kollege den Auftrag bekommt, taucht er vielleicht nicht tief genug ab. Oder folgt den falschen Spuren.«

»Also soll ich gucken, was ich für dich herausfinde.«

»Das wäre fantastisch.«

Till schaute auf seine Armbanduhr. »Ich bin nicht der Darknet-Experte. Jessica ist darin viel besser als ich.«

»Ob sie Zeit hat?«

»Ich frage mich, ob sie jetzt schon wach ist. Nachtmenschen wie sie reagieren ungehalten, wenn man sich zu früh bei ihnen meldet. Ich rufe sie um neun Uhr an. Das ist spät genug.«

»Ich weiß das zu schätzen.« Miriam schob den Stuhl zurück und stand auf. »Ich muss jetzt auch schon wieder los. Du kannst gehen, wann du willst.«

»Ich komme mit dir, fahre zum Friedhof und von dort ins Büro.«

7

Wie so oft traf Till Buchinger an Antjes Grabstelle die Witwe Gisela Keller, die sich hingebungsvoll um die letzte Ruhestätte ihres Ehemanns kümmerte. Zunächst nickte er ihr nur freundlich zu. Till stellte den frischen Strauß Blumen in eine Vase, entfernte ein paar Blätter von der Erde und setzte sich auf die Bank vor dem Grab. In Gedanken erzählte er Antje, was seit seinem Besuch vor zwei Tagen passiert war. Seine Sorgen um Miriam nahmen einen großen Teil davon ein.

Als er ans Ende kam, schirmte er wegen der blendenden Sonne mit einer Hand sein Gesicht ab und schaute zu Frau Keller.

Die lächelte ihm zu. »Ich bin gleich bei Ihnen, falls Sie noch Zeit haben.«

»Für einen Plausch mit Ihnen nehm ich mir gern Zeit«, antwortete Till.

Die Witwe zog sich ihre Handschuhe aus, die sie zusammen mit einer kleinen Harke und einer halb gefüllten Wasserflasche in einen Rucksack steckte. Sie setzte sich zu Till auf die Bank.

»Wie geht es Ihrer wunderbaren Freundin?«, fragte Gisela Keller.

Ab und zu kam Miriam wochenends mit auf den Friedhof, obwohl sie aufgrund ihres Berufs nur ungern über den Tod nachdachte. Sie wusste, wie wichtig Till die regelmäßigen Besuche waren und wollte diesen Bestandteil seines Lebens nicht für sich ausklammern. Dabei hatte sie zweimal

Gisela Keller getroffen und sich auf Anhieb gut mit ihr verstanden.

»Gestern Nacht wurde sie aus ihrer Rufbereitschaft zu einem Tatort gerufen«, antwortete Till leise. »Ich befürchte, die nächsten Wochen werden sehr arbeitsintensiv. Sie können sich ja vorstellen, wie es mir geht, wenn Miriam solche Anrufe erhält.«

»Was ist das nur für eine Welt?«, fragte Keller. »Herrje.«

»Wie geht's Ihrer Tochter?«

»Der neue Mann an ihrer Seite hat meiner Meinung nach zu wenig Respekt vor dem, was sie leistet. Aber was soll ich tun? Ich glaube, Herr Buchinger, Sie haben die bessere Partnerwahl getroffen.«

Die beiden unterhielten sich noch ein paar Minuten, bevor Till aufbrach und vom Friedhof ins Büro fuhr. Jessica Sturm hatte ihm versprochen, bis halb elf aufzutauchen. Er füllte Kaffeebohnen in den Vollautomaten und stellte die Milch bereit, die Jessica für den Latte macchiato benötigen würde. Pünktlich klingelte es an der Bürotür. Auf dem Videomonitor überprüfte Till, wer draußen wartete. Die langjährige Partnerin seines ehemals besten Freundes Jonathan stand vor der Tür. Sie tippte sich an die Stirn.

»Soll ich den Kaffeeknopf drücken?«, erkundigte er sich durch die Sprechanlage.

»Ist Wasser nass?«, erwiderte Jessica.

Er öffnete ihr und ging zum Automaten. Jessica betrat das Büro. Sie hatte ihren Laptop dabei, den sie auf seinen Schreibtisch legte.

»Jetzt erzähl mir noch mal genau, was ich für dich tun soll. Ich war heute Morgen geistig nicht ganz auf der Höhe.« Demonstrativ gähnte sie. »Bittet Miriam uns darum, Polizeiarbeit im Darknet zu erledigen?«

»Sagt dir der Name Yannik Anapak was?« Till brachte den fertigen Latte macchiato zur Besucherecke, in der Jessica es sich bequem machte.

»Nein«, antwortete sie nach kurzem Zögern.

Till nannte ihr Anapaks Hacker-Aliasnamen. Diesmal runzelte Jessica die Stirn. »Von dem habe ich schon mal gehört. Ist in der Hamburger Hackerszene aber eher ein kleiner Fisch.«

»Jemand hat ihn gestern Nacht erschossen. Sieht alles nach einer Hinrichtung aus.«

»Scheiße!«

»Das LKA versucht herauszufinden, ob er in den vergangenen Wochen im Darknet aktiv war.«

»Also suchen sie nach allem, was eine Hinrichtung erklären könnte?«

»Genau. Natürlich suchen sie auch selbst nach Spuren, aber …«

»… Miriam ist überzeugt, wir können das schneller. Du hast dir eine kluge Frau geangelt. Ich hoffe, du hast genügend Kaffeebohnen vorrätig. Das wird ein langer Tag.«

Mit dem Latte macchiato ging sie zu ihrem Laptop und startete ihn.

8

Miriam Decking und ihr Partner Bastian Dorfer leiteten die Besprechung, an der auch ihr direkter Vorgesetzter Polizeirat Vincent Waidner teilnahm. Der Mann war vor einem halben Jahr auf die Position versetzt worden und hatte es noch nie für nötig gehalten, an einer solchen Dienstbesprechung teilzunehmen. Außerdem hörten sechs weitere Kommissare des LKA den Ausführungen zu, davon zwei aus dem Bereich Computerkriminalität.

»Uns liegen die richterlichen Genehmigungen vor, um das Ehepaar Velkow umfassend abzuhören«, sagte Dorfer.

»Wunderbar«, erwiderte Waidner. »Für Mobilfunkanschlüsse und Festnetz?«

»Genau. Sollte Nikolai Velkow in den nächsten Tagen telefonieren, bekommen wir das mit«, bestätigte Miriam. »Ein ziviles Observationsteam, das wir alle sechs Stunden austauschen, überwacht das Haus. Frau Velkow ist heute Morgen pünktlich um acht Uhr zur Arbeit aufgebrochen. Zwei Kollegen haben sie unauffällig verfolgt. Ihr Ehemann Nikolai hat die Wohnung seit dem Vormittag noch nicht verlassen. Auch ihm würde ein Team folgen.«

»Die Wahrscheinlichkeit, dass er einen Auftragsmord begangen hat, ist in unseren Augen groß. Daher könnte es sein, dass er Kontakt zu seinen Auftraggebern herstellt, zum Beispiel wegen der erbeuteten Festplatte«, sagte Dorfer.

»Falls die sich noch in seinem Besitz befindet«, wandte ein Kollege des Computerkriminalitätsdezernats ein.

»Wenn er klug ist, hat er sie entweder gestern Nacht entsorgt oder sie schon seinem Auftraggeber überreicht.«

»Ist es nicht realistischer, dass Anapak Daten von Velkow gestohlen hat und deswegen sterben musste?«, fragte Waidner. »Immerhin ist der Bulgare unseres Wissens bislang nicht als Auftragsmörder tätig gewesen.«

»Auch dieser Spur folgen wir«, bestätigte Dorfer.

»Das ist gut. Wir sollten uns nicht vorschnell festlegen.« Waidner zupfte an seinem Ohrläppchen. »Ich möchte jederzeit über Fortschritte informiert werden. Ein Mord direkt an der Alster beunruhigt den Bürgermeister und die hohen Herrschaften in der Stadt. Je schneller wir die Hintergründe aufklären, desto besser. Momentan halte ich die Überwachungsmaßnahmen für gerechtfertigt, aber Velkow darf keine Möglichkeit haben, sich in sein Heimatland abzusetzen. Bei den ersten Anzeichen einer Flucht nehmen wir ihn fest.« Waidner klatschte demonstrativ in die Hände. »Die Anwohner in ihren Villen werden Ihnen sehr dankbar sein, sobald der Spuk vorbei ist. Ich treffe mich jetzt gleich mit unserer Pressesprecherin. Zwischen uns und dem Bürgermeister glühen die Drähte. Deshalb geben wir derzeit nur Informationen an die Öffentlichkeit, die von oben abgesegnet sind. Hauptkommissar Dorfer, Oberkommissarin Decking, Sie bleiben die leitenden Ermittler, aber nennen der Presse keine Details. Das ist mir sehr wichtig. Dafür haben wir eine Sprecherin.«

»Ist mir recht«, erwiderte Dorfer. »Sie wissen, wie ungern ich mich mit den Medien abgebe.«

Waidner stand auf. »Alle an die Arbeit! Ich will den Mann hinter Gittern sehen.«

9

Tatjana Velkow starrte abwesend auf die Uhranzeige ihres Computers. In drei Minuten hätte sie diesen Arbeitstag endlich überstanden. Zu ihrem Glück hatte ihre Bürokollegin noch bis Ende nächster Woche Urlaub. Marlene hätte garantiert bemerkt, wie schwer es ihr gefallen war, sich auf die Anrufe und E-Mails zu konzentrieren, die den ganzen Tag eingingen. Worin hatte sich Nikolai bloß verstrickt? Einhundertfünfzigtausend Euro. Für eine solche Summe musste man einen anderen Menschen töten oder sich auf ein sehr riskantes Drogengeschäft einlassen. In beiden Fällen würde Nikolai hohe Haftstrafen erwarten. Tatjana wusste, sie würde sich auch in fünf Jahren nicht über den Geldregen freuen, denn von nun an hätte sie immer Angst vor der Polizei. Mord verjährte nicht.

Eine Minute vor Feierabend klingelte das Telefon. Das Display übertrug keine Rufnummer. Sollte sie den Anruf einfach ignorieren?

Sie ließ es fünfmal klingeln. Dann gewann das Pflichtbewusstsein die Oberhand. Tatjana meldete sich mit ihrem vollen Namen und der Abteilung, für die sie arbeitete. »Wie kann ich Ihnen helfen?«

»Frau Velkow, hören Sie mir genau zu«, sagte eine dunkle Männerstimme. »Ich sage Ihnen, was Sie jetzt machen werden.«

»Wer sind Sie?«

»Halten Sie den Mund und hören Sie zu. Sonst ergeht es Ihrem Ehemann Nikolai schlecht.«

Tatjanas Herzschlag raste. »Okay.«

»Sie fahren jetzt nach Hause und warnen Ihren Mann. Die Bullen beschatten Sie beide.«

»Oh mein Gott.«

»Weder Sie noch Ihr Ehemann dürfen die Handys benutzen. Haben Sie das verstanden? Die Bullen haben eine Genehmigung, Sie abzuhören. Keine Handygespräche. Keine Nachrichten.«

»Ja«, wisperte Tatjana.

»Sie dürfen zu Hause auch nicht normal miteinander sprechen, denn wir wissen nicht genau, welche Überwachungsaktion die Bullen noch starten. Sie sollten jedes Risiko vermeiden. Wenn Sie zu Hause sind, zeigen Sie Ihrem Mann einen Zettel mit der folgenden Botschaft: Wir werden abgehört, lass uns gemeinsam duschen.«

»Ist das Ihr Ernst?«

»Klingt das für Sie nach einem Witz?«

»Nein. Entschuldigung.«

»Das Rauschen der Dusche verhindert, dass man Ihr Gespräch belauschen kann, falls das Haus verwanzt ist. Danach verbrennen Sie den Zettel und spülen ihn den Abfluss hinunter. Unter der Dusche erklären Sie Nikolai die Situation. Es gibt drei Augenzeuginnen für den Mord. Wir werden uns nacheinander um sie kümmern. Allerdings brauchen wir dafür Zeit. Wenn wir das Problem zu früh beseitigen, ist es zu auffällig. Nikolai soll eine Reisetasche packen und alles für eine Flucht vorbereiten. Es muss echt aussehen.«

»Wieso bloß *aussehen*? Soll Nikolai nicht fliehen?«

»Nein. Ganz im Gegenteil. Er soll verhaftet werden.«

»Wieso?«, fragte Tatjana verzweifelt.

»Ihrem Ehemann wird im Gefängnis nichts passieren.

Das schwören wir. Er wird nicht verurteilt, denn außer den drei Zeuginnen haben die Bullen nichts gegen ihn in der Hand. Für seine Unannehmlichkeiten erhöhen wir auf zweihundertfünfzigtausend. Einhunderttausend mehr. Das sollte ihm ein paar Wochen im Gefängnis wert sein. Sobald Nikolai verhaftet ist, besteht er darauf, mit einem Anwalt zu sprechen. Doktor Frank Kessel. Können Sie sich diesen Namen merken?«

»Klar. Doktor Frank Kessel.«

»Ihr Mann darf sich bei der Verhaftung nicht wehren. Die Gefahr, dass die Bullen zu den Schusswaffen greifen, ist zu groß.«

»Oh Gott, bitte nicht«, stöhnte sie.

Unvermittelt hörte sie nur noch den Besetztton.

»Hallo?«, fragte sie überrumpelt.

Hatte der Anrufer das Gespräch versehentlich abgebrochen oder aufgelegt?

Mit zittrigen Fingern führte sie den Mauszeiger zu der Windows-Schaltfläche und fuhr den PC hinunter. Sie wartete fünf Minuten, in denen das Telefon jedoch nicht mehr klingelte. Tatjana loggte sich aus der Telefonanlage aus. Sie riss einen Zettel vom Block und schrieb darauf: *Wir werden abgehört, lass uns gemeinsam duschen.*

Hastig faltete sie das Papier und steckte es in die Hosentasche.

Die Bürotür öffnete sich, ohne dass zuvor jemand angeklopft hätte. Tatjana zuckte zusammen. Ihr Kollege Rüdiger kam herein. Er blickte auf den aufgeschlagenen Schnellhefter in seiner Hand und bekam ihren Schrecken nicht mit.

»Tatjana, kannst du dich an den Vorgang …«

»Ich muss los.« Sie angelte sich ihre Jacke vom Wandhaken und warf sie sich über den Arm.

»Das dauert nur eine Minute. Sonst komme ich nicht weiter.« Er wirkte überrascht. »Alles gut bei dir? Du bist leichenblass.«

Sie nahm ihre Handtasche und lief an ihm vorbei.

»Tatjana?«, rief er ihr hinterher. »Ich brauche deine Hilfe.«

Sie antwortete ihm nicht. Stattdessen riss sie die Tür zum Treppenhaus auf und rannte eilig nach unten. Wenn der Anrufer recht hatte, musste sie Nikolai warnen. Abgehörte Telefone waren der pure Albtraum. Der Unbekannte hatte das Wort Mord erwähnt. Ihre schlimmsten Befürchtungen trafen zu. Nun lag es an ihr, Nikolais Zukunft zu sichern. Sie musste so schnell wie möglich nach Hause, bevor er weitere Dummheiten anstellte.

10

In letzter Sekunde registrierte Tatjana Velkow die auf Rot wechselnde Ampel. Sie bremste stark ab und kam genau an der Haltelinie zum Stehen.

»Mädchen, du musst aufpassen«, schimpfte sie mit sich selbst. Ärger wegen eines überfahrenen Rotlichts konnte sie nun wirklich nicht gebrauchen. Nicht in dieser komplizierten Situation.

Tatjana schaute auf die Uhr. Sie musste so schnell wie möglich nach Hause. Was würde passieren, wenn die Bullen Nikolai verhafteten, ehe sie ihn warnen könnte? Soweit sie wusste, bewahrte er keine Schusswaffe im Haus auf. Aber konnte sie sich da wirklich sicher sein?

Der Mann am Telefon hatte von Mord gesprochen. Wer war der Anrufer? Woher hatte er all seine Informationen, und wieso warnte er sie vor der Observation?

Tatjana dachte an Nikolais Worte. Angeblich standen mächtige Leute in seiner Schuld. Hatte er damit nicht übertrieben? Selbst wenn es stimmte, beruhigte sie das nicht. Warum musste sich Nikolai verhaften lassen? Menschen mit Macht könnten so etwas verhindern. Hatte ihr Ehemann zu große Erwartungen?

Andererseits legten sie angeblich einhundert Riesen auf die vereinbarte Summe. Damit wären die Schulden bei Tatjanas Onkel auf einen Schlag abbezahlt, und sie könnten in ein neues Leben starten. Sie fühlte sich bei diesem Gedanken hin- und hergerissen. Einerseits war sie wütend auf Nikolai, denn sie musste seinetwegen bittere Ängste ausstehen. Andererseits hatte er vielleicht eine einmalige Chance erkannt und ergriffen – vorausgesetzt, er würde nicht lebenslänglich im Gefängnis sitzen.

Hinter ihr hupte es. Die Ampel war auf Grün umgesprungen.

»Arschloch«, zischte sie und fuhr los.

Knapp zehn Minuten später bog sie in die Straße, an deren Ende ihr Haus lag. Rund einhundert Meter von ihrem Ziel entfernt entdeckte sie einen Mann, der rauchend an einem silbernen Golf stand. Ihre Blicke trafen sich, und der Unbekannte riss erschrocken die Augen auf.

War das einer der Bullen, die Nikolai observierten? Instinktiv trat Tatjana aufs Gaspedal. Vor ihrer Einfahrt musste sie entsprechend stark abbremsen. Sie rollte auf die gepflasterte Auffahrt und blieb nah an der Haustür stehen. Tatjana stieg aus und blickte zum silberfarbenen Golf. Der Mann saß mittlerweile hinter dem Steuer. Aber er machte keine Anstalten wegzufahren. Sein erschrockener Blick hatte sie alarmiert. Als hätte sie ihn erwischt.

»Scheiße«, flüsterte sie.

Tatjana trat an die Haustür und öffnete sie. Es kostete sie Überwindung, nicht noch einmal über die Schulter zu schauen. Stattdessen schlüpfte sie in den Flur und zog den gefalteten Zettel aus der Hosentasche. Sie schaltete das Deckenlicht ein, damit Nikolai die Botschaft auf jeden Fall gut lesen konnte.

»Ich bin wieder da!«, rief sie.

Sie wartete in der Diele und faltete das Stück Papier auseinander.

»Hey, Baby«, begrüßte Nikolai sie. Er kam aus dem Wohnzimmer und lächelte, bis er sah, was sie in der Hand hielt.

Tatjana legte den Finger an die Lippen. »Es ist so schön, dich zu sehen. Ich war den ganzen Tag heiß auf dich.« Gelang es ihr, ihrer Stimme einen verführerischen Klang zu geben?

Nikolai wirkte fast so erschrocken wie der rauchende Mann am Golf.

»Was hältst du davon, wenn wir gemeinsam duschen? Ich hätte so richtig Lust, dein bestes Stück einzuseifen.«

»Okay«, sagte er mit brechender Stimme. Dann räusperte er sich und brachte sich unter Kontrolle. »Mir gefällt's, wenn du so aufgegeilt nach Hause kommst. Immerhin hab ich den ganzen Tag auf dich gewartet.«

Sie gingen ins Badezimmer, wo sie die Dusche aufdrehte.

»Lass mich noch eine Zigarette rauchen«, gurrte Tatjana. »Aber du kannst dich schon einmal ausziehen.« Aus der Jackentasche angelte sie ein Feuerzeug und stellte sich ans Waschbecken. Sie verbrannte den Zettel und spülte ihn den Abfluss hinunter. Dann zogen sie sich schweigend aus und ließen die Kleidung achtlos zu Boden fallen. Gemeinsam traten sie unter den Wasserstrahl.

»Was hat das zu bedeuten?«, fragte Nikolai leise. »Woher weißt du das?«

»Ich habe kurz vor Feierabend einen Anruf bekommen.« So ausführlich wie möglich fasste sie das Telefonat zusammen. Danach erzählte sie von dem Mann, der ihr auf der Straße aufgefallen war.

»Ich soll in den Knast?«, fragte Nikolai entsetzt. »Warum?«

»Weil du offensichtlich Scheiße gebaut hast. Wie konnten dir drei Augenzeuginnen nicht auffallen?«

»Ich schwöre, da war niemand.«

»Offenbar schon.«

»Ich gehe nicht in den Knast!«

»Sei nicht dumm!«, entgegnete sie.

»Das war Mord«, wisperte er kaum hörbar. »Wenn ich erst in Haft …«

Tatjana legte ihm beide Hände auf die Wangen. »Wenn du mich von Anfang an eingeweiht hättest, wären wir nicht in dieser Situation. Jetzt müssen wir da durch. Du befolgst, was der Anrufer gesagt hat. Tu, was ich dir sage. Hast du mich verstanden?«

Es dauerte einen kurzen Moment, bis er endlich nickte.

11

»Ich befürchte, ich bin der Ehefrau des Verdächtigen aufgefallen«, informierte Kommissar Jan Kunde Hauptkommissar Dorfer am Telefon. Er schloss die Augen und wappnete sich gegen seine Reaktion.

»Wie kommen Sie darauf?«, fragte der Hauptkommissar ruhig.

»Ich stand vorhin am Überwachungswagen und rauchte eine Zigarette, als Frau Velkow nach Hause zurückkehrte. Unsere Blicke trafen sich, und daraufhin hat sie sofort beschleunigt. Außerdem hat sie nach dem Aussteigen zu mir geschaut. Dafür gab es keinen Grund.«

»Sind Sie sicher?«, fragte Dorfer.

»Ja«, antwortete Kunde. »Zu neunundneunzig Prozent. Ich hab's in ihrem Blick erkannt. Irrtum ausgeschlossen. Zumindest, wenn ich auf mein Bauchgefühl höre.«

»Scheiße!«, fluchte Dorfer. »Meine Partnerin und ich kommen zu Ihnen. Sie sind noch immer zu viert vor Ort, richtig?«

»Auf drei Wagen verteilt«, bestätigte Kunde.

»Bis wir bei Ihnen sind, unternehmen Sie nichts. Außer, Velkow verlässt das Haus. Dann halten Sie ihn auf.«

»Verstanden.« Kunde beendete das Telefonat. Er verspürte das dringende Bedürfnis, eine Zigarette zu rauchen. Aber dieses Laster hatte ihn überhaupt erst in die Schwierigkeiten gebracht. Er musste endlich damit aufhören.

Kunde griff zum Funkgerät, um seine Kollegen zu informieren. Dabei überlegte er hektisch, wie er seinen Fehler ausbügeln könnte.

12

Gut zwanzig Minuten nach dem Telefonat mit Kunde trafen Miriam Decking und Bastian Dorfer in der Straße der Velkows ein.

Sie sammelten sich rund zweihundert Meter vom Hauseingang entfernt, auf den sie von ihrer Position freien Blick hatten. Um den Velkows nicht aufzufallen, zogen sie sich hinter ihren weißen Lieferwagen zurück. Ein Polizist behielt das Haus im Auge.

»Kunde, beschreiben Sie noch mal, was bei der Rückkehr der Ehefrau passiert ist«, bat Dorfer. »Ich will nicht voreilig handeln. Nehmen wir ihn fest, hat die Abhörgenehmigung nichts gebracht.«

»Sie kam im normalen Tempo angefahren. Maximal fünfunddreißig. Ich stand zu dem Zeitpunkt am Auto, um mir die Beine zu vertreten. Unsere Blicke trafen sich, und die Frau wirkte sofort besorgt. Sie beschleunigte auf fünfzig und …«

»Leute, da passiert was!«, rief der Polizist, der den Eingang überwachte.

Miriam trat um den Lieferwagen herum. Nikolai Velkow kam aus dem Haus gerannt. Er trug eine Reisetasche. Er blickte in ihre Richtung, bis er die Garage erreichte und die Tasche kurz abstellte.

»Der Verdächtige haut ab. Wir müssen ihn aufhalten.«

Miriam rannte los, Dorfer folgte ihr. Unterwegs zog sie die Waffe. Velkow verschwand in der Garage. Sekunden später sprang röhrend ein Motor an. Der Wagen, den die

Zeuginnen beschrieben hatten, fuhr auf die gepflasterte Zufahrt.

Miriam war noch fünfzig Meter entfernt, Dorfer holte auf. Gemeinsam erreichten sie den Bürgersteig. Beide richteten die Pistolen aufs Fahrzeug. Sollte er losfahren, würde Miriam auf die Reifen schießen, um seine Flucht zu verhindern.

»Stehen bleiben!«, schrie Dorfer.

Der Wagen kam näher. Miriam und ihr Partner blieben schussbereit stehen. Miriam würde erst im letzten Moment beiseitespringen. Zwanzig Meter vor einem Zusammenstoß bremste Velkow scharf. Er schloss die Augen, schaltete den Motor aus und verschränkte die Hände hinter dem Kopf. Dorfer riss die Fahrertür auf, Miriam gab ihm Feuerschutz.

»Aussteigen!«, schrie Dorfer.

»Was wollen Sie von mir?«, fragte Velkow.

»Aussteigen!«

Die Haustür öffnete sich, und Tatjana Velkow trat heraus. »Was machen Sie mit meinem Mann?«, zeterte sie.

Dorfer zog ihn aus dem Wagen und legte ihm Handschellen an. »Sie sind wegen dringenden Mordverdachts verhaftet.«

Miriam ging zur Ehefrau. »Bleiben Sie da stehen! Gehen Sie nicht zum Auto.«

»Wieso verhaften Sie meinen Nikolai? Was wollen Sie von ihm? Er hat nichts getan!«

»Wo ist Ihr Mann gestern Abend gewesen?«, fragte Miriam. »Ich weise Sie ausdrücklich darauf hin, dass Sie als Ehefrau die Aussage verweigern dürfen.«

»Wieso sollte ich das tun? Nikolai war gestern hier bei mir. Wo denn sonst? Den ganzen Abend. Wir haben ferngesehen. Einen Krimi. Dann sind wir ins Bett und haben es uns gemütlich gemacht.«

Tatjana Velkow sah Miriam die ganze Zeit in die Augen. Einzig das häufige Blinzeln verriet ein gewisses Maß an Nervosität. Ihre Aussage hingegen klang wie auswendig gelernt.

»Wir haben Zeugen, die etwas anderes behaupten.«

»Dann lügen diese Zeuginnen. Mein Mann war bei mir. Vom Feierabend bis wir schlafen gegangen sind.«

Tatjana Velkow sprach von *Zeuginnen*, obwohl Miriam bewusst die männliche Form gewählt hatte. Hatte das etwas zu bedeuten? Oder war das ihrer Aufregung geschuldet?

»Wir bringen Ihren Ehemann ins LKA. Sie hören von uns.« Miriam steckte die Waffe weg. Dabei bemerkte sie den Blick, den Tatjana ihrem Mann zuwarf.

»Halt durch, mein Schatz!«, rief sie ihm zu.

Eine interessante Formulierung, dachte Miriam.

13

Dorfer brachte den Verdächtigen in einen Vernehmungsraum.

»Warten Sie hier. Wir sind gleich bei Ihnen.«

»Ich kann's kaum erwarten«, murmelte Velkow, der bislang geschwiegen hatte.

»Sie können ja reden. Erstaunlich.«

Dorfer verließ den Raum und trat ins Nebenzimmer, in dem Miriam Decking wartete und den Verdächtigen durch einen Einwegspiegel beobachtete.

»Wir müssen schnellstmöglich drei oder vier Männer herbeischaffen, die ihm einigermaßen ähnlich sehen. Für eine Gegenüberstellung mit den Zeuginnen. Ich will noch heute Abend eine positive Identifizierung haben«, sagte Miriam.

Dorfer nickte. »Ich kümmere mich darum. Wie sollen wir gleich vorgehen? Befragen wir ihn zusammen?«

»Ja. So können wir ihn besser unter Druck setzen.«

»Dann warte hier. Ich bitte Philip, eine Gegenüberstellung vorzubereiten. Der führt unsere Datenbank von Leuten, auf die wir in solchen Fällen zurückgreifen können.«

Zehn Minuten später betraten Miriam und ihr Partner den Vernehmungsraum. Zunächst belehrte Dorfer den Verdächtigen über seine Rechte.

»Haben Sie das verstanden?«, fragte er.

Velkow brummte etwas Unverständliches.

»Das lasse ich als Bestätigung gelten«, sagte Dorfer. »Herr Velkow, wir haben Sie heute wegen …«

»Ich will meinen Anwalt dabeihaben«, unterbrach der Verdächtige ihn. »Dr. Frank Kessel. Sagen Sie ihm Bescheid, dass sein Mandant grundlos verhaftet worden ist.«

»Dr. Frank Kessel«, wiederholte Dorfer.

Miriam fiel der ungläubige Tonfall ihres Partners auf.

»Genau.« Velkow grinste. »Damit haben Sie wohl nicht gerechnet?«

»Okay, das machen wir gern.« Dorfer stand auf. »Komm, Miriam. Wahrscheinlich dauert es, bis Kessel hier ist. Ist ein vielbeschäftigter Mann.«

Sie verließen den Raum.

»Das riecht nach Ärger«, murmelte Dorfer vor der Tür.

»Wieso?«

»Du hattest mit Kessel noch nichts zu tun, schätze ich. Der gehört zur Hamburger Elite der Strafverteidiger. Jemand wie Velkow kann sich den Mann normalerweise nicht leisten. Das verkompliziert die Befragung. Kessel ist ein harter Hund und jeden Cent wert. Mist!«

»Gegen eine eindeutige Identifizierung kann auch der beste Anwalt nichts ausrichten.«

»Hoffen wir's!«

14

Till Buchinger machte einige Dehnübungen für seinen Nacken.

»Bist du auch so erledigt?«, fragte Jessica Sturm.

»Wir sollten Feierabend machen. Mehr finden wir vermutlich nicht raus. Immerhin können wir Miriam einen Anhaltspunkt liefern.«

»Ich hab nichts dagegen«, sagte Jessica. »Viel mehr von diesen ganzen Abgründen würde ich auch nicht ertragen. Hoffentlich kann ich heute Nacht schlafen.« Sie schaltete ihren Laptop aus und stand auf.

Till trat zu ihr und nahm sie in den Arm. »Danke, Jess. Du warst mir eine große Hilfe. Ohne dich hätte ich den Clip nicht gefunden.«

»Das war Teamwork. Und wenn du was brauchst, meldest du dich einfach.«

»Für deinen Einsatz laden Miriam und ich dich demnächst zum Essen ein.«

»Darauf freu ich mich.«

Till brachte sie zur Tür. Als er wieder allein im Büro war, schaute er sich noch einmal ihr wichtigstes Fundstück an. Anapak hatte unter seinem Pseudonym einen Film angeboten, den er in der Beschreibung als brisant bezeichnete. Um das Interesse potenzieller Käufer anzuheizen, hatte er einen 30-Sekunden-Clip online gestellt. Darauf waren junge Menschen beim Sex zu sehen. Die Gesichter hatte er verpixelt. Die Darsteller wirkten alt genug, um volljährig zu sein, schienen jedoch unter Drogen zu stehen. Jessica hatte ihn auf ein Detail aufmerksam gemacht. Unter dem Angebot hatte Anapak die Buchstaben FUN SF gesetzt. Till konnte damit nichts anfangen, für ihn klang es nach spaßiger Science-Fiction. Jessica hingegen vermutete, die Buchstaben stellten ein Anagramm dar. Das eigentlich gemeinte Wort wäre SNUFF. Falls sie recht hatte, würde der Film einen echten Mord zeigen, zu dem es vielleicht sogar während des Akts käme. Womit die Beschreibung *brisant* zutreffend wäre.

Ob jemand das Video gekauft hatte, konnten sie nicht feststellen. Hoffentlich hatte das LKA diesbezüglich bessere Möglichkeiten.

Till wählte Miriams Handynummer, landete allerdings sofort auf der Mailbox.

»Hey«, sagte er. »Ruf mich bitte zurück, wenn du das abgehört hast. Jessica und ich sind möglicherweise auf etwas gestoßen. Ich schicke dir zur Sicherheit noch eine E-Mail. Und dann fahr ich nach Hause. Ich hoffe, du schaffst es nachher, zu mir zu kommen. Bis später.«

Da er nie wusste, in welcher Situation Miriam seinen Anruf abhörte, verzichtete er auf Kosewörter und Kussgeräusche. Er legte das Handy beiseite und schaute auf seine Uhr. Nach all den Abgründen, auf die Jessica und er bei ihren Recherchen gestoßen waren, hatte er das Bedürfnis, noch einmal zum Friedhof zu fahren. Es würde ihm Kraft geben, einfach ein paar Minuten die Ruhe zu genießen und an seine beiden Frauen zu denken.

15

Unsicher steckte Emma Nehrig die Hand in die Jackentasche und umklammerte den Schlüsselbund. Sie fühlte sich unwohl. Hätte sie für das Treffen mit ihren Freundinnen bloß einen anderen Ort vorgeschlagen, dann wäre sie jetzt nicht in dieser schrecklichen Situation.

Die sympathische Oberkommissarin nahm Emma beiseite.

»Wie hat Ihr Ehemann reagiert?«, fragte sie. »Und was haben Sie ihm überhaupt erzählt?«

Ihr teilnahmsvoller Tonfall half Emma. »Besser als erwartet. Ich habe behauptet, ich wäre gerade eben zu meinem Wagen zurückgekehrt, als der Mord passierte. Dass ich mich mit Kristina und Valerie getroffen habe, weiß er noch gar nicht.«

»Gut gemacht«, sagte die Polizistin. »Denken Sie dran, Sie können mich Tag und Nacht erreichen, falls Ihr Ehemann Ihnen Stress macht.«

Emma lächelte dankbar. Unterdessen wandte sich die Oberkommissarin an die Frauen.

»Vielen Dank, dass Sie es so kurzfristig einrichten konnten. Aufgrund Ihrer Aussagen haben wir heute einen Verdächtigen verhaftet. Nun ist es wichtig, dass Sie ihn eindeutig identifizieren. Ich führe Sie jetzt gleich nacheinander in einen Raum, in dem Sie durch ein Fenster insgesamt vier Männern gegenüberstehen. Diese Personen können Sie nicht sehen, sie sehen nur einen Spiegel. Schauen Sie sich die Männer in Ruhe an und sagen uns bitte danach, ob unter ihnen der Mörder ist, den Sie gestern beobachtet haben. Nehmen Sie sich alle Zeit, die Sie brauchen. Frau Nehrig, wollen Sie beginnen?«

»Meinetwegen«, antwortete Emma leise.

Die Polizistin legte ihr eine Hand auf die Schulter. »Die Männer werden Sie nicht sehen«, wiederholte sie. »Kommen Sie!«

Langsam gingen sie durch einen langen, schmalen Gang und blieben vor der vorletzten Tür stehen.

»Ich lasse Sie allein hineingehen«, sagte Decking. »Im Raum ist das Licht ausgeschaltet, damit es keine störenden Reflexionen gibt. Die vier Männer stehen nebeneinander, jeder von ihnen hält ein Schild mit einer Zahl in der Hand. Sie haben so viel Zeit, wie Sie brauchen. Sind Sie bereit?«

Emma nickte.

»Sie schaffen das.« Die Oberkommissarin öffnete die Tür.

Emma trat ein, blickte jedoch zunächst zum Boden. Hinter ihr schloss sich die Tür. Sie rief sich die gestrigen Ereignisse in Erinnerung. Vor ihrem geistigen Auge sah sie genau den Täter. Sein Gesicht hatte sie heute Nacht in einem Albtraum terrorisiert. Sie würde es vermutlich nie wieder vergessen.

Emma hob den Blick. Wie von der Polizistin angekündigt, hielten die Männer Schilder mit Zahlen von eins bis vier in der Hand. Sie erkannte den Mörder sofort, obwohl ihm ein anderer Typ ziemlich ähnlich sah. Er war der zweite Mann von links. Arrogant schien er sie anzublicken. Seine Augen folgten ihr allerdings nicht, als sie zwei Schritte zur Seite trat.

In ihr tobte ein Zwiespalt. Sie könnte einfach behaupten, keinen der Männer erkannt zu haben. Wäre die Sache dann für sie vorbei? Oder müsste sie bei einem Prozess trotzdem auftreten? Zum Beispiel, weil Kristina und Valerie mehr Mut besaßen und ihn identifizieren würden. Der Gedanke zu lügen, wirkte verlockend. Hätte sie anschließend Ruhe? Sie hatte nie darum gebeten, in die Sache hineingezogen zu werden. Müsste sie wirklich eine eindeutige Aussage machen, oder könnte sie einfach behaupten, sich nicht sicher zu sein? Immerhin sahen sich Nummer zwei und drei ähnlich.

Sie klopfte an die Tür. Sekunden später öffnete ihr die Oberkommissarin. Ihr erwartungsvoller Blick war unverkennbar.

»Haben Sie jemanden erkannt?«, fragte Decking.

Emma räusperte sich.

16

Miriam Decking betrat das Vernehmungszimmer, dicht gefolgt von Dorfer. Er hielt eine dünne Mappe in der Hand. Dr. Kessel hörte sofort auf, mit seinem Mandanten zu wispern, und schaute arrogant zu ihnen auf. Der Rechtsanwalt entblößte beim Lächeln seine schneeweißen Zähne. Alles an ihm war darauf ausgerichtet, seinen Erfolg zur Schau zu stellen. Der maßgeschneiderte Anzug, die perfekt sitzende Frisur, der goldene Ehering, die teure Armbanduhr, der Siegelring.

»Was hat die Gegenüberstellung ergeben?«, fragte er.

Die Polizisten setzten sich ihnen gegenüber und ließen die Männer noch ein paar Sekunden zappeln.

»Wir haben drei Übereinstimmungen«, sagte Dorfer.

»Das ist eine Lüge!«, schrie Velkow. »Ich war zu Hause bei meiner Frau. Tatjana wird es Ihnen bestätigen.«

Kessel legte ihm die Hand auf die Schulter. »Ich habe mit diesem Ergebnis gerechnet. Aber das macht uns nichts aus. So steht Aussage gegen Aussage. Sie haben drei Zeuginnen, die glauben, meinen Mandanten erkannt zu haben. Ich habe eine Ehefrau, die schwören wird, dass er neben ihr im Bett gelegen hat.«

»Die Identifizierungen reichen, damit der Richter die Untersuchungshaft anordnet«, sagte Dorfer. Er zog den Beschluss aus der Mappe und schob ihn dem Anwalt zu.

»Ist das wahr?«, fragte Velkow entsetzt. »Können die das einfach machen?«

»Vorläufig ja«, sagte Kessel. »Aber keine Sorge. Das ist

nicht in Stein gemeißelt. Sobald der richtige Zeitpunkt gekommen ist, lege ich Beschwerde ein. Und Ihnen, verehrte Oberkommissarin Decking, verehrter Hauptkommissar Dorfer, wünsche ich viel Vergnügen bei dem Versuch, meinem Mandanten die Taten nachzuweisen. Zeugenaussagen werden nicht reichen. Das wissen Sie so gut wie ich.«

Als Miriam und Dorfer nach der Vernehmung in ihr Büro zurückkehrten, wartete ein Kollege der Spurensicherung auf sie.

»Du siehst so aus, als hättest du schlechte Nachrichten«, sagte Miriam.

»Bin ich so ein mieser Pokerspieler? Leider hast du recht.«

»Was gibt's für Erkenntnisse?«, fragte Dorfer.

»Velkows Wagen war in einer Waschanlage. Er ist ziemlich sauber. Wir haben keine Spuren gefunden, mit denen wir nachweisen können, dass er am Fährdamm war.«

Dorfers Miene verfinsterte sich. »Verdammt! Wie kann das sein? Wir haben das Haus seit den frühen Morgenstunden beobachtet. Velkow hat das Fahrzeug nicht aus der Garage bewegt.«

»Es gibt in der Stadt genügend Waschstraßen, die rund um die Uhr geöffnet haben, oder zumindest bis Mitternacht. Er kann direkt nach der Tat dorthin gefahren sein. Außerdem kann er sich auch irgendwo privat hingestellt haben und einen Druckreiniger benutzt haben. Allerdings würde ich aufgrund der Spuren eher auf eine Waschstraße und auf ein Programm mit Unterbodenreinigung tippen.«

»Werden solche Anlagen videoüberwacht?«, fragte Miriam.

»Was würde das beweisen?«, entgegnete der Spurensicherungsbeamte. »Sein Auto zu reinigen, ist kein Verbrechen.«

»Es würde das von Frau Velkow gegebene Alibi widerlegen, falls wir ihn irgendwo auf dem Video einer Waschstraße entdecken.« Miriam schaute auf ihre Uhr. »Dann stehen wir ab jetzt unter Zeitdruck. Wenn solche Anlagen Videos aufzeichnen, speichern sie die eventuell nicht länger als vierundzwanzig Stunden. Machen wir uns an die Arbeit und finden das heraus.«

Abends um zweiundzwanzig Uhr stand Miriam erschöpft vor Tills Haustür und klingelte. Die Recherche der letzten Stunden hatte sie nicht weitergebracht. Die wenigsten Waschanlagen waren vollständig videoüberwacht. Und bei denen, die über Kameras verfügten, überschrieb sich das Videomaterial nach spätestens zwölf Stunden von selbst.

Till öffnete ihr.

»Dein Gesicht ist der erste Lichtblick seit vielen Stunden«, sagte sie leise. Noch im Hausflur nahm er sie in den Arm.

»Ich bin so müde. Entschuldige.«

»Dafür musst du dich nicht entschuldigen«, erwiderte er. »Willst du was essen, einen Wein oder sofort ins Bett?«

»Ein Glas Wein wäre toll.«

Sie gingen in die Küche, wo Till zwei Gläser Rotwein einschenkte. Ausführlich berichtete Miriam von den kleinen Fortschritten und den vielen Rückschlägen des Tages.

»Danke für eure Recherchen«, sagte sie schließlich. »Unsere Computerspezialisten hatten den Clip bis zu meinem Feierabend noch nicht gefunden. Entschuldige, dass ich nur so kurz mit dir deswegen telefoniert habe. Eure Erkenntnisse gehören definitiv zu den Fortschritten, die wir gemacht haben.«

Till zuckte mit den Achseln. »Überhaupt kein Problem.

Sollen wir ein bisschen über die Bedeutung des Videos spekulieren? Ich hab viel darüber nachgedacht.«

»Gerne.«

»Nehmen wir an, Anapak hat dieses Material selbst erstellt. Irgendwo trifft sich ein Paar, hat drogenumnebelten Sex. Die Beteiligten erfahren im Nachhinein, dass sie dabei gefilmt wurden.«

»Aber der Mörder ist weder der junge Mann, dessen Gesicht verpixelt ist, noch die Frau.«

»Also spricht viel dafür, dass der Mörder angeheuert wurde. Von einem der Darsteller? Vielleicht, weil im weiteren Verlauf wirklich zu sehen ist, wie er seine Partnerin tötet.«

»Oder sie ihn.«

Till nickte. »Klingt das plausibel? Irgendwie nicht.«

»Nein. Hätte Anapak das Videomaterial selbst erstellt, liefe es auf Erpressung hinaus. Das passt nicht zu seiner Vorgeschichte. Mir scheint es realistischer, dass er sich Zugriff auf eine Festplatte verschafft und den Film geklaut hat.«

»Und derjenige, bei dem er die Daten abgefischt hat, heuert den Mörder an.«

»Überzeugt mich mehr. Anapak hat früher Material illegal zum Verkauf angeboten. Nicht zu Erpressungszwecken.«

»Also wärt ihr einen Schritt weiter, wenn ihr herausfindet, bei wem er sich Zugriff auf den Computer verschafft hat.«

Diesmal nickte Miriam. »Weißt du, was mich beunruhigt? Tatjana Velkow kommt nach Hause und hat kurzen Augenkontakt zu einem Zivilpolizisten, der an seinem Auto steht und raucht. Keine halbe Stunde später verlässt Nikolai

Velkow panisch das Haus. Ist es normal, dass sie nach einem langen Arbeitstag so aufmerksam reagiert? Scheint mir nicht so. Dass sie Verdacht schöpft, kann ich akzeptieren. Der Kollege hat sich ungeschickt verhalten. Aber diese eine kurze Begegnung reicht, um in Velkow einen Fluchttrieb auszulösen? Ist das realistisch?«

»Du meinst, jemand hat sie vorgewarnt?«, folgerte Till.

»So ungern ich es zugebe.«

»Dann hättet ihr ein Leck.«

»Das ist einer unserer Ermittlungsansätze in den nächsten Tagen. Herauszufinden, ob Frau Velkow schon vor der zufälligen Begegnung von der Observation wusste.« Sie trank das Glas leer.

»Willst du Nachschub?«

»Lass uns lieber ins Bett gehen.«

17

Andreas kehrte mit einer Flasche Bier zurück ins Wohnzimmer. Emma saß auf der Couch und war in ein Buch versunken, während er mitten im Raum stehen blieb. Sie schaute zu ihm hoch. Ungewöhnlich, dass er sich um diese Uhrzeit noch eine Flasche öffnete. Der Blick, mit dem er sie musterte, gefiel ihr gar nicht.

Sollte sie ihn ignorieren? Oder vielleicht sogar seinen Alkoholkonsum thematisieren? Sie ahnte, wie er darauf reagieren würde. Und nachdem er gestern einigermaßen akzeptabel reagiert hatte, wollte sie heute keinen Streit riskieren.

Sie lächelte ihm zu. »Ich glaube, ich geh gleich ins Bett. Bin ziemlich geschlaucht.«

»Von deinen Lügen oder wovon?«, fragte er leise.

Scheiße!, dachte sie. Sein zorniger Tonfall war unverkennbar. Das würde nicht friedlich enden.

»Was meinst du?« Sie klappte das Buch zu und legte es beiseite. Vielleicht gelänge es ihr, die nötige Balance zwischen Deeskalation und Verteidigung zu finden.

Andreas trank aus der Flasche und rülpste. »Wieso verarschst du mich?«

»Ehrlich gesagt, hab ich keine Ahnung, wovon du redest.«

Wieder nahm er einen Schluck. Es reichte ihr. Seit Monaten behandelte sie ihn wie ein rohes Ei, während sie hinter seinem Rücken nur Trippelschritte vollführte, um sich von ihm zu lösen. Wo war die selbstbewusste Emma geblieben, die sie vor ihrer Ehe gewesen war? Der Zorn über die eigene Entwicklung in Verbindung mit dem schrecklichen Erlebnis des Vortages überlagerte ihre Furcht vor ihm. Sie dachte an das Angebot der Oberkommissarin. Wenn Andreas gewalttätig würde, könnte sie ihn mit einem einzigen Anruf in große Schwierigkeiten bringen. Warum also sollte sie Angst vor ihm haben?

Sie erhob sich, und Andreas wich instinktiv einen Schritt zurück. Ihre Reaktion überraschte ihn offenbar.

»Spuck's aus!«, rief Emma. »Was brennt dir auf den Nägeln?«

»Pass bloß auf.«

»Spuck's aus! Ich will es aus deinem Mund hören.«

»Emma, ich warne dich!«

Mit einem tiefen Zug leerte er die Bierflasche. Wieder rülpste er. Sie empfand nur noch Abscheu vor ihrem Ehemann.

Er knallte die Flasche auf den Couchtisch. »Ich frage dich nur einmal. Wo warst du gestern Abend wirklich?«

Sie lachte spöttisch. »Ich habe am Fährdamm geparkt. Weil Julia ganz in der Nähe wohnt. Was soll ich sonst an einem regnerischen Abend an der Alster?«

»Keine Ahnung!«, schrie er. »Vielleicht lässt du dich da von einem reichen Schnösel ficken, du Hure!«

»Wow«, sagte sie. »Herzlichen Dank. Schön, wie du über deine Ehefrau denkst.«

»Lenk' nicht ab, du Miststück«, brüllte er. »Wo warst du?«

»Ruf Julia an, wenn du mir nicht glaubst.«

»Das hättest du wohl gern! Ihr Weiber haltet immer zusammen.«

»Schrei nicht so rum. Unsere Nachbarn schlafen vielleicht schon.«

»Ist mir scheißegal.« Er wurde noch lauter. »Wo warst du?«

Sollte sie ihn darauf hinweisen, dass er sie inzwischen zum dritten Mal fragte, obwohl er angekündigt hatte, sie nur ein einziges Mal zu fragen? Oder wäre das zu viel Öl im Feuer?

Emma seufzte. »Glaubst du, es war schön mitanzusehen, wie ein Mensch kaltblütig erschossen wird? Von der Angst, dass es mich als Nächste erwischt, ganz zu schweigen. Hätte ich das vorher geahnt, wär' ich nicht zu Julias Geburtstag gefahren. Oder einfach länger geblieben. Alles besser, als …«

Mit einer Geschwindigkeit, die sie ihm nicht zugetraut hätte, griff er zur leeren Flasche und warf sie. Zu ihrem Glück zielte er trotz der kurzen Distanz nicht gut. Die Glasflasche verfehlte knapp ihren Kopf und zerplatzte hinter ihr an der Wand.

»Spinnst du?«, schrie sie mit zitternder Stimme.

»Ich! Hab! Dich! Gewarnt!« Sein Gesicht lief rot an. »Du gehörst mir, und ich will wissen, wo du dich rumgetrieben hast!«

Mit diesem Streit überschritten sie jegliche Grenzen. Er hatte schon mehrfach die Hand drohend gegen sie erhoben und sie bei einer Gelegenheit sogar geschubst. Allerdings hatte er noch nie etwas nach ihr geworfen.

Rasch drehte sie sich um. Der zerbrochene Flaschenhals lag auf der Couch. Die zackigen Enden wären eine gefährliche Waffe. Sie griff danach und hielt ihn Andreas entgegen. »Das hier war zu viel. Es ist aus!«

Er kniff die Augen zusammen. »Das wagst du nicht.«

Sie trat einen Schritt vor. »Was wage ich nicht?«

»Leg das weg!«

Statt auf ihn zu hören, rückte sie einen Schritt vor. »Was wage ich nicht?«

Er wich wie erhofft zur Seite aus. Der Weg zur Tür war frei. Andreas starrte auf den scharfkantigen Flaschenhals.

»Emma, mach dich nicht unglücklich! Gegen mich hast du keine Chance«, warnte er sie.

Abrupt lief sie zur Tür und in die Diele. Vom Dielenschrank schnappte sie sich ihr Handy und ihr Portemonnaie.

»Emma!«

Sie betrat das Gästezimmer und schloss die Tür ab. Rasch stellte sie einen Stuhl davor und klemmte ihn unter die Klinke. In diesem Moment knallte Andreas seine Faust an die Tür.

»Emma! Mach auf!«

»Nicht bevor du dich beruhigt hast«, erwiderte sie.

»Emma!«, schrie er.

»Du hast eine Flasche nach mir geworfen. Sei froh, wenn ich dich nicht anzeige.«

Voller Wut hämmerte er an die Holztür, die im Rahmen erzitterte. Sie legte den zackigen Flaschenhals auf das Sideboard, damit sie sich nicht versehentlich daran verletzte. Erst jetzt ließ sie den Tränen freien Lauf. Gestern der Mord vor ihren Augen und heute diese Konfrontation, die endgültig das Schicksal ihrer Ehe besiegelte.

Während Andreas wie von Sinnen vor der Tür tobte, legte sich Emma aufs Gästebett und kuschelte sich in die Decke. Sollte sie die nette Oberkommissarin anrufen? Bestimmt würde sie dafür sorgen, dass Andreas die Nacht nicht zu Hause verbringen dürfte. Allerdings würde das ihre Situation nicht vereinfachen. Denn zumindest ein paar Tage müssten sie es noch gemeinsam unter einem Dach aushalten. Vielleicht wäre es besser, diese Eskalationsstufe nicht zu zünden.

Im Flur sah Andreas anscheinend ein, unnötig Energie zu verschwenden. Vermutlich tat ihm bereits die Faust weh.

»Ich wünsche dir eine angenehme Nacht«, spottete er. »Hoffentlich machst du dir ins Bett.«

Sie reagierte nicht auf seine Provokation. Sekunden später warf er die Wohnzimmertür zu. Erleichtert atmete Emma durch.

Ein Geräusch riss sie aus dem Schlaf. Orientierungslos richtete sich Emma auf. Vor ihrem Fenster erwachte ein Automotor zum Leben. Sie blickte zur Uhr. Zehn Minuten vor eins.

»Oh Gott«, stöhnte sie leise. Die Erinnerungen an den Streit kehrten schlagartig zurück. Gleichzeitig bemerkte sie den starken Druck auf ihrer Blase.

Ob Andreas bereits eingeschlafen war? Nach zwei oder drei Bier schlief er normalerweise tief und fest.

Emma schlug die Bettdecke beiseite, stand auf und schlich zur Tür. Lautlos stellte sie den Stuhl weg und drehte den Schlüssel im Schloss. Sollte sie den Flaschenhals mitnehmen? Nach kurzem Zögern verzichtete sie darauf. Stattdessen öffnete sie die Tür und lauschte. Aus dem offen stehenden Schlafzimmer drang ein unverkennbares Schnarchen zu ihr. Vermutlich hatte er den Raum nicht zugesperrt, damit er sie jederzeit hören könnte. Emma schlich in den Flur und schloss die Tür. Dann horchte sie wieder. Andreas schnarchte noch immer. Nun konnte sie beruhigt ins Bad, um zu pinkeln und sich die Zähne zu putzen. Anschließend entsorgte sie den Flaschenhals im Müll. Morgen früh müssten sie vernünftig miteinander sprechen. Nach fünf Jahren Ehe waren sie sich das schuldig.

Emma ging zurück ins Gästezimmer und verzichtete darauf, die Tür zu schließen. Damit würde sie ihn morgen früh nur provozieren. Das frei zugängliche Zimmer war ihr Friedensangebot. Sobald er seinen Rausch ausgeschlafen hätte, wäre er weniger aggressiv. Außerdem hatte sie im Gegensatz zu Andreas einen deutlich leichteren Schlaf. Es sollte ihm nicht gelingen, sich unbemerkt anzuschleichen.

18

Der Mann, der die entstandenen Probleme aus der Welt schaffen sollte, führte den Dietrich ins Türschloss der Wohnung. Er benötigte nur wenige Sekunden. Wie leichtsinnig manche Menschen waren, erstaunte ihn immer wieder. Hätte jemand abgeschlossen, hätte ihn das vor größere Schwierigkeiten gestellt. Von einer Türkette ganz zu schweigen. Vielleicht hätte er dann sogar den Rückzug antreten müssen, um sich etwas anderes zu überlegen.

Er schlüpfte in die Diele und horchte. Aus einem verschlossenen Raum drang gedämpftes Schnarchen zu ihm, aus einem offen stehenden Zimmer ein gleichmäßiges Atmen. Er lächelte. Offensichtlich schlief das Ehepaar in getrennten Betten. Das würde seiner Geschichte Glaubwürdigkeit verleihen. Die Informationen, die er erhalten hatte, schienen zuzutreffen. Er ging zur offenen Tür und erkannte, dass hier die Frau schlief. Leise betrat er den Raum und zog die Pistole aus der Manteltasche. Die Zielperson schreckte aus ihrem Schlaf. Obwohl er lautlos gewesen war, spürte sie instinktiv seine Anwesenheit. Frauen hatten für nächtliche Störungen feinere Antennen – das fiel ihm nicht zum ersten Mal auf. Es wäre vorteilhafter gewesen, wenn er seine Augen noch besser an das Halbdunkel hätte gewöhnen können. Durch das Fenster fiel zumindest etwas Licht in den Raum.

»Andre…« Sie hielt inne. »Oh Gott! Wer sind Sie? Was wollen Sie?«

Er zögerte. Ob sie schreien würde? Ihn faszinierten die

letzten Sekunden eines Menschenlebens, denn sie sagten so viel über den Charakter des Todgeweihten aus. Sollte sie schreien, würde ihn das nicht stören. Ganz im Gegenteil. Damit hatte er sogar gerechnet.

Die Frau unternahm jedoch nichts. Aufgrund des schwachen Lichts erkannte er nicht, worauf sich ihr Blick richtete. Vielleicht suchte sie nach einem Ausweg, den ihr das Schicksal nicht bot.

»Tut mir leid. Du hast zu viel gesehen.«

»Bitte«, flüsterte sie. »Ich kann meine Aussage zurückziehen.«

Also wusste sie, weswegen sie sterben musste. Immerhin etwas.

»Dafür ist es zu spät.«

»Bitte. Ich möchte leben. Ich tue alles für Sie. Versprochen.«

Er jagte ihr eine Kugel in den Kopf. Der Schalldämpfer schluckte den Lärm des Schusses. Sie sackte zusammen. Er schaltete die Taschenlampenfunktion des Handys ein und überzeugte sich von ihrem Tod. Für seine Auftraggeber fotografierte er die Leiche. Eine so hübsche Frau. Er hätte gern länger Zeit mit ihr verbracht.

Nachdem das erledigt war, lauschte er. Der Ehemann schnarchte noch immer. Trotzdem wäre der Rest kein Kinderspiel. Die Rädchen mussten reibungslos ineinandergreifen.

Er ging zu dem Raum, in dem der Mann schlief. Vorsichtig drückte er die Türklinke hinunter. Auch in dieses Zimmer fiel von der Straße Licht ein. Er trat ans Bett. Der Ehemann stieß mit jedem Atemzug eine Bierfahne aus.

Nun musste es schnell gehen. Der Mörder presste die Pistole unter das Kinn des Schläfers, der sich nun regte. Er packte die Hand des Ehemannes, der als Bauernopfer enden würde, und legte sie um den Griff der Pistole. Dann betätigte er den Abzug. Blut spritzte aus seinem Hinterkopf, seine Hand erschlaffte. Der Mörder ließ die Waffe los, die auf die Bettdecke fiel.

Sah das Szenario nach einem Suizid aus? Er schaltete die Taschenlampenfunktion ein und musterte das sich bietende Bild.

Zufrieden lächelte er. Das Schicksal hatte es an diesem Abend gut mit ihm gemeint. Eine erledigt, noch zwei übrig. Die Uhr tickte.

19

Einigermaßen ausgeschlafen besprachen Miriam und Till am nächsten Morgen ihre Überlegungen.

»Warum bietet Anapak das Video im Darknet an?«, fragte Miriam. »Ein normaler Porno kann es nicht sein. Die gibt es massenhaft kostenlos im Netz.«

»Stimmt. Damit lässt sich kein Geld verdienen.«

»Kinderpornografie können wir ebenfalls ausschließen, oder siehst du das anders?«

Till trank einen Schluck Kaffee. »Nein. Auch wenn die Gesichter verpixelt sind, handelt es sich bei beiden mindestens um Teenager. So viel kann man dank der Stimmen sagen. Ich würde sogar eher auf Volljährige tippen. Falls im späteren Verlauf Kinder hinzukommen, die gezwungen werden mitzumachen, wäre der Teaser nicht sehr verkaufsförderlich.«

»In meinen Augen ist also die Erpressungsvariante die wahrscheinlichste«, folgerte Miriam.

»Wenn du richtig liegst, muss entweder im weiteren Verlauf etwas Übles passieren, oder einer der Beteiligten ist eine wichtige Person, die Erpressungspotenzial bietet.«

»Ein Snuff-Video«, spekulierte Miriam.

»Die Kürzel unter dem Angebot sprechen dafür. FUN SF. Ein anderer Sinn erschließt sich mir nicht. Selbst wenn das Material keine Tötung zeigt, könnte der sexuelle Akt völlig aus dem Ruder laufen. Mit einer Vergewaltigung enden. Oder zumindest in eine gewalttätige Richtung umschlagen. Aber weißt du, was mich noch immer wundert?

Wieso bietet Anapak das Video zum Kauf an? Falls es Erpressungspotenzial hat, verdient er mehr daran, wenn er das Geld selbst einstreicht. Ich weiß, was du gesagt hast. Anapak war nicht als Erpresser polizeibekannt. Aber das gehört zum Hackeralltag dazu, oder? Zum Beispiel Bitcoins einstreichen, indem man mit der Veröffentlichung sensiblen Materials droht.«

»Du hast recht«, sagte Miriam nachdenklich. »Ob er mit dem kurzen Ausschnitt Druck erzeugen wollte? Um dem Opfer zu zeigen, dass er es ernst meint?«

»Nicht auszuschließen.« Miriam schaute auf ihre Armbanduhr und seufzte. »So gern ich bleiben würde, aber ich muss langsam los. Kannst du eine Sache für mich erledigen? Oder bist du mit eigenen Projekten beschäftigt?«

»Deine Aufträge ersparen mir gerade langweilige Bürotage, an denen ich mich notgedrungen mit der Steuer beschäftigen müsste.«

Sie strich sich imaginären Schweiß von der Stirn und zwinkerte ihm zu. »Dann brauche ich kein schlechtes Gewissen zu haben. Kannst du noch einmal versuchen, ob sich im Darknet mehr über dieses Video finden lässt? Ich befürchte, unsere Fachabteilung priorisiert das nicht.«

»Okay«, sagte Till. »Ich grabe ein bisschen tiefer.«

20

Miriam brütete über dem Bericht der Spurensicherung, als fast gleichzeitig ihr Handy und die Büroleitung auf Dorfers Schreibtisch klingelten. In ihrem Display stand Tills Name.

»Hey«, begrüßte sie ihn.

»Der Film ist verschwunden.«

»Verschwunden?«

Dorfer nahm unterdessen das andere Gespräch an.

»Ich find ihn nicht mehr. Das Angebot ist weg. Ich habe vorsichtshalber Jessica angerufen, aber auch sie entdeckt das Material nirgends mehr.«

»Wie ist das möglich? Anapak ist tot. Hat sich jemand in seinen Account gehackt?«

»Vielleicht mit erbeuteten Zugangsdaten von der verschwundenen Festplatte.«

Miriam nickte. Sie bemerkte Dorfers düsteren Gesichtsausdruck. Auch ihr Partner schien schlechte Nachrichten zu bekommen.

»Spricht für die Brisanz des Materials«, sagte Till. »Jemand engagiert einen Auftragsmörder und bringt Anapaks Festplatte in seinen Besitz. Wahrscheinlich war die verschlüsselt, sodass derjenige einen Tag gebraucht hat, sie zu knacken.«

»Und deshalb konntet ihr das Material gestern noch finden, aber heute ist es gelöscht.«

»Klingt für mich logisch.«

Dorfer beendete sein Telefonat. Er fuhr sich mit der Hand übers Gesicht. Der Anruf hatte ihn erschüttert. Er schaute sie an.

»Till, ich muss auflegen. Ich befürchte, auf mich warten noch mehr schlechte Nachrichten. Bis später, okay?«

»Ja, alles klar.«

Sie legte das Telefon beiseite. »Bastian, was ist passiert?«

»Emma Nehrig und ihr Ehemann sind tot.«

Sie riss entsetzt die Augen auf. »Wann?«

»Gestern Nacht. Dem Anrufer zufolge deutet viel auf erweiterten Suizid hin. Ich habe zugesagt, dass wir sofort zum Tatort fahren und die Ermittlungen übernehmen. Vorausgesetzt, Waidner grätscht uns nicht dazwischen.«

»Scheiße!« Diverse Gedanken schossen Miriam durch den Kopf. Hätte sie stärker darauf drängen sollen, die Zeugin vor ihrem Ehemann zu schützen? Aber die hatte behauptet, er habe halbwegs vernünftig reagiert. »Das stinkt zum Himmel. Bei der Gegenüberstellung hat Frau Nehrig nervös gewirkt. Nicht wegen ihres Ehemanns, sondern weil sie Velkow identifiziert hat. Und ein paar Stunden später tötet er sie?« Sie stand auf. »Da stimmt was nicht.«

21

An der Wohnungstür schlüpften Miriam und ihr Partner in weiße Schutzanzüge, um keine Spuren zu kontaminieren. Der Chef des Spurensicherungsteams führte sie durch die einzelnen Räume.

»Gefunden hat die Leichen eine Putzfrau, die hier alle zwei Wochen saubermacht. Sie macht auch in der Wohnung über dieser hier sauber. Von dort hat sie die Polizei alarmiert. Frau Nehrig lag im Gästezimmer allein im Bett. Sie ist an einem Kopfschuss gestorben. Kaliber 9mm. Genaueres wird die Auswertung ergeben. Keinerlei Anzeichen auf einen Kampf. Nach der Tat hat sich der Ehemann ins Schlafzimmerbett gelegt und sich die Pistole unters Kinn gehalten. Für beide Schüsse hat er einen Schalldämpfer benutzt.«

»Wie bei dem Mord am Fährdamm«, murmelte Miriam. »Ist das Zufall? Haben Sie einen Abschiedsbrief gefunden?«

»Nein«, antwortete der Mann. »Allerdings ist das für erweiterte Suizide nicht ungewöhnlich. Im Wohnzimmer und im Küchenabfall sind wir auf interessante Spuren gestoßen.«

Er ging mit ihnen ins Wohnzimmer, in dem auf der Couch grüne Glasscherben lagen.

»Was bedeutet das?«, fragte Dorfer.

»Sehen Sie den kleinen Fleck an der Wand? Verursacht von Bierschaum. Ich vermute, jemand hat eine Bierflasche an die Wand geschleudert, wo das Glas zerbrochen ist und sich Flüssigkeit auf der Tapete verteilt hat. Dazu passt dann auch der Fund im Küchenabfall. Da lag nämlich der Flaschenkopf. Mit sehr zackigem Ende. Hätte als Waffe getaugt.«

»Gibt es außerhalb der beiden Betten Blutspuren?«, fragte Miriam.

Der Spurensicherungsbeamte schüttelte den Kopf.

»Dass das Ehepaar in zwei unterschiedlichen Zimmern schläft, deutet auf einen Streit hin, in dessen Verlauf jemand eine Flasche an die Wand wirft«, sagte Dorfer. »Anscheinend ist hinterher nur der abgebrochene Flaschenkopf entsorgt worden«.

»Einen Abschiedsbrief gibt es nicht«, fügte Miriam hinzu. »Ein Umstand, den Sie nicht ungewöhnlich finden. Ganz im Gegensatz zum Schalldämpfer.«

»Korrekt.«

»Fanden Sie Einbruchsspuren an der Tür?«

»Nein. Wir bauen noch das Schloss aus, aber wenn es mit professionellem Werkzeug geöffnet worden ist, können wir das nicht unbedingt nachweisen.«

Dorfer schaute Miriam an. »Was beschäftigt dich? Der fehlende Abschiedsbrief?«

»Der Schalldämpfer«, entgegnete sie. »Nehrig muss die Waffe illegal besorgt haben. Ich hatte geprüft, ob auf ihn eine Waffenkarte ausgestellt ist. Fehlanzeige. Warum sollte er einen Schalldämpfer kaufen, wenn er plant, Suizid zu begehen?«

»Damit die Nachbarn nichts von dem Drama mitbekommen?«, mutmaßte der Spurensicherungsbeamte.

»Wieso sollte ihm das wichtig sein? Er geht zu seiner Frau und erschießt sie. Anschließend richtet er sich selbst. Niemals könnte jemand nach einem Schuss so schnell die

Polizei alarmieren, dass die Kollegen seinen Selbstmord verhindern können.«

»Bislang wissen wir nicht, wie kurz hintereinander das Ehepaar gestorben ist«, wandte der Mann ein.

»Selbst wenn er danach noch stundenlang im Selbstmitleid gebadet hat, wäre der Schalldämpfer nicht nötig gewesen.« Miriam schüttelte unzufrieden den Kopf.

Die Rentnerin, die in der Wohnung über dem Ehepaar Nehrig lebte, setzte sich mit ihren Gästen an einen Küchentisch, auf dem gehäkelte Tischsets lagen.

»Sie müssen wissen, ich schlafe abends immer sehr früh ein. Oft schon um halb sieben oder sieben. Früher hat mich mein Mann wachgehalten, wir haben immer gemeinsam ferngesehen. Aber Erwin ist seit acht Jahren tot. Jetzt ist es egal, wann ich schlafe oder wach bin.« Sie lachte kurz wehmütig. »Gestern Abend riss mich ein Streit aus dem Schlaf. Ich hörte, wie sich das Ehepaar unter mir anschrie. Nicht zum ersten Mal übrigens. Das war keine harmonische Ehe. Plötzlich hämmerte jemand laut an eine Tür und schrie dabei wie von Sinnen. Mit so was habe ich nicht gerechnet. Die arme Lydia.«

»Sie meinen die Reinigungskraft?«, vergewisserte sich Miriam.

Die Rentnerin nickte. »Lydia putzt auch bei mir. Als sie panisch bei mir anklingelte, war sie weiß wie ein Bettlaken. Herrje, wie kann man so was nur seinem Ehepartner antun?«

»Haben Sie gehört, worum es in dem Streit ging?«, fragte Dorfer.

»Nein. So gut sind meine Ohren leider nicht mehr. Wenn Sie erst mal in meinem Alter sind, verstehen Sie, wovon ich rede.«

»Können Sie sich noch an die Uhrzeit erinnern?«, erkundigte sich Miriam.

»Das war ungefähr Viertel nach zehn. Ich bin dann ins Bett gegangen. Nach dem kurzen Streit war ja auch Ruhe. Dachte ich. Bis Lydia heute Morgen bei mir klingelte. Wie schrecklich!«

Auf dem Weg zum Auto redeten sie über die Aussage der Nachbarin.

»Dieses laute Poltern an der Tür passt auch nicht zu dem, was die Kollegen vorgefunden haben«, stellte Miriam fest. »Klingt so, als habe sich Frau Nehrig im Gästezimmer oder einem anderen Raum verbarrikadiert. Aber die Türen standen offen. Bastian, das Bild ist nicht stimmig. Das war kein erweiterter Suizid. Zu viele Puzzleteile passen nicht zusammen.«

»Ist auch mein Eindruck. Wir sollten mit dem zuständigen Staatsanwalt sprechen. Wenn das ein vorgetäuschtes Familiendrama war, schweben die anderen Zeuginnen in Lebensgefahr.«

Miriam seufzte. »Wir müssen die Frauen aus erster Hand informieren. Sie sollen nicht aus der Presse von Nehrigs Tod erfahren.«

22

Sie fuhren zuerst zum zuständigen Staatsanwalt und setzten ihn in Kenntnis. Dennis Otto war vor zwei Jahren genau an seinem neununddreißigsten Geburtstag von der Flensburger Staatsanwaltschaft nach Hamburg gewechselt. Seitdem hatte er bereits in mehreren verzwickten Mordprozessen die Anklage vertreten. Die Täter waren ausnahmslos schuldig gesprochen und zu hohen Haftstrafen verurteilt worden.

Der schon grauhaarige Mann, der deutlich älter aussah, als er tatsächlich war, empfing Miriam Decking und Bastian Dorfer in seinem Büro. Allerdings blickte er bei ihrem Eintreffen demonstrativ auf die Armbanduhr.

»Ich muss in zehn Minuten los, um pünktlich vor Gericht zu erscheinen«, begrüßte er sie.

»Das ist schlecht«, erwiderte Miriam. »Sie haben von Emma Nehrigs Ermordung gehört. Wir müssen die nächsten Schritte einleiten.«

Otto nickte betrübt. »Schlimme Sache. Erweiterter Suizid. Schrecklich, dass Menschen diesen Weg wählen. Herrje, soll er sich allein töten, wenn er mit seinem Leben nicht klarkommt, aber wieso zieht er seine Frau mit hinein? Gut, dass sie keine Kinder hatten.«

»Wir sind unsicher, ob die Theorie eines erweiterten Suizids haltbar ist«, sagte Dorfer.

Otto wirkte überrascht. »Wie kommen Sie darauf?«

Dorfer erklärte ihm die Unstimmigkeiten.

»Na ja«, brummte der Staatsanwalt. »Überzeugt mich nicht unbedingt. Immerhin spricht die Nachbarin von einem lauten Streit. Ohne diese Aussage wäre ich Ihren Argumenten zugeneigt, aber so? Wie groß ist der Zufall, dass ein Täter ausgerechnet in der Nacht nach einem erbitterten Ehekrach zuschlägt?«

»Vielleicht hat der Mörder einfach Glück gehabt«, sagte Miriam.

»Sie müssen mir mehr bieten als *Glück*.« Er zuckte die Achseln und schaute erneut auf seine Armbanduhr.

»Wir brauchen Schutz für die Zeuginnen«, fuhr Miriam fort. »Wenn die Frauen vor Gericht nicht aussagen, wird Velkow nicht verurteilt.«

Otto verzog den Mund.

»Deswegen wäre ich ein großer Freund davon gewesen, ihn nicht wegen Fluchtgefahr zu verhaften. Stattdessen muss ich mich nun mit Strafverteidiger Kessel herumplagen. Leider haben Sie mich vorab nicht darüber in Kenntnis gesetzt. Ich schätze, das Abhören seines Handys hätte die entscheidenden Hinweise erbracht.«

»Velkow wollte fliehen«, erinnerte Dorfer den Staatsanwalt.

»Aber vielleicht hätte er sein Handy auf der Flucht weiterhin benutzt.«

»Unwahrscheinlich«, vermutete Miriam. »Außerdem halten wir es für realistisch, dass Frau Velkow gewarnt worden ist.«

»Moment!« Otto hob die Stimme. »Sie sind sich der Konsequenzen Ihrer Behauptung hoffentlich bewusst.«

»Das bin ich.«

»Können Sie es nachweisen?«

»Bislang nicht. Aber mein Bauchgefühl …«

»*Bauchgefühl* fällt für mich in dieselbe Kategorie wie *Glück*. Damit kann ich nichts anfangen. Tut mir leid. Ich habe jetzt keine Zeit für diese Diskussion. Kommen wir auf den Wunsch des Zeugenschutzes zu sprechen. Frau Kristina Broll und ihr Ehemann haben vier Kinder, richtig?«

Miriam nickte. Sie fand Ottos Kenntnisstand durchaus beeindruckend. Er musste dafür nicht in die Akten schauen.

»Zwei der Kinder sind derzeit in Amerika zum Schüleraustausch. Das erleichtert die Ausgangslage.«

»Trotzdem können wir keine vier Personen rund um die Uhr beschützen. Zumindest nicht bei dem aktuellen Sachstand. Und Frau Valerie Wiegers ist zwar alleinstehend, aber auch dort wäre die Aufnahme ins Zeugenschutzprogramm mit immensen Kosten verbunden. Das bekomme ich nicht bewilligt.«

»Also riskieren Sie lieber, dass die Anklage gegen Velkow platzt?«, fragte Miriam süffisant.

»Frau Oberkommissarin, ich muss Sie nicht daran erinnern, wessen Job es ist, weitere Beweise zusammenzutragen. Jetzt entschuldigen Sie mich bitte. Der ehrenwerte Richter Moll ist kein geduldiger Zeitgenosse. Prozessbeteiligte, die zu spät kommen, haben ihn in seinen Augen persönlich beleidigt.«

23

»Wie kann Otto das nur so locker sehen?« Unzufrieden schüttelte Miriam den Kopf. »Er hat außer den Zeuginnen nichts, da muss er an ihrem Schutz interessiert sein. Bevor Velkow auf freien Fuß kommt.«

Dorfer bremste den Wagen an einem Stopp-Schild ab. »Du hast ihn gehört. Im Zweifel halst er uns die Verantwortung auf, ihm Beweise gegen Velkow zu besorgen.« Langsam fuhr er wieder an. Sie waren noch fünf Minuten von Kristina Brolls Adresse entfernt.

»Ich hasse diese Karrieretypen, die sich alles so hinbiegen, dass an ihnen nichts haften bleibt.«

»Mit einem Einwand hat er allerdings leider recht. Die Familie Broll ist verdammt schwer zu schützen. Man kann die Kinder nicht aus der Schule nehmen. Und eine lückenlose Bewachung aller Familienmitglieder wäre eine personalintensive Angelegenheit.«

Mürrisch presste Miriam die Lippen zusammen. Ihr Partner lag richtig, aber laut würde sie das nicht aussprechen.

Kristina Broll schlug die Hände vors Gesicht. Ihre Schultern bebten. Sie schluchzte.

»Es tut mir sehr leid«, sagte Miriam leise.

»Dieser Mistkerl«, fluchte sie kaum verständlich. »Hätte ich doch bloß mehr gegen diesen Mistkerl unternommen.«

»Sie meinen Andreas Nehrig?«, fragte Dorfer.

Kristina antwortete nicht sofort. Sie weinte hinter vorgehaltenen Händen, bis sie sich kurz entschuldigte und aus dem Wohnzimmer lief. Erst nach fünf Minuten kehrte sie mit einem Stofftaschentuch in der Hand zurück.

»Oh Gott! Emma! Das darf einfach nicht wahr sein. Wir waren mehr als unser halbes Leben befreundet. Und ja, ich meinte vorhin Andreas.«

Miriam griff zu der Wasserkaraffe auf dem Tisch und schenkte Frau Broll ein Glas ein.

»Danke.« Sie trank zwei kleine Schlucke.

»Momentan spricht viel dafür, dass Andreas Nehrig der Täter ist«, sagte Miriam. »Aber ich will auch eine andere Möglichkeit nicht außer Acht lassen. Vielleicht hat jemand Emma wegen ihrer Zeugenaussage getötet. Und dann wären Sie und Ihre Familie …«

»Nein!«, entfuhr es Kristina viel zu schrill. »Ich kenne Andreas im Gegensatz zu Ihnen. Er war es. Eine so feige Tat passt zu ihm. Er hat Emma immer als sein Eigentum angesehen. Für mich gibt es keinen Zweifel.«

»Und wenn wir uns irren?«, hakte Miriam vorsichtig nach. »Dann würden Sie, Ihre Familie und Frau Wiegers in Gefahr schweben. Ich weiß noch nicht, wie wir das organisieren, aber mir wäre wohler in meiner Haut, wenn wir Ihre Familie unter Polizeischutz stellen.«

»Nein«, widersprach Broll. »Das kann ich meinen Kindern nicht antun. Das würde sie traumatisieren. Es sei denn, es gibt handfeste Beweise, die für Andreas' Unschuld sprechen.«

»Wir stehen am Anfang der Ermittlungen«, wich Miriam aus.

»Wie würde so ein Schutz überhaupt funktionieren?«, fragte Broll. »Mein Mann Paul arbeitet den ganzen Tag, ich halbtags, und die Kinder sind nach der Schule ständig unterwegs. Sie sind in zig Vereinen. Das würde sie zu Außenseitern abstempeln, wenn sie ständig von Polizisten begleitet würden. Wir haben ihnen früh beigebracht, mit dem Fahrrad zu den Vereinen zu fahren. Und sie nehmen Strecken, auf denen kein Auto hinterherkommt. Ich danke Ihnen für Ihre Besorgnis, aber das wird nicht funktionieren.« Broll tupfte sich die Augen.

Miriam fiel kein Argument gegen ihre Einwände ein. Schon gar nicht, solange Polizeirat Waidner nicht seine Zustimmung gäbe. Trotzdem wollte sie die Familie nicht ihrem Schicksal überlassen. »Mit Kleinigkeiten können Sie Ihre Sicherheit erhöhen. Denken Sie bitte jeden Abend daran, die Tür abzuschließen. Schalten Sie die Alarmanlage ein, die ich an Ihrem Haus gesehen habe. Und achten Sie ganz genau darauf, ob Sie jemanden in der Nähe Ihres Grundstücks sehen, der Ihnen zuvor in der Nachbarschaft nicht aufgefallen ist. Falls Sie eine unbekannte Person entdecken, zögern Sie nicht, uns anzurufen.«

24

Auch Valerie Wiegers war anfangs geschockt. Sie weinte und zitterte am ganzen Leib. Dankbar nahm sie Miriams tröstende Umarmung an. Nach ein paar Minuten erhob sie sich und stützte sich dabei am Tisch ab.

»Ich mache uns Kaffee. Ich brauch jetzt einen. Wollen Sie auch?«

»Das wäre toll«, sagte Miriam.

Sie blieb mit Dorfer im Wohnzimmer sitzen. Frau Wiegers würde ein paar Minuten benötigen, um sich zu sammeln. Aus der Küche drangen anfangs leise Schluchzer zu ihnen herüber, die schließlich vom Lärm des Kaffeevollautomaten überlagert wurden.

Mit einem Tablett und drei gefüllten Bechern Kaffee kehrte Valerie zu ihnen zurück.

»Momentan spricht vieles für die Theorie, dass Andreas Nehrig erst seine Frau und dann sich selbst gerichtet hat«, sagte Dorfer.

»Aber Sie sind sich nicht sicher«, folgerte Wiegers. »Wegen der Ereignisse am Fährdamm.«

»Wenn es da einen Zusammenhang gibt, schweben Sie und Frau Broll in Gefahr«, bestätigte Miriam.

Valerie trank einen Schluck Kaffee und starrte ins Leere. »Könnten Sie mir irgendwie helfen? Oder bin ich auf mich gestellt?«

»Wäre es möglich, dass Sie bis zum Prozessauftakt untertauchen?«, fragte Miriam.

Sofort warf Dorfer ihr einen warnenden Blick zu.

»Mein Job würde das ermöglichen«, antwortete Wiegers. »Ich brauche meinen Computer und einen Internetanschluss. Haben Sie schon ein Konzept ausgearbeitet, wie Sie mich schützen könnten?«

»Noch nicht«, sagte Dorfer schnell. »Wir müssen das mit dem Staatsanwalt und unseren Vorgesetzten klären …«

»… aber vor allem brauchen wir Ihre Zustimmung. Ihre Freundin war von dem Gedanken nicht angetan«, sagte Miriam. »Sie wären also bereit, für Ihren Schutz Maßnahmen zu ergreifen? Selbst wenn die unbequem wären?«

»Natürlich! Ich will leben! Kristina dürfen Sie nicht böse sein. Was sollen die Kinder denken, falls immer Polizisten vor der Haustür stehen?«

»Umso besser, dass Sie dem Gedanken nicht abgeneigt sind. Wir melden uns so schnell wie möglich mit einem Konzept bei Ihnen«, versprach Miriam.

»Wie konntest du ihr das ankündigen?«, fragte Dorfer, als sie zurück zum Präsidium fuhren. »Staatsanwalt Otto wird das nicht gutheißen. Und Waidner macht uns die Hölle heiß, sobald wir …«

»Mach mir keine Vorhaltungen, wenn du den wichtigsten Punkt vergisst.« Miriam lächelte ihn siegesgewiss an.

»Wovon sprichst du?«

»Ich bin mit einem Experten zusammen. Es ist Tills Alltag, Menschen beim Untertauchen zu helfen. Dafür wird kein zusätzliches Personal nötig sein, höchstens finanzielle Mittel.«

»Und du glaubst, Till hilft uns?«

»Auf jeden Fall. Ich werde ihn nach seiner Meinung fragen und ihm mit Frau Wiegers zusammenbringen. Für den Schutz für Familie Broll müssen wir eine kreative Lösung finden und dürfen uns nicht in eingefahrenen Mustern bewegen.«

»Du und Till, wie ist das so? Anfangs dachte ich, ihr würdet euch bloß ein bisschen amüsieren. Aber dafür geht das mit euch jetzt schon ziemlich lange. Er ist ein attraktiver Kerl. Und du … bist halt du.«

Miriam schlug ihm auf den Oberarm. »An deinen Komplimenten solltest du genauso feilen wie an deinen Versuchen, beiläufig zu klingen. Frag mich, wenn du was wissen willst.«

»Wie läuft es zwischen euch?«

»Richtig gut«, antwortete Miriam. »Wir haben übermorgen unser fünfmonatiges Jubiläum.« Sie grinste. »Verrückt, wenn man so was direkt parat hat. Das ist länger als meine zwei vorherigen Beziehungsversuche zusammen. Es gibt kaum einen Abend, den wir nicht miteinander verbringen.«

»Immer bei dir?«

»Wir wechseln uns ab. Mal ein paar Tage bei ihm, dann in meiner Wohnung. Bald buchen wir unseren ersten gemeinsamen Urlaub.«

»Wohin soll's gehen?«

»Das wissen wir noch nicht. Till hat vorgeschlagen, eine Kreuzfahrt zu machen. Je länger ich darüber nachdenke, desto besser gefällt mir die Idee.«

»Wie kam er darauf? Kreuzfahrten klingen für mich nach alten Leuten auf dem Traumschiff.«

Miriam lachte. »Der Spruch hätte von mir sein können. Aber die Kataloge versprechen was anderes. Seine verstorbene Ehefrau Antje und er haben nie Urlaub auf einem Schiff gemacht. Deswegen hatte er die Idee.«

»Wie ist es, mit einem Witwer zusammen zu sein?«

Miriam antwortete nicht sofort. »Anfangs fiel es mir schwer, zu akzeptieren, dass es eine Frau in seinem Leben gibt, die ihm noch immer viel bedeutet. Er ist mindestens zweimal die Woche an ihrem Grab. Eher öfter. Aber alles, was er von ihr erzählt, klingt, als hätten Antje und ich uns super verstanden. Das erleichtert einiges. Ich war auch schon an ihrem Grab. Das ist ein Ort, an dem man gerne verweilt. Mir gefällt, wie treu er ist. Sie ist seit so vielen Jahren tot, und er hängt noch immer an ihr. Außerdem bin ich die erste Frau, auf die er sich seit der Ehe eingelassen hat. Das macht mich ziemlich stolz.« Sie lächelte versonnen.

»Kommt er mit deinem Job klar?«

»Hundertprozentig. Sein eigener Beruf erleichtert in dieser Hinsicht alles. Wir haben beide keinen Nine-to-five-Schreibtischjob und Verständnis füreinander.«

»Wie war der erste Sex? Wie viel Jahre ist seine Frau tot? Acht? Hatte er es verlernt? Oder ist das wirklich wie Fahrradfahren?« Dorfer grinste.

Wieder boxte ihm Miriam gegen den Oberarm. »Altes Ekel! Das geht dich gar nichts an.«

Dorfer seufzte. »Also war's schlecht. Tut mir leid für dich. Hoffentlich …«

»Es war super«, widersprach sie. »Und wird mit jedem Mal besser. Was deine arme Ehefrau wahrscheinlich nicht behaupten kann.«

25

Bei lauen Sommerabendtemperaturen und wolkenlosem Himmel setzten sich Till und Miriam auf den Balkon, um die Ereignisse des Tages zu besprechen. Till hatte das Video auf keiner anderen Seite entdeckt. Auch sonst war alles verschwunden, was Yannik Anapak angeboten hatte.

»Ich kann mir das nur mit der fehlenden Festplatte erklären«, sagte Till. »Ein Hacker wie Anapak wird sie verschlüsselt haben, also dauert es eine Weile, bis die Leute, die sie erbeutet haben, darauf Zugriff bekommen. Glück für uns. Sonst hätten wir das Video nie gefunden. Aber sobald die Festplatte geknackt war, wurden vermutlich alle Accounts des Hackers gelöscht. Gut, dass wir den Film gespeichert haben.«

Miriam nippte an ihrem Rosé. Dann erzählte sie von den Reaktionen des Staatsanwalts und der Frauen. »Ich frage mich, warum er so gelassen auf den Tod einer Zeugin reagiert. Bisher bringen nur die Aussagen der Frauen Velkow mit dem Mord in Verbindung. Die Versuche, sein Alibi zu erschüttern, sind fehlgeschlagen.«

Till schnaubte. »Könnte Staatsanwalt Otto das Leck sein?«

Miriam antwortete nicht sofort. »Bis gestern hätte ich das verneint. Der Mann ist vor Gericht knallhart. Obwohl er erst seit zwei Jahren zur Staatsanwaltschaft Hamburg gehört, hat er einen exzellenten Ruf. Aber seine Reaktion heute bringt mich zum Nachdenken. Ich will ja nichts unterstellen, allerdings …« Sie ließ den Rest unausgesprochen und zuckte lediglich mit den Schultern. Miriam leerte das Glas und füllte sich nach. »Falls es wirklich ein Leck gibt, ist das schlimm genug, aber mein Hauptproblem ist gerade Kristina Broll.«

»Weil sie Zeugenschutz vehement ablehnt?«

»*Vehement* ist nicht das passende Wort. Ich kann ihre Reaktion nachvollziehen. Sie muss an ihre Kinder und den Ehemann denken. Trotzdem hat sie die Gefahr nicht ernst genug genommen.«

»Aber Frau Wiegers war nicht abgeneigt. Hab ich das richtig verstanden?«

Miriam nickte. »Wie würdest du vorgehen, wenn sie dich offiziell anheuern würde?«

»Normalerweise helfe ich Menschen, die ersten Schritte zu unternehmen, um für immer zu verschwinden. Das wäre in ihrem Fall ja gar nicht nötig. Bei ihr geht es ja nur um ein paar Wochen. Das macht die Sache einfacher. Man könnte das sogar nutzen, um dem Täter eine Falle zu stellen.«

»Was schwebt dir vor?«

»Gehen wir von folgender Ausgangslage aus. Jemand heuert Velkow an, um Anapak zu erschießen. Leider beobachten drei Zeuginnen die Tat. Velkow wird verhaftet, woraufhin die Hintermänner den nächsten Auftragsmörder engagieren, um die Frauen auszuschalten. Das heißt, er wird irgendwann versuchen, Frau Broll und Frau Wiegers zu exekutieren. Wie er bei einer Familie vorgeht, mag ich mir nicht ausmalen, aber bei einer Einzelperson würde ich an seiner Stelle nachts eindringen.«

»Damit es keine Zeugen gibt.«

Till nickte. »Genau diesen Umstand kann man ausnutzen. Ich würde sie aus ihrer Wohnung schaffen. Gleichzeitig würde ich zwei Wohnungen für sie anmieten.«

»Wieso zwei?«

»Eine absolut heimlich, die andere diskret, aber nicht ganz so heimlich. In der Ursprungswohnung und Ausweichwohnung eins würde ich Kameras platzieren. Um einen potenziellen Einbrecher zu filmen. Frau Wiegers wäre unterdessen im dritten Objekt sicher.«

»Klingt vernünftig.«

»Von dieser dritten Wohnung dürfte niemand wissen. Was ein Problem ist, wenn der Richter einen kurzfristigen Termin ansetzt oder der Staatsanwalt mit ihr sprechen will.«

»Könntest du dich morgen mit ihr kurzschließen und ihr deine Ideen vortragen? Ich habe bei der Sache ein mieses Gefühl. Der Tod von Emma Nehrig war kein erweiterter Suizid. Darauf würde ich wetten.«

»Das mache ich gerne.«

»Momentan kann ich dafür aber kein Budget abzwacken. Du müsstest also kostenlos arbeiten.«

»Stört mich nicht. Das ist nicht viel Aufwand. Allerdings sehe ich das Problem, dass du die Mittel für zwei Wohnungen aufbringen musst. Für mehrere Wochen. Rechne mit einem vierstelligen Betrag, selbst wenn wir günstige Apartments finden. Woher bekommst du das Geld?«

»Keine Ahnung. Das muss ich mit Bastian besprechen.«

26

Das Licht hinter der Milchglasscheibe erlosch. Der Mann, der in seinem Auto rund zweihundert Meter entfernt parkte, notierte die Uhrzeit. Viertel vor elf. Ging die Familie jetzt zu Bett? Sekunden später ließ jemand an einem Fenster die Außenrollllade hinunter. Das ganze Haus war nun verdunkelt – von einer dauerhaft brennenden, matten Lampe an der Eingangstür abgesehen.

Er wartete eine Viertelstunde, ehe er den Motor startete und seinen Beobachtungsposten verließ. Zwei Kilometer vom bisherigen Standort entfernt, parkte er auf einem Seitenstreifen und griff zum Handy. Er wählte die Nummer, die er vor zwei Tagen auswendig gelernt hatte. Nach dem Telefonat würde er sie wie beim letzten Mal aus dem Anrufprotokoll löschen.

Bis die Bullen Zugriff auf die Anrufdaten des tschechischen Prepaidanbieters erhalten würden, bei dem die SIM-Karte registriert war, vergingen vermutlich Wochen. Falls es überhaupt so weit käme.

»Hallo«, meldete sich seine Kontaktperson nach wenigen Sekunden Freizeichen.

»Haben Sie eine erste Rückmeldung für mich?«, fragte der Mörder des Ehepaars Nehrig.

»Derzeit sieht es gut aus. Wie erwartet sind zwar Zweifel an dem erweiterten Suizid aufgekommen, aber wir hatten in einer Hinsicht großes Glück.«

»Inwiefern?«

»Das Ehepaar hat sich am Abend vor seinem Ableben

lautstark gestritten. Das hat eine Zeugin ausgesagt, die über der Familie wohnt.«

Der Mörder lächelte. »Manchmal muss man Glück haben. Das sollte ausreichen, um keine zu großen Zweifel aufkommen zu lassen.«

»Wie sehen Ihre Pläne für die beiden anderen Zeuginnen aus?«

»Ich komme gerade von meinem Beobachtungsposten bei Broll. Um elf Uhr waren alle Lichter gelöscht. Nichts deutet auf die Anwesenheit von Polizisten hin.«

»Davon hätte ich auch gehört. Darüber müssen Sie sich nicht den Kopf zerbrechen. Und Valerie Wiegers?«

»Um deren abendliche Gewohnheiten kümmere ich mich morgen. Ich habe noch einmal über Ihren Vorschlag nachgedacht.«

»Den tödlichen Verkehrsunfall?«

»Ja. Ich bin dagegen. Das ist mir zu unsicher. Dabei kann zu viel schiefgehen.«

»Okay. Ich verlasse mich auf Ihre Einschätzung. Also wollen Sie wie bei Nehrig vorgehen?«

Der Mörder zögerte. »Am liebsten wäre mir eine Gelegenheit, Kristina Broll allein zu Hause anzutreffen. Eine Familie als Kollateralschaden schlägt hohe Wellen.«

»Leider haben wir keine Zeit, um eine so günstige Situation abzuwarten. Den Kollateralschaden haben wir eingeplant. Bedauerlich für die Kinder, aber vermutlich nicht zu ändern.«

»Trotz des daraus resultierenden Fahndungsdrucks?«

»Den halten wir aus. Nach ein paar Tagen nehmen wir den Dampf aus dem Kessel. Sie dürfen sich bloß nicht vor Ort erwischen lassen.«

»Liegt ganz in meinem Interesse. Allerdings habe ich

einen Vorschlag für Sie, den wir noch gar nicht besprochen haben.«

»Schießen Sie los!«

»Warum schlagen wir nicht simultan bei Wiegers und Broll zu? Einer dringt in Wiegers Wohnung ein, und jemand anders kümmert sich um Broll.«

»Zwei Täter.«

»Wenn wir gleichzeitig zuschlagen, minimieren wir das Risiko für uns.«

»Aber man benötigt eine weitere vertrauenswürdige Person, die nicht zu viel wissen darf.«

»Ich würde Familie Broll übernehmen. So hält sich der finanzielle Aufwand für Sie in Grenzen. Vielleicht finden Sie sogar jemanden, der mit dem Preis runtergeht, falls er Spaß mit Wiegers haben darf. Sie ist eine attraktive Frau. Eine fehlgeschlagene Vergewaltigung mit tödlichen Folgen wäre ein Happen, der die Ermittler zwingt, in diverse Richtungen zu ermitteln.«

»Das lasse ich mir durch den Kopf gehen. Ich bespreche das mit den anderen.«

»Und ich mache mich morgen mit Wiegers' Abendgestaltung vertraut.«

»Ich melde mich bei Ihnen.«

Grußlos beendete der Mörder das Gespräch. Er löschte den Anruf aus dem Telefonprotokoll und überprüfte anschließend das Guthaben der ausländischen Prepaidkarte. Umgerechnet siebenunddreißig Euro. Das würde für einige Telefonate ausreichen. Bei seinem nächsten Auslandsaufenthalt sollte er sich jedoch um die Aufstockung des Guthabens kümmern. Oder noch besser um eine neue SIM-Karte.

Er schaute auf seine Uhr. Vielleicht lohnte es sich, schon

heute Abend zu Wiegers zu fahren. Schlimmstenfalls war sie schon zu Bett gegangen. Aber eventuell war sie ein Nachtmensch. Aufgrund der Informationen seiner Auftraggeber wäre das durchaus möglich.

Da er sich in Hamburg bestens auskannte, brauchte er kein Navigationssystem, um zu ihr zu gelangen. Jede elektronische Spur, die er vermeiden konnte, erhöhte seine Aussichten, den Auftrag unerkannt zu erledigen. Wenn die Bullen ihn nicht aufhielten, lohnte sich die Arbeit. Seine Auftraggeber zahlten eine hohe Summe für die Morde.

Er startete den Motor und parkte aus. Für die Fahrt würde er ungefähr zwanzig Minuten brauchen. Und vielleicht konnte er seiner Kontaktperson schon beim nächsten Telefonat wichtige Eckpunkte nennen.

27

»Haben Sie einen Moment Zeit für mich, Frau Wiegers?«, fragte Miriam Decking am nächsten Morgen. Es war gut, dass sie die Augenzeugin gleich beim ersten Anruf erreichte.

Till saß ihr am Esstisch gegenüber und folgte dem Gespräch über den eingeschalteten Lautsprecher.

»Ich hoffe, Sie haben keine neuen Hiobsbotschaften. Wegen Kristina oder so.«

»Nein. Ich möchte Ihnen jemanden vorstellen. Meinen Freund Till Buchinger. Er hat viel Erfahrung darin, Leuten beim Untertauchen zu helfen, und ich habe schon den Lautsprecher aktiviert, damit er kein Wort verpasst.«

»Guten Morgen, Frau Wiegers«, begrüßte Till die Zeugin.

»Hallo, Herr Buchinger. Ihr Job klingt sehr interessant.«

»Das ist er auch. Das, was Frau Decking gerade sagte, ist nur eine Seite der Medaille. Ich bezeichne mich selbst als Personenfahnder. In erster Linie beauftragen mich Klienten damit, vermisste Personen aufzuspüren. Aber manchmal helfe ich auch jemandem dabei, unterzutauchen.«

»Also eigentlich …«, begann Valerie.

»Ich weiß«, unterbrach Till sie. »Ihr Fall ist ein wenig anders gelagert. Frau Decking und ich überlegen, wie wir Ihnen den größtmöglichen Schutz bieten können, ohne dass Sie in einem Zeugenschutzprogramm mit allen daraus entstehenden Konsequenzen landen.«

»Haben Sie Ideen?«

»Mehrere. Allerdings finde ich es schwierig, Ihnen meine Vorschläge am Telefon zu verkaufen. Wie sieht es bei Ihnen heute aus? Sind Sie beruflich eingespannt, oder hätten Sie Zeit für ein persönliches Kennlernen?«

»Das könnte ich einrichten. Wollen Sie zu mir kommen?«

»Ich fände es besser, wenn wir uns heute bei mir treffen würden.«

»Gibt es dafür einen Grund?«

Till nickte anerkennend. Valerie Wiegers schaltete offenbar schnell. »Wir wollen ausschließen, dass man Sie schon beobachtet. Deswegen wäre es gut, wenn Sie auf dem Weg zu mir die Augen offen halten. Achten Sie darauf, ob Ihnen jemand folgt. Mein Büro befindet sich in Alsternähe.« Um sie nicht zu beunruhigen, erzählte er ihr nichts von seinem weiteren Vorhaben.

»Okay, geben Sie mir bitte die genaue Adresse. Ich suche mir dann eine passende Busverbindung heraus. Im Bus kann ich mich auf mögliche Verfolger konzentrieren. Zumindest besser, als wenn ich selbst am Steuer sitze.«

»Wie ist dein erster Eindruck?«, fragte Miriam, nachdem sie das Telefonat beendet hatte.

»Sie scheint sehr aufgeweckt zu sein. Die Idee, lieber den Bus zu benutzen, ist fantastisch. Die hätte von mir sein können.« Er grinste.

»Ich schätze, ihr versteht euch gut. Alle drei Frauen machten einen sympathischen Eindruck auf mich. Trotz ihrer Erlebnisse am Fährdamm. Ich könnte es mir nicht verzeihen, wenn noch eine von ihnen stirbt.«

»Das wäre nicht deine Schuld.«

Miriam verzog lediglich die Miene.

»Nicht deine Schuld«, wiederholte er nachdrücklich.

»Du hast ja recht.« Seufzend blickte sie auf die Uhr. »Ich muss langsam los. Wird bestimmt wieder ein langer Tag im Präsidium. Sagst du mir Bescheid, sobald euer Treffen vorbei ist?«

Till brachte Miriam noch zur Tür und bat sie, auf sich aufzupassen. Mit einem zärtlichen Kuss verabschiedeten sie sich voneinander. Kaum war sie fort, klatschte Till in die Hände. Er hatte einiges zu erledigen, bevor er ins Büro fuhr. Er griff zu seinem Telefon und wählte Jessica Sturms Nummer.

»Hast du gleich für mich Zeit?«, fragte er. »Ich brauche jemanden, der sich vor meinem Büro auf die Lauer legt und darauf achtet, ob meine heutige Besucherin verfolgt wird. Vor allem, ob kurz nach ihrem Eintreffen jemand nachschaut, wer im Gebäude wohnt oder arbeitet.«

»Wann brauchst du mich?«, fragte Jessica.

»Die Klientin hat sich für elf Uhr angekündigt.«

»Okay. Das passt. Spätestens um Viertel vor elf sitze ich draußen in meinem Wagen und beobachte deinen Hauseingang.«

»Tausend Dank! Vergiss nicht, mir deinen Einsatz in Rechnung zu stellen.«

»Spinner! Du hörst von mir.« Jessica beendete das Telefonat.

28

»Kommen Sie rein!« Till reichte seiner Besucherin die Hand.

Valerie Wiegers drückte sie fest und lächelte offenherzig. »Mir ist unterwegs kein Verfolger aufgefallen. Ich habe mich so hingesetzt, dass ich aus dem Heckfenster gucken konnte. Ich bin mit zwei Buslinien gefahren, insgesamt fünfzehn Haltestellen. Auf den letzten Metern zu Fuß habe ich auch keinen bemerkt.«

»Gut gemacht. Wollen Sie etwas trinken?«

»Ein Kaffee wäre toll.«

Till führte Valerie zu seiner Besucherecke und bat sie, Platz zu nehmen. Kurz darauf setzte er sich mit zwei gefüllten Kaffeebechern zu ihr.

»Ich möchte Ihnen zunächst erklären, wie ich vorgehe, wenn ich Menschen helfe, unterzutauchen und ein neues Leben zu beginnen.«

»Darf ich Sie gleich was fragen, bevor Sie loslegen?«

Till nickte.

»In welchen Fällen unterstützen Sie Menschen, von der Bildfläche zu verschwinden? Um Verbrecher kann es sich kaum handeln, sonst wären Sie nicht mit einer Kriminalkommissarin zusammen.«

»Sie haben recht. Meist handelt es sich um Frauen, die von einem gewalttätigen Partner wegkommen müssen. Oder von einem Stalker bedroht werden. Auch wenn darüber in dieser Gesellschaft niemand reden will. Oft sind auch Männer unter meinen Klienten.«

»Krass.« Valerie trank einen Schluck Kaffee. »Und wie helfen Sie diesen Klienten?«

Till skizzierte ihr in einem rund fünfminütigen Vortrag alles, was er den Betreffenden riet. Von der Wohnungssuche angefangen, bis über die Einrichtung sogenannter Wegwerf-E-Mail-Adressen und Telefonnummern. Schließlich unterbrach das Klingeln des Smartphones seine Ausführungen.

»Hallo, Jessica«, begrüßte er die Anruferin.

»Ihr ist niemand gefolgt.«

»Danke. Du hast was gut bei mir.« Till beendete das Gespräch. »Erfreuliche Neuigkeiten. Ich habe eine Kollegin gebeten, nach Ihrem Eintreffen zu prüfen, ob Ihnen jemand folgt und sich dafür interessiert, welches Haus Sie betreten. Aber Sie hatten mit Ihrem Eindruck völlig recht. Ihnen ist niemand gefolgt.«

»Gott sei Dank.«

Till brachte seinen Vortrag zu Ende. »Ihr Fall ist ein wenig anders gelagert. Trotzdem sehe ich gewisse Überschneidungen zur üblichen Verfahrensweise. Wir müssen für Sie eine Wohnung finden, in der Sie sich übergangsweise wohlfühlen. Normalerweise erfahre ich nicht, wohin es meine Klienten verschlägt, damit ich niemals den neuen Aufenthaltsort preisgeben kann. In Ihrem Fall gehen wir anders vor. Ich werde der Einzige sein, der Ihren Zufluchtsort kennt. Selbst Oberkommissarin Decking erfährt ihn nicht von mir. Ich bin also in den nächsten Wochen Ihre Kontaktperson zur Polizei.«

»Wieso?«

»Das werden Sie später verstehen. Ich besorge Ihnen außerdem eine temporäre Mailadresse und Telefonnummer. Am wichtigsten ist allerdings das Wohnumfeld. Sie müssen sich darin für eine gewisse Zeit geborgen fühlen. Deswegen sagen Sie mir bitte alles, was Ihnen dabei helfen könnte.«

»Hm«, brummte Valerie. »Schwierig … so aus dem Stegreif. Ich halte Wohn- und Schlafzimmer getrennt. Und wenn es dann noch einen Bereich gibt, in dem ich ungestört arbeiten kann, ist das perfekt. Ich bade für mein Leben gern. Also lieber mit Badewanne als nur mit Dusche.«

»Kochen Sie? Denn je weniger Sie Kontakt zur Außenwelt aufnehmen müssen, desto besser.«

»Sie meinen, es wäre vorteilhaft, auf Lieferdienste zu verzichten? Kein Problem.«

»Bevorzugen Sie einen bestimmten Herd? Ich hatte zum Beispiel schon einmal eine Klientin, für die ein Induktionsherd überlebenswichtig war.«

Valerie lächelte. »Das ist mir völlig egal.«

»Ihre Anforderungen klingen nicht so, als wären sie schwer zu erfüllen. Darf ich nach Wohnungen außerhalb Hamburgs suchen? Idealerweise möbliert, sodass wir Sie einfach in eine Bahn setzen können, mit der Sie zu Ihrer vorübergehenden Adresse fahren?«

Valerie schluckte. »Oh Gott! Ich glaube, mir wird allmählich das ganze Ausmaß bewusst. Das fühlt sich komisch an. Aber klar, es muss nicht Hamburg sein.«

»Dann reden wir darüber, wie Sie Ihr Aussehen verändern können, wenn Sie die Wohnung verlassen. Basecaps sind gut, Hüte sind besser.«

»Mir gefallen Hüte«, sagte Valerie. »Ich hab drei Stück.«

»Mit Ihnen zu arbeiten, macht Spaß. Haben Sie zufälligerweise auch eine Perücke?«

Valerie schüttelte den Kopf.

»Vielleicht besorge ich Ihnen eine. Ich kenne einen guten Perückenhersteller am Mittelweg. Mal gucken, ob sich das rechtzeitig einrichten lässt.«

»Wieso *rechtzeitig*?«, fragte sie verunsichert. »Wie schnell soll das alles über die Bühne gehen?«

»Je früher, desto besser.«

»Das heißt?«

»Wir reden eher über morgen als übermorgen. Je nachdem, wie rasch ich eine passende Wohnung finde.«

»Wow! Ich hätte gedacht, das dauert alles noch ein bis zwei Wochen.«

»Ist das ein Problem?«

Valerie reichte ihm den Kaffeebecher. »Haben Sie Nachschlag für mich?«

Till ließ ihr Zeit, um nachzudenken. Mit dem Rücken zu ihr bediente er den Kaffeeautomaten.

»Das ist kein Problem«, sagte sie schließlich. »Ich habe bloß nicht damit gerechnet. Wieso muss das alles so schnell gehen?«

»Ich gehe davon aus, dass Frau Decking recht hat. Nicht nur Ihre Freundin Emma wurde ermordet, auch ihr Mann. Der Täter wusste von ihren Eheproblemen und hat sie zur Tarnung für sein kaltblütiges Vorgehen genutzt. Weder bei Ihnen noch bei Kristina Broll existiert ein vergleichbares Blendwerk. Deswegen befürchten wir, dass der Mörder schnell zuschlagen wird. Und wir müssen ihm zuvorkommen.«

»Stopp! Wie soll jemand, der Emma nicht kannte, von den Eheproblemen gewusst haben?«

»Emma hat sie bei ihrer Vernehmung erwähnt. Um zu erklären, wieso Sie sich am Fährdamm getroffen haben.«

Valerie riss die Augen auf. »Verstehe ich das richtig? Vermuten Sie einen Maulwurf bei der Polizei?«

»Oder bei der Staatsanwaltschaft.«

»Scheiße.«

»Deshalb die Eile.«

»Wenn es wirklich sein muss, bin ich in vierundzwanzig Stunden aufbruchsbereit.«

»Fantastisch. Von meiner Seite wäre dann erst einmal alles Wichtige besprochen. Haben Sie noch Fragen?«

»Wo ist Ihre Toilette?« Sie lächelte entschuldigend. »Zwei Becher Kaffee und Nervosität sind eine gefährliche Mischung. Und ich will mir im Bus nicht in die Hose machen.«

Till deutete zu einer Tür links neben der Theke, auf der auch der Kaffeeautomat stand. »Aber Sie müssen nicht Bus fahren. Ich bringe Sie nach Hause, denn ich will überprüfen, ob in Ihrer Straße jemand auf Ihre Rückkehr wartet.«

»Der Gedanke sorgt nicht gerade dafür, dass sich meine Blase entspannt.« Sie stand auf. »Bis gleich.«

Unterwegs fragte Wiegers Till nach spektakulären Fällen aus. Er erzählte ihr von einer Episode, die rund anderthalb Jahre zurücklag.

»Davon habe ich in der Zeitung gelesen«, sagte sie aufgeregt. »Es ging um diese ehemalige Gerichtspsychologin, oder? Darin waren Sie verwickelt?«

»Mehr als mir lieb war. Ich habe damals meinen besten Freund verloren. Sie hat ihn kaltblütig ermordet.«

»Das tut mir leid.«

»Ich kann also nachempfinden, wie Sie sich wegen Emma fühlen. Manchen Schicksalsschlägen kann man leider nicht ausweichen. Aber man lernt, mit ihnen zu leben.«

Valerie schaute aus dem Beifahrerfenster, während Till im Rückspiegel die Autos hinter ihnen beobachtete.

»Ich werde ihre Beerdigung verpassen, oder?«, fragte sie leise.

»Möglicherweise. Keine Ahnung, wie schnell die Leichen freigegeben werden. Das könnte noch eine Weile dauern.«

»Hoffentlich. Ich will mich richtig von ihr verabschieden. Neben Kristina war sie meine beste Freundin.« Valerie wandte ihm den Kopf zu. »Sie müssen mir versprechen, dass Kristina und ihrer Familie nichts passiert. Bitte!«

»Oberkommissarin Decking wird alles zum Schutz Ihrer Freundin unternehmen«, erwiderte Till.

»Sie haben recht«, sagte Valerie. »Wie soll man so etwas versprechen?«

Den nächsten halben Kilometer legten sie schweigend zurück. Till konzentrierte sich auf den Verkehr. Dann bog er ein weiteres Mal ab und erreichte die Straße, in der Wiegers wohnte. Er musterte jedes parkende Auto. In keinem davon saß jemand, der ihn entweder interessiert musterte oder bewusst den Blickkontakt mied.

»Momentan sind Sie sicher«, stellte er fest. »In welcher Etage leben Sie?«

»In der zweiten.«

»Hat Ihre Wohnung einen Balkon?«

»Leider nicht.«

Till lächelte. »Ich find's besser. Auch wenn ich verstehe, dass Sie gern einen hätten. Schließen Sie heute Abend bitte die Tür ab. Haben Sie eine Kette an der Tür?«

»Ja. Ich lege sie um. Mach ich fast jeden Abend.«

»Ich rufe Sie pünktlich um achtzehn Uhr an. Dann besprechen wir, wie es weitergeht. Ach, eins noch. Fühlen Sie sich in der Lage, Kameras zu installieren?«

»Ich bin technisch ziemlich fit.«

Till griff zu einer Tasche auf der Rückbank, in die er vor ihrem Aufbruch zwei Kameras gesteckt hatte. Er drückte ihr die Tasche in die Hand und erklärte ihr, wie man die Geräte aktivierte und wo man sie am besten anbrachte.

29

Till Buchinger betrat den fensterlosen Raum, in dem zahlreiche Schließfächer untergebracht waren. Er hatte vor drei Jahren in dieser Filiale ein Fach angemietet. Nach Ablauf des nächsten Vertragsjahres würde er zu einer anderen Bank wechseln, bis dahin waren seine hier deponierten Gegenstände gut aufgehoben. Mehr als alle vier bis fünf Jahre war kein Wechsel nötig, um die Effizienz der Maßnahme aufrechtzuhalten.

Till nahm das Notebook mit dem zugehörigen Ladekabel und die Prepaid-Kreditkarte heraus, die auf Jonathan Albrecht lief. Nach Jonathans Tod hatte er das Kreditkartenunternehmen nicht informiert, sondern mit einmal jährlichen Überweisungen das Konto aktiv gehalten. Das darauf befindliche Guthaben sollte ausreichen.

Till steckte alles in eine Aktentasche und verschloss das Fach wieder. Im Laufe des Tages würde er die Sachen zurückbringen. Er verließ die Bankfiliale und ging langsam die Straße entlang. Am Schaufenster einer Buchhandlung blieb er stehen und musterte die Auslage. Dann drehte er sich schnell in die Richtung, aus der er gekommen war. Niemand verhielt sich auffällig. Till lief zu seinem Auto und setzte sich hinein. Er wählte Miriams Telefonnummer und schaute sich aufmerksam um.

»Hey«, begrüßte sie ihn. »Wie war dein Termin?«

»Sie ist einverstanden.«

»Großartig. Da hast du gute Überzeugungsarbeit geleistet.«

»War nicht sehr schwierig. Bist du allein im Büro?«

»Ja, Bastian ist gerade unterwegs.«

»Ich setze mich jetzt gleich mit einem sicheren Laptop in ein Café und suche nach einer passenden Wohnung für sie. Nicht wundern. Ich verrate selbst dir nicht, wo sie unterkommen wird. Wenn du deswegen Stress bekommst, musst du das aushalten.«

Miriam brummte zustimmend.

»Danach fahre ich ins Büro und suche eine Unterkunft, die in Hamburg liegt. Damit du im Umfeld der Wohnung ermitteln kannst, falls dort jemand einbricht. Die Informationen dazu lasse ich unverschlüsselt auf meinem PC.«

»Die Hamburger Wohnung ist also ein Ablenkungs... Oh, Bastian kommt gerade rein.«

»Dann reden wir später. Je weniger den genauen Ablauf kennen, desto besser.«

»Mach's gut und danke!«

Till beendete das Telefonat. Ein letztes Mal schaute er sich um. Danach fuhr er zu einem Café mit freiem WLAN-Zugang. Der Besuch diente allerdings nur der Tarnung, falls ihm jemand folgte. Er würde sich in kein schlecht gesichertes, öffentliches Netzwerk einbuchen. Im Laptop steckte eine mobile Datenkarte, über die er im Internet mit akzeptabler Geschwindigkeit surfen konnte. Ein Beschatter würde vermutlich wertvolle Zeit verschwenden, um den Datenverkehr des Cafés zu überprüfen – und dabei Spuren hinterlassen.

Mit einem Milchkaffee und einem Frischkäse-Bagel setzte er sich in die hinterste Ecke des Cafés. Da er mit dem Rücken zur Wand Platz nahm, konnte ihm niemand heimlich über die Schulter schauen.

In welcher Stadt sollte er Valerie unterbringen? Sie

durfte nicht zu nah an Hamburg liegen, aber auch nicht weiter als zwei Fahrstunden entfernt sein.

Er rief *Google Maps* auf und gab Hamburg als Suchbegriff ein. Sein Blick blieb auf Bremen hängen. Doch ihm kam diese Wahl zu offensichtlich vor. Seine Augen wanderten auf der Deutschlandkarte weiter nach unten. Er landete bei Nienburg/Weser.

Die Stadt lag in einem Gebiet zwischen Hamburg, Bremen und Hannover. Google berechnete die Fahrtzeit mit knapp unter zwei Stunden. Es gab keine durchgehende Autobahnverbindung – ein Pluspunkt. Till wechselte zur Homepage der Deutschen Bahn und tippte als Startbahnhof Hamburg Hauptbahnhof und als Ziel Nienburg an der Weser ein. Die fehlende Direktverbindung zwischen den Städten spielte ihm ebenfalls in die Karten. Valerie müsste in Bremen oder Hannover umsteigen und könnte dabei auf Verfolger achten.

Auf der Homepage eines Anbieters für Ferienunterkünfte suchte Till nach freien Objekten in der niedersächsischen Stadt. Eines der obersten Suchergebnisse weckte endgültig sein Interesse. Fußläufig zum Bahnhof war eine Wohnung im Angebot, die aus Küche, Wohnzimmer und zwei Schlafzimmern bestand. Der Preis für vierzehn Tage lag in einem akzeptablen Rahmen.

Till suchte nach Informationen, die gegen seine Wahl sprechen würden. Rasch stieß er auf die in Nienburg angesiedelte Polizeiakademie. War das ein Problem? Falls ein Maulwurf beim LKA Hamburg sein Unwesen trieb, könnte er seinen Einflussbereich weit verzweigt haben. Nachdenklich biss Till in den Bagel.

Die Polizeiakademie schien kein Hinderungsgrund zu sein. Kurz entschlossen buchte er das Apartment für den

Folgetag und zahlte den fällig werdenden Gesamtbetrag für zwei Wochen mit der Prepaidkreditkarte. Die Schlüsselübergabe erfolgte bei den Besitzern, die anscheinend im Haus nebenan lebten. Ein weiterer Vorteil, denn sie würden wohl ein Auge auf ihre Ferienwohnung haben. Oder ein Ohr – falls jemand in dem Apartment laut schrie.

Zufrieden schaltete Till den Laptop aus. Das erste Etappenziel hatte er erreicht.

In seinem Büro rief er erneut den Anbieter für Ferienunterkünfte auf. Diesmal gab er als Suchbegriff Hamburg ein und konzentrierte sich auf kleinere Apartments. Valerie würde keine einzige Sekunde vor Ort verbringen, weshalb sich eine zu große Investition nicht lohnte. Wichtiger war die sofortige Verfügbarkeit über vierzehn Tage. Er klickte sich durch diverse Angebote. Viele Inserenten boten lediglich Zimmer an – was nicht infrage kam. Potenziell interessante Objekte öffnete er in einem neuen Tab.

Nach einer halbstündigen Suche konzentrierte er sich auf neun Apartments. Sie lagen in verschiedenen Stadtteilen und derselben Preisspanne. Nacheinander schloss er die meisten Angebote, bis am Ende zwei übrig waren. Anhand der Fotos schienen beide Unterkünfte geeignet. Preislich unterschieden sie sich für die zwei Wochen um lediglich fünfzig Euro. Der Zugang erfolgte ohne Kontakt zum Vermieter. Stattdessen lagen die Wohnungsschlüssel in einer Schlüsselbox am Haus.

Till entschied sich schließlich anhand der Umgebungsbilder, die ihm Google über den Dienst *Streetview* zur Verfügung stellte. Er buchte das Apartment ab sofort und nutzte sein eigenes PayPal-Konto, um den fälligen Betrag zu zahlen. Kaum war die Transaktion durchgeführt, erhielt er den

Code für die Schlüsselbox. Till schaute auf seine Uhr. Nach einer kurzen Mittagspause würde er zu der Adresse fahren und dort Kameras installieren.

Eine knappe Stunde später betrat Till das Apartment, das in der zweiten Etage eines Zehnparteienhauses lag. Vor der Tür der gegenüberliegenden Wohnung standen zwei Paar Kinderschuhe. Er fragte sich, ob er mit seiner Wahl Kinder in Gefahr gebracht hatte. Falls Emma Nehrigs Mörder hier auftauchen würde, gäbe es für ihn keinen Grund, die benachbarte Familie zu bedrohen.

Till betrat das gemietete Apartment, schloss die Tür und nickte zufrieden. Um diese Uhrzeit fiel genügend Licht in die Diele. Hier wäre ein guter Platz für die erste Kamera. Ein Regalbrett an der Wand, das offenbar als Schuhablage dienen sollte, war dafür ideal.

Von der Diele zweigten insgesamt vier Räume ab. Hinter einer lag eine winzige Abstellkammer, hinter der zweiten ein grau gefliestes Badezimmer mit Waschmaschine, Wanne und einer Dusche, deren Vorhang dringend ausgetauscht gehörte. Die nächste Tür führte in die Wohnküche, die letzte ins Schlafzimmer, in dem neben einem Holzbett noch ein Schrank und ein Ohrensessel untergebracht waren. Till installierte die zweite Kamera im Schlafraum, da ein potenzieller Einbrecher in dem Zimmer auf jeden Fall nach seinem Opfer suchen würde.

Zufrieden mit der Wahl, die er getroffen hatte, verließ er das Apartment.

Zur vereinbarten Zeit telefonierte Till am frühen Abend mit Valerie Wiegers.

»Ist in den letzten Stunden etwas Ungewöhnliches passiert?«, fragte er. »Hat jemand bei Ihnen geklingelt? Mit unterdrückter Nummer angerufen?«

»Nein. Alles ruhig.«

»Haben Sie gute Plätze für die Überwachungskameras gefunden?«

»In der Diele und im Schlafzimmer. Ich schalte sie aber wie besprochen erst morgen früh ein.«

Wiegers gehörte offenbar zu der Sorte Mensch, die in der Lage war, Ratschläge anzunehmen und umzusetzen. Das erleichterte ihm den Job.

»Ich habe schon den größten Teil meiner Sachen zusammengepackt. Morgen früh wäre ich abreisebereit.«

»Ich habe für Sie eine passende Wohnung gefunden. Zwei Schlafzimmer, Wohnzimmer, Küche, ein Bad mit Badewanne.«

»Wo liegt …« Sie brach abrupt ab. »Lassen Sie mich raten. Das erfahre ich noch früh genug.«

»Tut mir leid, aber das dient nur Ihrer Sicherheit. Eigentlich ist schon dieses Telefonat an der Grenze dessen, was ich akzeptabel finde. So paranoid es klingt, Sie könnten abgehört werden.«

»Wie komme ich zu der Wohnung?«

»Ab wann sind Sie morgen abreisebereit?«

»Wäre elf Uhr vormittags früh genug? Ich würde heute bis spätabends arbeiten, um das Wichtigste vom Schreibtisch zu bekommen. Morgen früh würde ich gern in Ruhe aufstehen, frühstücken, mich fertigmachen und einen letzten Blick in den Computer werfen. Auf E-Mails antworten und so.«

»Wenn Sie wollen, können wir auch zwölf Uhr anpeilen. Sie kommen nachmittags in die Wohnung.«

»Super! Das passt. Holen Sie mich ab?«

»Ich würde mich lieber mit Ihnen am Hauptbahnhof treffen. Vor der Buchhandlung pünktlich um zwölf?«

»Dann ist die erste Frage schon mal beantwortet. Sie stecken mich nicht in einen Flieger.«

»Gut kombiniert. Ich besorge Ihnen morgen an einem Schalter das Bahnticket. Mit wie viel Gepäck verreisen Sie?«

»Ich habe einen großen Koffer gepackt. Ist das okay?«

»Klar. Ganz wichtig: Seien Sie in den nächsten Stunden übervorsichtig. Wohnungstür abschließen, Kette vorlegen und vielleicht sogar noch einen Stuhl unter die Klinke klemmen.«

»Oh Gott! Mit Ihnen zu reden, macht richtig Spaß. Bestimmt kriege ich kein Auge zu.«

»Nehmen Sie Ihr Handy mit ins Schlafzimmer und lassen Sie es angeschaltet. Haben Sie Miriam Deckings Telefonnummer abgespeichert?«

»Ja. Genau wie Ihre.«

»Wenn etwas ist, rufen Sie sie an. Sie kann die nötigen Schritte schneller in die Wege leiten.«

»Mach ich.«

»Wir sehen uns morgen Mittag. Schlafen Sie gut!«

»Sehr witzig!«

Till beendete lächelnd das Gespräch. Auf der Homepage der Bahn prüfte er Verbindungen, die infrage kamen. Ein Zug mit Umstieg in Bremen fuhr um Viertel vor eins vom Hauptbahnhof los. Kurz war er versucht, das Treffen um eine weitere halbe Stunde nach hinten zu verlegen, entschied sich jedoch dagegen. Zum einen wusste er nicht, ob Frau Wiegers pünktlich auftauchen würde, zum anderen würde ihm der Zeitpuffer die Gelegenheit geben, nach Verfolgern Ausschau zu halten. Er würde gegen halb zwölf am

Bahnhof aufschlagen, ihr an einem Ticketautomaten die Fahrkarten kaufen und danach sehr aufmerksam die Umgebung mustern. Sobald Valerie Wiegers die Stadt verlassen hätte, wäre ihm wohler.

30

Das Telefon klingelte, ohne eine Rufnummer zu übertragen. Der Mörder schaute auf den Sekundenzeiger seiner Armbanduhr. Nach genau fünfzehn Sekunden brach das Klingeln ab – so wie es vereinbart war.

Zwei Minuten später ging der nächste Anruf ein – wieder mit unterdrückter Rufnummer.

»Hallo?«, meldete er sich.

»Wir haben beschlossen, keine weitere Person hinzuziehen«, informierte ihn sein Kontaktmann.

»Okay«, antwortete der Mörder. Er würde nicht mit seinen Auftraggebern diskutieren, selbst wenn er ihre Entscheidung für falsch hielt. Allerdings konnte er ihre Beweggründe nachvollziehen und hatte mit diesem Entschluss gerechnet.

»Es ist für uns von höchster Dringlichkeit, beide Zeuginnen auszuschalten. Wir wollen gar nicht erst das Risiko eines Prozesses gegen V eingehen. Zu viel könnte ans Tageslicht kommen, wenn er die Nerven verliert.«

»Wäre es nicht besser, sich um V zu kümmern?« Der Gedanke beschäftigte ihn schon seit der ersten Kontaktaufnahme. Der engagierte Auftragsmörder hatte versagt. Er hätte die Zeuginnen bemerken müssen. Wer einen Fehler dieser Tragweite beging, musste mit den bitteren Konsequenzen rechnen.

»Das ist unsere Notfalloption. Aber V wird im Gefängnis streng bewacht. Es ist schwierig, an ihn heranzukommen. Wenn die Zeuginnen nicht mehr aussagen können, wird V schnell aus der Untersuchungshaft entlassen. Dann wären gewisse Schritte leichter zu realisieren.«

»Okay«, wiederholte der Mörder. »Nach der Exekution von Zeugin Nummer zwei wird das LKA seine letzte Trumpfkarte mit Argusaugen bewachen.«

»Das wissen wir. Deshalb bevorzugen wir die Variante, beide Zeuginnen in einer Nacht zu beseitigen.«

So wie ich es vorgeschlagen habe, bloß als Ein-Mann-Job, dachte der Mörder.

»Das erhöht mein Risiko immens. Ich will keinen Fehler wie V begehen.«

»Das werden Sie nicht. Wir vertrauen voll und ganz auf Ihre Fähigkeiten.«

Das hättet ihr von Anfang an tun sollen.

»Aber wir sind uns über das Risiko im Klaren«, fuhr der Hintermann fort. »Sind Sie mit 300 einverstanden?«

Er antwortete nicht sofort. Geld war nicht alles. Er wollte unter keinen Umständen später die gleichen Schwierigkeiten wie V bekommen.

»Wie stellen Sie sich das vor? Wiegers ist Single und somit leicht zu beseitigen. Aber Broll hat eine ganze Familie.«

»Uns wäre es lieber, wenn kein anderes Familienmitglied stirbt.«

»Und falls es zu einem unvermeidlichen Kollateralschaden kommt? Wären Sie darüber erbost?«

»Warum sollte das passieren? Wenn Sie die Familie im Schlaf überraschen, können Sie den Ehemann bewusstlos schlagen, ehe Sie die Zeugin beseitigen. Kinder haben meistens einen sehr tiefen Schlaf.«

Das war nicht die Antwort, die er hören wollte.

»Wäre es nicht besser, zuerst die Frau auszuschalten? Bei

einem Single ist das Risiko, dass es jemand mitbekommt, gering.«

»Die Reihenfolge geben wir Ihnen nicht vor.«

»Aber Sie wollen Kollateralschaden vermeiden, sonst hätten Sie schon längst auf meine ursprüngliche Frage geantwortet.«

Sein Kontaktmann seufzte. »Das ist alles schrecklich aus dem Ruder gelaufen. So hatten wir das nicht geplant.«

»Weil V versagt hat.«

»Ja«, bestätigte der Anrufer. »Der Ehemann von Zeugin eins war ein akzeptables Opfer. Er hat uns Spielraum verschafft. Der Ehemann von Zeugin zwei bringt uns nichts zur Tarnung. Gleiches gilt für die Kinder. Warum sollten wir ihren Tod in Kauf nehmen?«

»Weil manche Sachen unvermeidlich sind.«

»350, wenn es nur die beiden Frauen trifft. 300, falls Kollateralschäden nicht zu vermeiden sind.«

»Sie würden es akzeptieren?«

»Ja. Es gibt wichtigere Ziele.«

»Dann sind wir uns einig. In welcher Reihenfolge ich zuschlage, entscheide ich später. Ich brauche vierundzwanzig Stunden zur Vorbereitung.«

»Also übermorgen Nacht?«

»Das ist mein Plan. Vorausgesetzt, Sie erfüllen Ihre Zusagen.«

»Die Hälfte der Summe als Gegenwert in Bitcoins in Ihre Börse.«

»Genau.«

»Ich kümmere mich darum. Und weil wir von Ihren Fähigkeiten überzeugt sind, bekommen Sie 175. Ist in wenigen Minuten transferiert.«

»Sie hören von mir.«

Nachdenklich beendete er das Gespräch. Warum waren seine Auftraggeber so verlogen? Die Morde würden in jedem Fall hohe Wellen schlagen. Egal, ob es zwei oder sogar fünf weitere Opfer gab.

Ob er Angst vor Vergeltungsmaßnahmen haben musste, wenn er Kollateralschäden nicht vermeiden konnte? V hatte sein eigenes Todesurteil unterschrieben, indem er die Zeuginnen nicht bemerkt hatte. Obwohl er sich momentan in Sicherheit wähnte, da ihn wichtige Personen schützten, war die Pistolenkugel, die ihn erledigen würde, längst abgefeuert. Ihm selbst durfte das nicht passieren. Am liebsten würde er Brolls Ehemann verschonen. Bestände die Gefahr einer Identifizierung, müssten der Mann oder auch die Kinder sterben.

So einfach, so effektiv. In seinem Job existierte kein Raum für Sentimentalitäten.

31

Um halb sieben schlug Till die Augen auf. Für einen Moment irritierte ihn, dass er allein im Bett lag. Wie schnell man sich an positive Veränderungen gewöhnen konnte. Nach Antjes Tod hatte er so viele Jahre jede Nacht allein verbracht und sich daran gewöhnt. Und nun fehlte ihm Miriam bereits beim ersten Mal.

Er griff zu seinem eingeschalteten Smartphone und vergewisserte sich, dass er im Schlaf keine Nachricht verpasst hatte. Im Chatprogramm sichtete er Miriams Status. Auch sie war online. Kurz entschlossen wählte er ihre Telefonnummer.

»Hey, du attraktiver Kerl«, begrüßte sie ihn. »Wie hast du geschlafen?« Ihre Stimme klang leicht schläfrig. Offenbar war sie ebenfalls noch nicht lange wach.

»Du hast mir gefehlt. Total ungewohnt, nicht neben dir einzuschlafen oder aufzuwachen.«

»Fand ich auch. Aber hoffentlich geht dieser Zustand bald vorbei.«

»Wie sieht dein Tagesablauf aus?«, fragte Till.

»Wir haben eventuell eine Spur in die Hackerszene. Zu jemandem hier in Hamburg, der Anapak gut kannte. Den wollen wir unangekündigt aufsuchen. Wird wahrscheinlich Nachmittag. Um zehn will Waidner ins Bild gesetzt werden.«

»Schon wieder?«, wunderte sich Till.

»So viel Einmischung in unsere Ermittlungen nervt kolossal. Aber ich will das nicht überbewerten. Vielleicht ist sein Eifer harmlos.« Sie senkte ihre Stimme. »Es würde mich erschüttern, wenn Waidner der Maulwurf wäre. Dann soll es lieber Staatsanwalt Otto sein. Was machst du bis zum Treffen mit Frau Wiegers?«

»Auf dem Weg ins Büro fahre ich bei ihr vorbei und halte Ausschau nach Personen, die es sich im Wagen bequem gemacht haben. Dann erledige ich ein bisschen Büroarbeit und bin spätestens um halb zwölf am Hauptbahnhof, um das Ticket zu kaufen.«

»Wäre es nicht einfacher, sie zu Hause abzuholen?«

»Je weniger wir zusammen gesehen werden, desto besser. Außerdem soll sie sich der Gefahr, in der sie schwebt, bewusst sein. Wenn ich sie abhole, wirkt das zu sehr nach Urlaub.«

»Okay, du wirst schon wissen, was du tust.«

»Sobald ich sie zu ihrem Zug gebracht und noch ein bisschen die Passanten am Bahnhof gemustert habe, hätte ich Zeit für eine gemeinsame Mittagspause. Bist du daran interessiert?«

»Mit einem attraktiven Mann wie dir mein Mittagsmahl einzunehmen?«

»Zumal wir ja wahrscheinlich wieder getrennt schlafen.«

»Ist zu befürchten. Welche Uhrzeit schwebt dir vor?«

»Halb zwei? Wir könnten ein Restaurant in Präsidiumsnähe anpeilen.«

»Wegen des Treffpunkts melde ich mich noch bei dir. Das mache ich davon abhängig, wann wir zu unserem Nachmittagstermin aufbrechen. Aber halb zwei passt. Ich sollte jetzt auflegen. Wir sehen uns später.«

Till legte das Handy beiseite und drehte sich auf den Rücken. Er starrte an die Decke und verlor sich in Gedanken, wie es mit ihm und Miriam weitergehen würde. Nach einer Weile stand er gut gelaunt auf.

32

Um halb zwölf betrat Till Buchinger den Hamburger Hauptbahnhof und steuerte zunächst einen Ticketautomaten an. Er kaufte eine Fahrkarte erster Klasse für Valerie und reservierte ihr einen Einzelsitzplatz. Da er anschließend noch genügend Zeit hatte, ging er in die Buchhandlung und suchte nach einer bestimmten Zeitung, die er jedoch nicht fand. Also stellte er sich ohne Lektüre vor das Schaufenster, um auf die Zeugin zu warten.

Fünf Minuten nach zwölf sah er Wiegers. Sie zog einen Koffer hinter sich her und wirkte gestresst. Er musterte genau die Umgebung hinter ihr. Mehrere Personen folgten ihr, doch schien niemand ein besonderes Interesse an der Frau zu zeigen.

»Der Bus hatte Verspätung«, sagte Valerie zur Erklärung. »Sorry.«

»Überhaupt kein Problem. Ihr Zug fährt erst in vierzig Minuten.«

»Was für ein Glück! Dann kann ich mir noch Proviant kaufen. Oder spricht etwas dagegen?«

Till schüttelte den Kopf. Aus seiner Jacke zog er einen Zettel mit der Adresse der reservierten Wohnung. »Kennen Sie die Stadt Nienburg an der Weser?«

»Nur vom Namen. Da war ich noch nie.«

»Sehr gut! Dahin geht's für Sie. Sie müssen in Bremen umsteigen. Auf dem Telefon, das ich Ihnen gleich gebe, ist Google Maps installiert. Das können Sie …«

»Auf meinem Handy ist der Dienst auch …«

»Sie müssen mir Ihr Telefon überlassen.«

Valerie riss die Augen auf. »Was? Davon war nie die Rede. Das geht nicht.«

Till hatte mit dieser Reaktion gerechnet. Aus ebendiesem Grund hatte er die Maßnahme bislang nicht angesprochen. Viele Menschen waren heutzutage eher bereit, ihr Zuhause aufzugeben, als sich von ihrem Smartphone zu trennen. Die Diskussion führte er nicht zum ersten Mal.

»Sie dürfen das Handy nicht mitnehmen. Eine SIM-Karte zu orten, ist sehr leicht.«

»Aber darin befindet sich mein ganzes Leben«, wandte sie ein.

»Und Sie bekommen es zurück. Ich lege das Telefon in die Wohnung. Falls jemand Sie ausspioniert, wird er glauben, dass Sie zu Hause sind.«

»Herrje … ich … nein … das muss doch nicht sein«, stammelte sie mit verzweifeltem Blick.

»Sonst können wir uns den ganzen Aufwand sparen.«

Wiegers traten Tränen in die Augen. »Scheiße.«

»Es dient Ihrer Sicherheit.«

Sie wischte sich die Tränen weg. »Ja, schon gut.« Valerie öffnete ihre Handtasche.

»Geben Sie mir auch Ihr Ladekabel und Ihren Schlüsselbund.«

»Ernsthaft?«

»Ich muss das Telefon in Ihre Wohnung bringen und an den Strom anschließen.«

»Hätten Sie mir das vorher gesagt, hätte ich es zu Hause gelassen.«

Till lächelte lediglich. Ihr in diesem Punkt zu vertrauen, wäre naiv gewesen. Außerdem plante er gar nicht, das

Handy in Valeries Wohnung zu bringen. Aber das musste sie nicht wissen.

Sie gab ihm Gerät, Ladekabel und Schlüsselbund, und Till reichte ihr die Fahrkarte.

»Vom Nienburger Bahnhof sind Sie in fünf Minuten zu Fuß bei der Unterkunft. Um den Schlüssel für die Wohnung zu bekommen, müssen Sie im Nachbarhaus klingeln. Da wohnen die Vermieter. Da ich die Buchung auf meinen Namen vorgenommen habe, heißen Sie ab sofort Valerie Buchinger. Denken Sie immer daran.«

»Wollen die keinen Ausweis sehen?«

»Unwahrscheinlich. Die lassen Sie ein Formular ausfüllen, aber da die Polizei involviert ist, können Sie guten Gewissens lügen. Sie finden auf dem Zettel, den ich Ihnen gegeben habe, auch meine Wohnadresse in Hamburg. Die können Sie als Anschrift benutzen. Und wenn Sie jemand fragt, was Sie so lange an die Weser verschlägt, würde ich berufliche Gründe vortäuschen.«

»Okay.«

»Falls Sie E-Mails erhalten, die Ihnen ungewöhnlich vorkommen, antworten Sie nicht darauf, sondern geben mir Bescheid.«

»Mach ich.«

Nun gab Till ihr das Handy, das er für sie vorbereitet hatte, sowie das passende Ladekabel. »Die PIN ist 9876. Ein Vertragshandy mit unbegrenzter Telefonie- und Datenflat. Die Übermittlung der Rufnummer ist ausgeschaltet. Ich habe Miriams Handynummer auf der eins gespeichert, meine Nummer auf der zwei.«

»Wahrscheinlich darf ich niemanden anrufen, den ich persönlich kenne?«, fragte sie.

»Das wäre besser. Auch wenn ich weiß, wie schwer das

fällt. Aber jeder, der von Ihrem Abtauchen erfährt, schwebt theoretisch in Gefahr. Stellen Sie es sich wie Urlaub vor. Dann ertragen Sie es.«

»Ich wollte gerade wegen meines Handys nicht zickig klingen. Entschuldigen Sie.«

»Alles gut«, erwiderte er. »Sie waren schnell einsichtig. Viel eher, als ich das gewohnt bin. Ihr Zug fährt von Gleis sieben.«

Till behielt Wiegers im Blick. Zunächst ging sie in einen kleinen Supermarkt, bevor sie sich bei einem China-Imbiss eine Mitnahmebox besorgte. Danach lief sie zum Gleis und aß dort mit Stäbchen das Essen.

Der Zug traf zwei Minuten verspätet ein. Till wartete, bis Wiegers eingestiegen war. In der ganzen Zeit fiel ihm niemand auf, der sie beobachtete. Beruhigt verließ er den Bahnhof, setzte sich in sein Auto und fuhr zunächst zu Wiegers' Wohnung. Dort überprüfte er, ob jemand das Haus observierte, ehe er das Mehrfamilienhaus betrat.

In der Wohnung installierte er an der Tür einen Einbruchsmelder, den er über eine App scharf schaltete. Beim nächsten Öffnen der Tür würde er auf seinem Smartphone informiert.

Anschließend fuhr er zu dem angemieteten Apartment, in dem er Wiegers' Handy an eine Steckdose anschloss. Kaum war er damit fertig, klingelte sein Telefon und übertrug Miriams Nummer.

»Hi«, begrüßte sie ihn. »Ich muss unsere Verabredung nach hinten verschieben oder ausfallen lassen. Sorry. Bastian und ich sind gerade auf dem Weg zu dem Mann, von dem ich dir gestern erzählt habe.«

»Sag mir einfach Bescheid, wenn ihr dort fertig seid«,

sagte Till. »Ich hab eine Kleinigkeit am Bahnhof gegessen, während ich Frau Wiegers heimlich beobachtet habe.«

»Das beruhigt mich. Dann melde ich mich später bei dir.«

33

Niklas Hoffmann gehörte zu den Computerspezialisten, die sich hart an der Grenze der Legalität bewegten, manchmal auch darüber hinaus, aber noch nie wegen Datendiebstahls verurteilt worden waren. Ein Mitarbeiter des LKA hatte Miriam Decking und ihrem Partner den Namen des Langzeitstudenten genannt. Dabei hatte er darauf hingewiesen, dass Hoffmann dem LKA sogar schon in einer Ermittlung hilfreich zur Seite gestanden hätte. Trotzdem wäre er kein Freund der Polizei und würde sich vermutlich auch nicht so verhalten.

Hoffmann lebte in einem Hochhaus in der Nähe des Bahnhofs Altona. Seine Wohnung lag im fünften Stock. Sie teilten sich auf, um ihn nicht durch einen dummen Zufall zu verpassen. Miriam nahm den Aufzug und wartete fast eine Minute auf Dorfer, der durchs Treppenhaus hochkam.

»Du wirst echt immer älter«, sagte sie amüsiert.

Ihr Partner schnaubte. »Ist in unserem Job ja nicht das Allerschlechteste. Aber nächstes Mal vergesse ich meine gute Erziehung und lasse dir im Aufzug nicht den Vortritt.« Er brauchte noch ein paar Sekunden, um durchzuatmen. »Treppensteigen schlaucht mich immer mehr. Keine Ahnung, wieso.«

In der Etage lagen insgesamt vier Wohnungen. Nur an einer Klingel war das Namenschild entfernt.

»Das hier muss es sein«, sagte Miriam. Sie klingelte.

Als niemand reagierte, klopfte Dorfer energisch an die Tür.

Die Tür zur Nachbarwohnung öffnete sich, und eine junge Frau schaute heraus. »Was soll der Lärm? Niklas ist offenbar nicht da, wenn er nicht aufmacht. Mit dem Krach wecken Sie mein Baby.«

Miriam musterte die Frau eingehend. Sie war höchstens Anfang zwanzig, hatte rote, künstliche Fingernägel, mehrere auffällige Tattoos und trug Schuhe mit Absätzen. Ihr Haar schien frisch blondiert zu sein. Miriam ging einige Schritte auf sie zu.

»Wissen Sie denn, wann er zurückkommt?« Sie warf einen Blick in den aufgeräumten Flur der Wohnung. Kein Kinderwagen, keine Babyjacken, kein Spielzeug. Ungewöhnlich für einen Haushalt, zu dem angeblich ein Baby gehörte.

Die Nachbarin verdrehte die Augen. »Bin ich seine Aufpasserin? Keine Ahnung! Woher soll ich das wissen? Seien Sie bitte leiser.«

Sie wollte die Tür schließen, doch Miriam stellte rasch den Fuß auf die Schwelle.

»Hey!«, beschwerte sich die Frau. »Was ist das für eine Polizeischeiße, die Sie da abziehen?«

»Herr Hoffmann«, rief Miriam. »Wir sind nicht Ihretwegen hier. Es geht um Yannik Anapak.« Miriam wandte sich der Frau zu. »Die Ausrede mit dem Baby war zu offensichtlich. Er ist bei Ihnen.«

Die Nachbarin schaute über die Schulter. »Niklas, hilf mir.«

Der Gesuchte trat aus einem Zimmer hervor. »Ja, schon gut. Gehen wir in meine Wohnung. Was ist mit Yannik? Er hat sich seit Tagen nicht bei mir gemeldet.«

Hoffmann gab der attraktiven Frau einen Klaps auf den Po, ehe er zu einem Schlüsselbund griff und die Wohnung verließ.

»Haben Sie sich schon ausgewiesen?«, fragte er.

Miriam zeigte ihm ihren Ausweis. »Warum verbergen Sie sich in der Nachbarwohnung?«

»Ich *verberge* mich nicht. Tessa ist meine Inspirationsquelle.« Er öffnete die Tür, an der das Namensschild entfernt war.

»Sie sollten Ihren Namen an der Klingel anbringen«, schlug Dorfer vor.

»Ach wirklich?«, erwiderte Hoffmann. »Danke für den Tipp.«

In der Wohnung waren alle Jalousien heruntergelassen. Statt sie hochzuziehen, schaltete er in jedem Zimmer das Licht ein. Den Raum, den andere Mieter vermutlich als Wohnzimmer benutzt hätten, nutzte Hoffmann als Computerzentrale. Auf insgesamt drei Schreibtischen waren mehrere Rechner und Monitore aufgebaut.

»Gehen wir am besten in die Küche«, schlug er vor.

Er schnappte sich einen Bürosessel, den er in den Raum rollte. Um einen Tisch standen zwei Klappstühle verteilt.

»Setzen Sie sich«, sagte er und nahm auf dem Sessel Platz. »Was ist mit Yannik? Ist ihm etwas passiert?«

»Er wurde kaltblütig hingerichtet«, erklärte Miriam.

Hoffmann riss den Mund auf und starrte sie sekundenlang an. »Ist das Ihr Ernst?«

»Leider ja.«

»Fuck! Fuck! Fuck!« Mit beiden Händen strich er sich über die schwarz gefärbten Haarstoppeln. »Haben Sie seinen Mörder?«

»Wir ermitteln derzeit«, antwortete Dorfer.

Sein Blick huschte zwischen ihnen hin und her. Plötzlich sprang er auf und rannte aus der Küche.

Miriam reagierte zuerst. Sie sprintete ihm nach und

bekam ihn im letzten Moment an der Wohnungstür zu fassen, ehe er sie aufreißen konnte.

»Was soll das?«, schrie sie. »Warum hauen Sie ab?«

»Weil Sie Bullen sind«, antwortete er wütend. »Wie soll ich Ihnen vertrauen?«

Miriam packte ihn am Arm. »Kommen Sie mit und hören Sie uns zu. Wir spielen alle mit offenen Karten. Einverstanden?«

Ihre Blicke trafen sich. Nach einigen Sekunden nickte Hoffmann. »Meinetwegen. Lassen Sie mich los!«

Er ging zurück in die Küche und setzte sich wieder. Miriam schloss vorsichtshalber die Tür.

»Schießen Sie los«, forderte Hoffmann.

»Anapak wurde Dienstagabend auf einem Parkplatz an der Alster mit einem Kopfschuss hingerichtet. Weil drei Zeuginnen das beobachtet haben, konnten wir den Schützen schon am Mittwochnachmittag festnehmen.«

Hoffmann entspannte sich. »Und was wollen Sie jetzt bei mir, wenn Sie den Täter verhaftet haben?«

»Eine der Zeuginnen ist inzwischen tot. Vermeintlich das Opfer eines erweiterten Suizids. Ihr Ehemann hat nach einem Streit erst seine Frau und dann sich selbst gerichtet.«

»Vermeintlich?«, hakte Hoffmann nach.

»Wir bezweifeln, dass es der Ehemann war«, sagte Dorfer. »Und wenn unsere Zweifel berechtigt sind, schweben die beiden anderen Zeuginnen ebenfalls in Lebensgefahr. Eine von ihnen ist eine verheiratete Mutter von vier Kindern. Nach dem Mord an Anapak wurde in seine Wohnung eingebrochen und seine Festplatte gestohlen. Irgendwann von Mittwoch auf Donnerstag verschwand aus dem Darknet ein Video, das Anapak zum Kauf angeboten hat. Wissen Sie etwas darüber?«

»Und wenn ja?«

»Dann müssen Sie uns helfen«, forderte Miriam. »Die erwähnte Mutter lebt mit ihren Kindern und ihrem Mann in einem Haus. Zwei der vier Kinder sind zwar gerade zum Schüleraustausch in Amerika, aber falls wir recht haben, schweben die anderen in höchster Gefahr. Ein Auftragsmörder, der auf die Zeuginnen angesetzt ist, würde das Leben Unbeteiligter nicht schonen.«

»Ich weiß nicht viel«, sagte Hoffmann leise. »Tessa ist erst seit acht Wochen meine Nachbarin, und die letzten Wochen hatte ich kaum Zeit für Yannik.« Er grinste. »Ich habe mich nur einmal mit ihm getroffen.«

»Wann?«, fragte Dorfer.

»Letzten Freitag. In einer Kneipe zum Kickern. Yannik war aufgekratzt. Hat sich kaum konzentriert. Normalerweise sind die Partien zwischen uns knapp, Freitag habe ich sechs Spiele gewonnen und nur eine verloren. Er hat Andeutungen gemacht, warum er nicht ganz bei der Sache war.« Hoffmann hielt inne. »Kann ich Ihnen wirklich vertrauen?«

»Wir haben vielleicht einen Maulwurf in unseren Reihen«, gab Miriam zu.

Zwar schaute Dorfer sie tadelnd an, doch las sie in Hoffmanns Gesicht, dass sie die richtige Entscheidung getroffen hatte. Er nickte zögerlich.

»So wird es sein«, sagte er. »Yannik hat mir stolz erzählt, es sei ihm gelungen, in den Heimcomputer eines hochrangigen Polizisten einzudringen und Videomaterial zu erbeuten. Er sprach unter anderem von einem Snuff. Ich fragte ihn, ob er sicher sei, dass das kein Lehrvideo der Polizei sei. Darauf hat er arrogant gelacht.«

»Hat er Ihnen den Namen des Polizisten genannt?«, erkundigte sich Dorfer. »Oder den Namen von Leuten, die in dem Video zu sehen sind?«

Hoffmann schüttelte den Kopf.

»Sie sagten gerade *Videomaterial*«, hakte Miriam nach. »Bedeutet das mehr als ein Film?«

»Definitiv. Aber ich weiß nicht, wie viel Material. Was für Schweine! Die dürfen nicht damit davonkommen.«

34

Miriam brachte kurz entschlossen Bastian Dorfer mit zum Mittagessen. Sie trafen sich bei einem kleinen Italiener in Alsternähe.

Till saß bereits auf der gepflasterten Terrasse. Zu der späten Uhrzeit war außer ihnen niemand mehr im Restaurant. Die Mittagsgäste hatten schon gespeist, für die Abendgäste war es deutlich zu früh.

»Ich gehe eben zur Toilette«, sagte Dorfer. »Bestellt mir ruhig ein Wasser mit Kohlensäure und Spaghetti Arrabiata. Ob ich mir einen Nachtisch gönne, entscheide ich später. Meine Frau würde mir davon abraten.«

Till und Miriam warteten, bis Dorfer verschwunden war, ehe sie sich zärtlich küssten. Kurz darauf kam der Kellner zu ihrem Tisch. Miriam wählte den Rinderfiletsalat, Till die gemischte Fischplatte.

Dorfer kehrte zu ihnen zurück und griff heißhungrig zum vorab gereichten Weißbrot, das er stückchenweise in Olivenöl tunkte. Sie berichteten Till abwechselnd, was sie bei dem Termin erfahren hatten.

»Inzwischen halte ich es für sehr realistisch, dass auf dem Video ein Mord zu sehen ist«, sagte Miriam leise.

»Aber wieso wollte der Hacker das Material nur verkaufen?«, wunderte sich Till. »Mit einer Erpressung hätte er vermutlich mehr Geld verdienen können.«

»Darauf komme ich später zu sprechen. Wir haben nämlich eine neue Theorie. Fakt bleibt, Anapak ist wegen der erbeuteten Daten ermordet worden. Jemand muss ihn also als Hacker identifiziert haben. Warum war er Dienstagabend an der Alster? Ich bin davon überzeugt, das hatte mit dem Material zu tun.«

Der Kellner brachte das Essen und wünschte ihnen einen guten Appetit. Sie aßen die ersten Bissen, ehe sie leise weiterredeten.

»Gehen wir davon aus, Hoffmann hat euch keinen Bären aufgebunden. Anapak hat also Material bei einem hochrangigen Polizisten vom Computer gesaugt. Unter anderem ein Video, das einen Mord zeigt. Außerdem weiteres Zeug, von dem wir nicht wissen, was darauf zu sehen ist. Da frage ich mich, was macht ein hochrangiger Polizeibeamter mit solchen Daten auf seinem Privatcomputer?« Till wirkte unschlüssig.

»Das beschäftigt uns auch«, bestätigte Dorfer. »Wäre das Material, das Anapak geraubt hat, in irgendeiner Ermittlung aufgetaucht, hätten wir davon gehört. Dann hätte es noch immer nicht auf einem Privatcomputer gespeichert sein dürfen, aber das wäre kein schwerwiegender Verstoß.«

»Wir tendieren daher zu einer anderen Lösung«, fügte Miriam hinzu. »Logisch betrachtet, kann es nur auf Erpressung hinauslaufen. Polizist X besitzt hochbrisante Videos. Damit erpresst er Person Y. Vielleicht sogar noch weitere Leute. Anapak greift den Computer von X an und erbeutet das Material. Eventuell war es Zufall, oder er hat den Auftrag angenommen, X gezielt anzugreifen. Er schaut es sich an und erkennt sofort die Brisanz. Also erpresst er seinerseits X.«

Till wollte etwas einwenden, aber Miriam hob die Hand.

»Lass mich bitte ausreden. Um seiner Forderung Nachdruck zu verleihen, stellt er den kurzen Ausschnitt ins Netz.

Nun weiß X, wenn er keinen Deal mit Anapak abschließt, hat er ein Problem. Aber er trifft stattdessen die Entscheidung, lieber Velkow zu engagieren, um Anapak zu beseitigen und die Festplatte des Hackers zu stehlen. Weil der sich mit Erpressungen bis dahin nicht auskannte, hat er vermutlich auf Sicherungsmaßnahmen verzichtet.«

Till ließ sich die Worte durch den Kopf gehen. »So könnte es sein. Dann wäre Anapak leichtsinnig gewesen, oder ihm fehlte vielleicht wirklich nur die Erfahrung. Fragt sich bloß, was X mit dem Material anfängt. Wen erpresst er? Geht es ihm um Geld oder um Macht? Denn er muss in der Lage sein, hohe Summen aufzubringen. Velkow musste bezahlt werden, und der Mann, der jetzt den Schlamassel hinter Velkow aufräumt, kriegt vermutlich noch mehr. Scheiße! Wenn das stimmt, ist das kein Wespennest, in das ihr stecht. Kennt ihr die asiatische Riesenhornisse? Die ernähren sich am liebsten von Bienen, denen sie einfach den Kopf abreißen. Falls ihr recht habt, stecht ihr gerade in ein Nest dieser liebenswerten Tiere. Dann schweben nicht nur Valerie und Kristina in Lebensgefahr, sondern auch wir drei. Scheiße!«

Till sah Miriam in die Augen. Die lächelte ihm beruhigend zu. Aber in ihrem Gesichtsausdruck erkannte er, dass auch sie besorgt war. »Du hast erwähnt, Waidner sei besonders interessiert an dem Fall. Auch bei der heutigen Besprechung?«

»Ja«, antwortete Dorfer an Miriams Stelle. »Waidner gehört zu den Vorgesetzten, die einen in Ruhe lassen, wenn man Ergebnisse liefert. Aber diese Ermittlungen beschäftigen ihn.«

»Soll ich über ihn Informationen einholen? Selbstverständlich diskret?«

Miriam sah Bastian Dorfer an.

Der nickte schließlich kaum merklich. »Kann nicht schaden. Vorausgesetzt, es fällt nicht auf uns zurück.«

»Was ist mit dem Staatsanwalt?«, fragte Miriam. »Verhält der sich nicht mindestens genauso verdächtig? Er heißt Dennis Otto.«

»Ich kümmere mich darum. Keine Ahnung, was ich herausfinde. Polizisten und Staatsanwälte beherrschen die Kunst, ihr Leben geheim zu halten. Haben wir ja damals bei Ludger Krumm gesehen.« Till spielte auf den Fall an, bei dem er und Dorfer sich zum ersten Mal begegnet waren.

»Scheiße, erinnere mich bloß nicht daran.« Dorfer stöhnte. »Zunächst dein Gerede über Riesenhornissen, die der Biene Maja den Kopf abreißen, und dann muss ich deinetwegen auch noch an meinen alten Partner denken.« Er hob den Arm und winkte den Kellner zu sich.

»Willst du bezahlen?«, fragte Miriam. »Eigentlich würde ich …«

»Nein! Ich bestelle bloß ein Tiramisu als Nachtisch. Wer weiß, wie oft ich noch in den Genuss komme. Das Leben ist zu kurz, um sich ein Dessert zu verbieten. Egal, wie meine Frau das findet.«

»Amen«, sagte Till lächelnd.

Nachdem sie bezahlt hatten, ging Dorfer schon einmal zum Wagen.

»Ich will heute Nacht eigentlich nicht wieder ohne dich einschlafen«, sagte Miriam. Sie zog einen Schmollmund.

»Ich auch nicht«, erwiderte Till. »Bin froh, wenn dieser Fall hinter uns liegt. Ihr müsst wirklich vorsichtig sein. Vor allem, wem ihr im Präsidium vertraut. Sollen wir heute Abend telefonieren?«

»Klar. Sonst ist mir ja noch langweiliger.« Sie schaute auf ihre Uhr und seufzte. »Wir müssen zurück. Tut mir leid. Ich hätte den Rest des Tages lieber mit dir verbracht.«

35

Ein letztes Mal ging er die Konsequenzen seiner Entscheidung durch. Hatte er die richtige Wahl getroffen? Die Wohnorte lagen ungefähr zwanzig Minuten auseinander. Falls es ihm gelänge, den ersten Mord geräuschlos zu erledigen, ließen sich beide Taten problemlos in einer Nacht durchführen.

Zuerst würde Valerie Wiegers sterben. Sobald er sich um die alleinstehende Frau gekümmert hätte, würde er ins Haus der Familie einbrechen. Selbst wenn bei der ersten Zielperson etwas schiefginge, könnte er den Auftrag abbrechen und zur zweiten fahren. Die Bullen wären niemals so schnell in der Lage, Schutz für die Familie zu organisieren.

Die Wünsche seiner Auftraggeber waren ihm gleichgültig. Ob er zusätzlich zu den einhundertfünfzigtausend für die ersten beiden Morde dreihundert oder dreihundertfünfzig erhielt, spielte keine große Rolle. Es erschien ihm unmöglich, nur Kristina Broll zu töten. Dafür müsste sein Eindringen ins Schlafzimmer des Paars unbemerkt bleiben. Dann könnte er den Ehemann mit einem Elektroschocker außer Gefecht setzen und die Ehefrau erschießen. Doch sollte der Mann vorzeitig aufwachen, müsste auch er sterben. Selbst die Kinder könnten ihm in die Quere kommen. Auch darauf würde er keine Rücksicht nehmen. Er hätte keinerlei Skrupel, ihnen ein Leben als Waisen zu ersparen. Im Prinzip würde er ihnen damit sogar einen Gefallen tun.

Seit er den Auftrag angenommen hatte, gab es kein Zurück mehr. Die Zeuginnen mussten beiseitegeräumt werden, ohne dass dadurch neue Zeugen auf der Bildfläche auftauchten. Er wollte nicht wie Velkow enden – der vermutlich nichts von dem Schicksal ahnte, das ihm nun drohte. Wahrscheinlich zählte er die Stunden oder Tage bis zu seiner Entlassung. Dabei war er im Gefängnis derzeit sicherer aufgehoben als bei seiner Ehefrau. Wie hatten seine Auftraggeber bloß einen solchen Amateur engagieren können? Hätten sie einen Profi wie ihn beauftragt, den Hacker auszuschalten, hätte es keine Zeugen gegeben. Zumindest keine, die es überlebt und die Polizei hätten alarmieren können. Aber selbst in seiner Branche wurde der Geiz immer übermächtiger.

Er dachte an die Familie, die er heute Nacht auslöschen würde. Vollständig oder teilweise.

»Bis dass der Tod euch scheidet«, flüsterte er. Manchmal trat das schneller ein als erwartet.

Doch zuerst würde er sich der alleinstehenden Valerie Wiegers annehmen. Eine hübsche Frau. Sie entsprach in vielerlei Hinsicht seinen Vorlieben. Es war bedauerlich, dass er sich nicht besser um sie kümmern könnte. Mit ihr spielen durfte. Sein Auftraggeber würde das nicht gutheißen. Hätte er mehr Zeit, könnte er sie entführen, sich an ihr austoben und anschließend ihre Leiche verschwinden lassen.

Noch einmal machte er sich Gedanken über sein geplantes Vorgehen. Vielleicht doch zuerst die Familie? Danach zu Wiegers fahren und sie unter Waffengewalt aus der Wohnung schaffen?

Eine verlockende Vorstellung.

Er schaute auf seine Uhr. Ihm blieb genügend Zeit, um sich Alternativen auszudenken. Lohnten ein paar Stunden mit einer verängstigten Frau das zusätzliche Risiko? Oder wäre er dann nicht besser als Velkow, der es durch seine fehlende Professionalität vermasselt hatte?

Nein! So dumm wie der inhaftierte Bulgare wäre er niemals. Er könnte die Entführung und Entsorgung der dritten Zeugin seinen Auftraggebern als genialen Plan verkaufen.

Wem würde er zuerst die Aufwartung machen? Der Familie Broll oder Valerie Wiegers?

36

Die Haustür überwand er in weniger als dreißig Sekunden. Wie fast immer in Mehrfamilienhäusern war diese Tür das kleinste Hindernis. Wohnungsbaugesellschaften oder private Eigentümergemeinschaften investierten nur selten in diesen grundlegenden Schutz.

Mit einer Taschenlampe beleuchtete er die Stufen. An der Wohnungstür der Zielperson hielt er sein Ohr an das weiße Holz und lauschte. Es war nichts zu hören, und durch den Türspion drang auch kein Licht. Vermutlich würde Wiegers tief schlafen. Er freute sich auf sie.

Er steckte sich die Taschenlampe in den Mund und führte den Dietrich ins Schloss. Er brauchte ungefähr doppelt so lange wie im Erdgeschoss, bis er es geknackt hatte. Fast geräuschlos schob er die Tür auf. Er leuchtete kurz in den Flur. Alle abgehenden Zimmertüren waren geschlossen. Er schlüpfte in die Diele und drückte leise die Wohnungstür zu. Sekundenlang lauschte er auf Geräusche, um Anhaltspunkte zu finden, wo ihr Schlafzimmer lag. Die geschlossenen Türen erschwerten ihm die Orientierung. Also müsste er im schlimmsten Fall Raum für Raum überprüfen.

Noch einmal schaltete er die Taschenlampe ein, bis er vor dem ersten Zimmer stand. Nun zog er die Pistole aus der Jackentasche und schraubte den Schalldämpfer auf.

Langsam drückte er die Türklinke hinunter.

37

Der schrille Alarmton riss Till aus dem Schlaf. Sofort war er hellwach. Er hatte den Ton augenblicklich erkannt, denn er nutzte ihn nur für die Überwachungs-App. Jemand hatte die Tür in Valeries Wohnung geöffnet.

Er griff zu seinem Smartphone und startete die App, mit der er Zugriff auf die installierten Kameras hatte. Zunächst war das Bild dunkel. Er konnte nichts erkennen, weil der Eindringling offenbar im Dunkeln agierte. Doch nach ein paar Sekunden schaltete er eine Taschenlampe ein. Der vermummte Einbrecher stand mit dem Rücken zur Kamera. Trotzdem sah Till die Pistole mit Schalldämpfer in seiner Hand. Er wählte Miriams Rufnummer.

»Was ist los?«, fragte sie nach wenigen Sekunden Freizeichen.

»Jemand ist in Valeries Wohnung und überprüft die Zimmer. Er trägt eine Maske und eine Pistole mit Schalldämpfer. Wir werden ihn wegen der Maske nicht identifizieren können.«

»Okay. Ich schicke Streifenwagen los.« Sie beendete die Verbindung.

Till beobachtete den Mann. Der stand mittlerweile vor einer weiteren geschlossenen Zimmertür. Noch war er nicht am Schlafzimmer angekommen. Vielleicht verlor er durch sein vorsichtiges Vorgehen genau die Zeit, die eine alarmierte Streifenwagenbesatzung benötigen würde. Falls die Polizei auftauchte, bevor er das Gebäude verlassen hatte, hatte er keine Fluchtroute. Dafür war das Haus nicht geeignet.

39

Miriam telefonierte über eine Notfallrufnummer, die nur Beamten des LKA zur Verfügung stand, mit der Zentrale der Polizei. Sie nannte zunächst Wiegers' Adresse und forderte mindestens drei Streifenwagen an.

»Der Täter, der in die Wohnung eingebrochen ist, hat eine Pistole. Er ist für zwei Morde verantwortlich. Vermutlich ist er ein Auftragsmörder mit entsprechender Erfahrung.«

»Ich weise die Kollegen darauf hin, extrem vorsichtig zu sein.«

»Machen Sie das. Ich warte in der Leitung auf Sie.«

»Okay. Bis gleich.«

Miriam hörte, wie der Polizist über Funk Streifenwagen anforderte und entsprechend vorwarnte. Er bezeichnete den Täter als bewaffnet und gefährlich. Diese prägnante Beschreibung würde den Schutzpolizisten den Ernst der Lage verdeutlichen.

»Da bin ich wieder«, sagte der Beamte schließlich.

Miriam nannte ihm die Adresse von der Familie Broll. »Allerdings sollen die Streifenwagen, die Sie dorthin beordern, nicht vor dem Haus halten. Besser wäre es, wenn die Besatzungen zwei Straßen entfernt auf weitere Anordnungen warten.«

»Ist denn bei der genannten Adresse auch ein bewaffneter Täter?«

»Nein. Wir vermuten, er könnte sich dieses Haus als zweites Ziel ausgesucht haben. Das wäre unsere Möglichkeit, ihn zu überraschen.«

»Okay. Ich gebe das so weiter.«

Miriam nannte dem Beamten noch ihre Handynummer, unter der sie für Rückfragen zur Verfügung stand, und beendete das Telefonat.

Sie schlüpfte in ihre bereitgelegte Kleidung und band sich die Schuhe zu. Leise öffnete sie ihre Zimmertür. Die anderen schienen zu schlafen. Miriam ging durch den Flur und klopfte an eine Tür.

»Herein«, erklang umgehend Dorfers Stimme.

Miriam betrat das Zimmer, ohne Licht einzuschalten.

»Was ist los?«, fragte ihr Partner.

Sie erklärte ihm die Situation und welche Schritte sie bereits unternommen hatte.

»Okay«, sagte Dorfer. »Geh zurück in dein Zimmer. Ich zieh mich eben an, dann beratschlagen wir uns bei dir.«

»Ich rufe Till an, um mich auf den neuesten Stand bringen zu lassen.«

Sie verließ den Raum, den ihr Familie Broll zur Verfügung gestellt hatte. Miriam und ihr Partner verbrachten erst die zweite Nacht hier. Durch den Schüleraustausch, an dem Kristinas Zwillinge teilnahmen, standen zwei Zimmer leer. Till hatte die Idee gehabt, Dorfer und sie für eine begrenzte Zeit dort unterzubringen, um der Familie ein gewisses Maß an Schutz zu bieten.

Alle Beteiligten waren sofort einverstanden gewesen – trotz der dadurch entstehenden Unannehmlichkeiten.

Miriam zog ihre Zimmertür hinter sich zu und wählte Tills Nummer.

»Hi«, begrüßte er sie.

»Was gibt's Neues?«

40

Nur noch eine Tür. Der Mörder ahnte, wer sich dahinter verbergen würde: Niemand!

Er öffnete den Raum, bei dem es sich ums Schlafzimmer handelte. Wie erwartet war das Bett leer. Die Stille in der Wohnung hatte ihn schon beim letzten Zimmer misstrauisch gemacht. Irgendetwas stimmte hier nicht.

Er schaltete das Licht ein und schaute sich um. Auf einem Regal entdeckte er eine Kamera, die auf die Tür ausgerichtet war. Da er eine Maske trug, hatte er keine Angst vor einer Enttarnung. Er nahm die Kamera an sich. Eindeutig ein Equipment, mit dem Profis arbeiteten.

Wer hatte sie hier angebracht, und wo war Valerie? Unter Polizeischutz stand sie nicht, sonst wäre er darüber informiert worden.

Wut stieg in ihm hoch. Jemand hatte ihn ausgetrickst. Ein Gefühl, das er nicht kannte und überhaupt nicht schätzte. Er warf die Kamera auf den Boden und verließ das Schlafzimmer. Auch in der Diele schaltete er das Licht ein. Sofort bemerkte er die zweite Kamera. Viel mehr beunruhigte ihn jedoch der Türsensor, den er erst jetzt wahrnahm.

Jemand hatte mitbekommen, dass er vor einigen Minuten die Wohnung betreten hatte. Folglich mussten die Bullen schon unterwegs sein.

Wie viel Zeit blieb ihm noch, um ungesehen aus der Gegend zu verschwinden?

Mit vorgehaltener Pistole riss er die Wohnungstür auf. Zumindest im Hausflur wartete niemand.

41

»Er hat die Kamera entdeckt«, informierte Till Miriam am Telefon.

»Bietet die Aufnahme Anhaltspunkte, um ihn zu identifizieren?«

»Nein. Es handelt sich um einen breitschultrigen Mann, ich schätze, ungefähr meine Größe. Mehr ist durch die Bilder nicht zu erkennen. Ich hab's gespeichert, aber damit könnt ihr nichts anfangen.«

»Irgendetwas Auffälliges an seiner Kleidung?«

»Nein. Er ist gerade übrigens ziemlich wütend.«

»Woran erkennst du das?«

»Er hat die Kamera auf den Boden geworfen und verlässt das Schlafzimmer. Jetzt bemerkt er in der Diele die zweite und den Sensor.«

»Wie reagiert er?«

»Er reißt mit gezogener Waffe die Tür auf. Wie lange dauert es bis zum Eintreffen des ersten Streifenwagens?«

»Muss ich nachfragen.«

»Du solltest die Polizisten warnen. Er macht nicht den Eindruck, als würde er widerstandslos aufgeben. Der ist zu allem entschlossen.«

»Ich kümmere mich darum und melde mich wieder bei dir.«

»Du und Bastian müsst vorsichtig sein. Vielleicht will er jetzt bei den Brolls zu Ende bringen, was ihm bei Wiegers nicht gelungen ist.«

»Versteht sich von selbst. Du hörst von mir.«

42

»Scheiße! Wieso sind wir die Ersten?«, fragte Polizeikommissar Tengler seine Partnerin. Sie waren soeben mit dem Streifenwagen vor Wiegers Haus angekommen.

»Keine Ahnung. Der Zentrale zufolge sind insgesamt vier Streifen unterwegs«, antwortete Oberkommissarin Wirtz.

»Und das ist die richtige Adresse?«

»Natürlich. Ich informiere die Zuständige beim LKA.« Wirtz griff zu ihrem Telefon und wählte die Nummer, die ihr die Zentrale geschickt hatte.

»Decking«, meldete sich eine weibliche Stimme.

»Polizeioberkommissarin Wirtz. Wir sind an der Adresse angekommen. Es sind noch keine Kollegen vor Ort.«

»Der Mann hat vor zwei Minuten die Wohnungstür aufgerissen.«

»Woher wissen Sie das?«

»Wir haben Kameras installiert, um ihm eine Falle zu stellen. Ist Ihnen gerade eben auf dem Weg dorthin jemand aufgefallen, der sich fluchtartig vom Tatort entfernt hat?«

»Nein«, antwortete Wirtz. »Das hätten wir bemerkt.«

»Okay. Sie warten vor Ort, bis Verstärkung eintrifft. Der Täter ist mit einer Pistole bewaffnet und zu allem entschlossen.«

»Da kommen Kollegen«, sagte Tengler leise nach einem Blick in den Innenspiegel.

Wirtz gab die Information weiter. »Angeblich sind vier Streifenwagen zu uns unterwegs. Die ersten Kollegen treffen gerade vor Ort ein.«

»Warten Sie, bis Sie mindestens zu sechst sind. Achten Sie vor allem darauf, dass niemand das Haus verlässt. Ihr Schutz ist vorrangig.«

»Verstanden und Ende.« Wirtz beendete das Telefonat.

»Ob er noch im Haus ist?«, fragte Tengler.

»Unwahrscheinlich, wenn er vor zwei Minuten die Wohnung verlassen hat. Hast du jemanden auf dem Bürgersteig oder so gesehen?«

»Nein, aber ein wegfahrendes Auto, in dem eine Einzelperson saß.«

Wirtz schaute ihn an. »Ist mir nicht aufgefallen. Wo war das?«

»In der Nebenstraße. Er fuhr vor uns weg, als wir in die Straße eingebogen sind.«

»Hast du auf das Kennzeichen geachtet?«

»Nein.«

»Du hättest mich darauf hinweisen müssen«, ermahnte sie ihren jüngeren Kollegen.

»Im Gegensatz zu dir sitze ich am Steuer. Wo warst du mit deinen Gedanken, wenn du ihn nicht bemerkt hast?«

Wirtz verdrehte die Augen, antwortete aber nicht. Sie ärgerte sich, das Auto übersehen zu haben. Nicht zum ersten Mal stellte sie fest, dass sie die Nachtschichten immer mehr schlauchten.

43

Er hielt an einer roten Ampel und schaute in den Rückspiegel. Kurz zuvor hatte er einen Streifenwagen gesehen und eine unangenehme Konfrontation befürchtet. Tote Schutzpolizisten hätten seine Auftraggeber nicht schulterzuckend akzeptiert. Zum Glück war die Streife abgebogen, und da er ein gefälschtes Kennzeichen benutzte, hatte er nichts zu befürchten. Selbst wenn die Polizisten es sich gemerkt hätten.

Sollte er zu seinem Unterschlupf fahren? Oder könnte er wenigstens die Familienmutter ausschalten? Nachdenklich trommelte er auf das Lenkrad.

Was sollte er tun? Sein Auftraggeber wäre nicht begeistert, wenn er ihm gestehen müsste, keine der beiden Zeuginnen aus dem Weg geräumt zu haben.

Die Ampel sprang um, und er fuhr langsam an.

Das Equipment in Wiegers' Wohnung deutete auf einen Profi hin. Hatten auch Kristina und ihre Familie diese Unterstützung, von der sein Auftraggeber nichts wusste?

Er malte sich die Reaktion aus, falls er ihm einen Fehlschlag mitteilen müsste. Zwei Zeuginnen waren ein Risiko. Noch gefährlicher wäre es allerdings, wenn er blind in eine Falle tappte.

Bis zum Haus der Familie würde er keine zwanzig Minuten benötigen. Vielleicht lohnte es sich, erst vor Ort eine Entscheidung zu treffen.

44

Miriam Decking registrierte den skeptischen Blick von Polizeirat Waidner, als sie um halb zehn morgens gemeinsam mit Dorfer und Buchinger das Büro betrat. Ihr Vorgesetzter hatte sie nach den Ereignissen der vergangenen Nacht zu einem dringlichen Termin gebeten, obwohl Samstag war. Zu Miriams Überraschung stand Staatsanwalt Otto an einem der Fenster und blätterte oberflächlich in einer Akte. Offenbar war er ebenfalls herbestellt worden.

»Warum bringen Sie Zivilisten zu einer dienstlichen Besprechung mit?«, fragte Waidner pikiert. Er musterte Till eingehend. »Ich glaube, wir kennen uns. Von der Ermittlung Spannberg, richtig? Damals war ich zwar noch in anderer Position, aber …«

Till nickte. »Buchinger. Guten Morgen. Wir sind uns Anfang letzten Jahres im Rahmen eines Zeugengesprächs begegnet, nach den Ereignissen in Leipzig.«

»Hauptkommissar Krumms Tod.« Waidner blickte betrübt ins Leere. »Ludger war einer der Guten.« Er seufzte und wandte sich Miriam zu. »Trotzdem verstehe ich nicht, was Herr Buchinger hier zu suchen hat. Erklären Sie's mir.«

»Darauf bin ich ebenfalls gespannt«, sagte Otto. Er klang wenig begeistert.

»Wir haben es Herrn Buchinger zu verdanken, dass Frau Wiegers heute Nacht nicht gestorben ist. Was eventuell auch zur Sicherheit der Familie Broll beigetragen hat. Denn wer weiß, was der Täter unternommen hätte, nachdem er Frau Wiegers ermordet hätte.«

»Reden Sie Klartext!«, forderte Waidner.

»Wir gehen unser Gespräch gerade von der falschen Seite an«, erwiderte Dorfer. »Geben Sie uns ein bisschen Spielraum, und vertrauen Sie unserer Einschätzung, dass Herr Buchinger an dieser Besprechung teilnehmen sollte. Dann klärt sich der Rest von selbst.« Demonstrativ nahm Dorfer auf einem der Stühle Platz.

Waidner schaute ihn ungläubig an. Schließlich zuckte er mit den Achseln. »Ihre Verantwortung. Setzen wir uns.«

»Ich denke, nach der gestrigen Nacht besteht kein Zweifel mehr, dass Kristina Broll und Valerie Wiegers in Lebensgefahr schweben«, begann Dorfer.

»Es spricht vieles dafür«, bestätigte Otto. »Wir sollten die Frauen und die engsten Angehörigen in ein Schutzprogramm aufnehmen. Aber wissen wir überhaupt, wo Frau Wiegers derzeit ist? Ich habe heute Morgen versucht, sie telefonisch zu erreichen. Fehlanzeige.«

»Das Haus der Brolls wird mittlerweile von Streifenwagen geschützt«, wich Miriam aus.

»Das habe ich nach unserem Telefonat letzte Nacht veranlasst«, sagte Waidner. »Allerdings hätten Sie mir Bescheid geben müssen, dass Sie beide bei den Brolls übernachten. Das ist ein sehr unkonventionelles Vorgehen, das ich nicht gutheiße. Als Dienststunden waren das jedenfalls keine.«

»Die Brolls haben uns zugesagt, heute das Haus nicht zu verlassen. Sie warten und vertrauen darauf, dass wir eine dauerhafte Lösung finden, die für ihre Familie akzeptabel ist«, fuhr Miriam fort.

»Wir spielen gerade mehrere Varianten durch«, sagte Waidner. »Sobald sich unsere Gedanken in zwei oder drei Richtungen fokussieren, holen wir die Familie ins Boot, um gemeinsam die passende Entscheidung zu treffen.«

»Allerdings ist das nicht so einfach«, sagte Otto in bedauerndem Ton. »Die Kinder sind schulpflichtig, und der Ehemann ist Angestellter.«

»Ich bin überzeugt, Sie finden eine Lösung«, erwiderte Miriam. »Kommen wir auf Frau Wiegers zu sprechen.« Sie nickte Till kaum merklich zu.

»Wiegers hat mich nach der Ermordung ihrer besten Freundin engagiert, ihr beim Untertauchen zu helfen«, erklärte Till.

»Entschuldigen Sie, dass ich dazwischen grätsche, aber wer sind Sie überhaupt?«, fragte der Staatsanwalt.

»Ich bin Personenfahnder. Meistens werde ich engagiert, um verschwundene Menschen aufzuspüren. Manchmal bitten mich Klienten darum, Ihnen zu helfen, zeitweise oder dauerhaft von der Bildfläche zu verschwinden.«

»Kriminelle?«, hakte der Staatsanwalt nach.

»Eher Frauen, die vor gewalttätigen Ex-Partnern ihre Ruhe haben wollen. Mit Kriminellen gebe ich mich nicht ab.«

»Und wie ist Frau Wiegers auf Sie aufmerksam geworden?«

»Herr Buchinger und ich sind ein Paar. Ich habe ihn empfohlen.«

»Wow!«, entfuhr es Otto. »Das ist eine krasse Auslegung Ihrer dienstlichen Kompetenzen. Als Ihr Vorgesetzter …« Er ließ den Satz unvollendet, schüttelte jedoch demonstrativ den Kopf.

»Darüber sprechen wir zu anderer Gelegenheit«, murmelte Waidner.

»Wo haben Sie Frau Wiegers untergebracht?«, fragte Otto.

»In einer Wohnung hier in Hamburg«, behauptete Till.

Der Staatsanwalt seufzte. »Geht's ein bisschen genauer?«

»Leider nicht.« Till lächelte freundlich.

»Was heißt das?«, erwiderte Otto.

»Ich werde das Leben meiner Auftraggeberin nicht gefährden, indem ich ihren Aufenthaltsort preisgebe. Sie ist übrigens nicht über ihr Handy erreichbar. Nur über mich.«

Der Staatsanwalt schlug mit der flachen Hand auf den Lederbezug seiner Stuhllehne.

»Ich verbitte mir diese implizite Unterstellung! Wo ist Frau Wiegers? Sie ist Zeugin in einer Mordermittlung und muss jederzeit für mich erreichbar sein.«

»Ich garantiere Ihnen, Sie wird zu jedem angesetzten Termin erscheinen. Sagen Sie mir oder Oberkommissarin Decking Bescheid, sobald Sie mit der Zeugin sprechen müssen. Dann kümmere ich mich darum und bringe sie zu Ihnen.«

»Eine Unverschämtheit. Wenn Sie nicht wegen Behinderung der Justiz Schwierigkeiten bekommen wollen, geben Sie mir sofort die Informationen, die ich …«

»Nein«, unterbrach Till ihn gelassen.

Miriam bewunderte ihn für seine Ruhe, die den Staatsanwalt provozierte. Der schaute wütend von Till zu Waidner.

»Mir gefällt Ihre Unterstellung auch nicht«, sagte der Polizeirat. »Wieso sollte es das Leben der Zeugin gefährden, wenn wir wissen, wo Sie die Dame untergebracht haben?«

»Wir haben vielleicht eine Spur, warum Anapak sterben musste«, warf Dorfer ein. »Uns liegt eine glaubhaft klingende Zeugenaussage vor, dass Anapak illegal Zugriff auf den Privatcomputer eines hochrangigen Polizisten hatte und von dort brisantes Material gestohlen hat. Mit diesen Daten hat er möglicherweise jemanden erpresst.«

»Und Sie halten das für glaubhaft?«, vergewisserte sich der Staatsanwalt. »Obwohl Sie wissen, was das bedeuten würde?«

»Ja«, bestätigte Miriam.

»Wenn das stimmt, wäre ein Polizist der Auftraggeber der Morde«, konkretisierte Otto. »Ist Ihnen das klar?«

Miriam hielt seinem bohrenden Blick stand und nickte.

»Scheiße«, sagte der Staatsanwalt. Er wandte sich Waidner zu. »Leider würde das Sinn ergeben. Falls Emma Nehrig nicht das Opfer eines erweiterten Suizids war, muss jemand von ihren Eheproblemen gewusst haben. Die sind in den Gesprächsprotokollen erwähnt.«

»Nun mal langsam!«, entgegnete Waidner. »Das ist ein Drahtseilakt. Solche Vorwürfe dürfen nicht übereilt publik werden. Sonst stehen Sie als Nestbeschmutzer da. Was das für den Rest Ihrer Karriere bedeutet, können Sie sich ausmalen.«

»Sollen wir die Ermittlungen einstellen, sobald wir weitere Verdachtsmomente finden, die für unsere Theorie sprechen?«, fragte Miriam provokant.

»Das habe ich so nicht gemeint«, entgegnete Waidner. »Ich will Sie bloß ermahnen, vorsichtig zu sein. Sie dürfen nicht mit Anschuldigungen vorpreschen.«

»So gut sollten Sie uns kennen, dass wir niemals vorschnell handeln«, sagte Dorfer.

»Seien Sie einfach vorsichtig!«, wiederholte Waidner. »Bevor Sie einen Kollegen ins Visier nehmen, muss das doppelt und dreifach abgesichert sein. Besonders, wenn er höherrangig ist.«

»Aber Sie lassen uns bei den Ermittlungen weiterhin freie Hand?«, vergewisserte sich Miriam.

»Ich gebe Ihnen immer freie Hand. So gut sollten Sie meinen Führungsstil kennen.«

»Auch, was unsere Entscheidung betrifft, Herrn Buchinger hinzuzuziehen?«, hakte sie nach.

Waidner schaute Till mürrisch an. »Natürlich.«

»Wunderbar. Dann können wir ja unserem Job nachgehen.«

»Falls Sie Anregungen für den Schutz der Familie Broll brauchen, können Sie mich gern um Rat bitten«, fügte Till hinzu. »Und jetzt entschuldigen Sie mich. Die Arbeit wartet.«

45

Miriam und ihr Partner waren noch keine zwei Minuten in ihrem Büro, als es an der Tür klopfte.

»Herein«, rief Dorfer.

Staatsanwalt Otto öffnete die Tür. »Ich möchte mit Ihnen über etwas reden, das mich nicht glücklich macht«, sagte er.

»Setzen Sie sich.« Miriam zeigte auf einen der Besucherstühle.

Otto trat hinter den Stuhl und umklammerte die Lehne, statt Platz zu nehmen. »Mir gefällt die Lösung mit diesem Buchinger nicht. Vor allem, weil Sie, Frau Decking, eine Beziehung mit ihm haben. Wenn Sie ihm einen Auftrag zuschustern, bekommt das gleich ein … Geschmäckle.«

»Till wird nicht aus unseren Budgets bezahlt«, erwiderte sie. »Er arbeitet kostenfrei.«

»Gut«, sagte Otto. »Immerhin etwas. Sie wissen, Korruptionsbeschuldigungen schaden dem Ruf einer Truppe massiv. Aber trotzdem bin ich nicht glücklich. Wieso haben Sie einen Zivilisten um Hilfe gebeten? Sein Auftreten mir gegenüber vorhin war ziemlich unverschämt. Er darf mir nicht die Information vorenthalten, wo sich Frau Wiegers aufhält. Das geht gar nicht. Wissen Sie, wo er die Zeugin untergebracht hat?«

»In einer Wohnung in Hamburg. Mehr hat er uns auch nicht verraten«, sagte Miriam.

»Unfassbar! So funktioniert das nicht. Was ist, wenn ich sie persönlich sprechen will?«

»Dann arrangiert Herr Buchinger einen Termin«, erwiderte Miriam.

Otto öffnete den Mund zu einer Entgegnung, doch Dorfer kam ihm zuvor.

»Ich verstehe Ihr Problem nicht. Herr Buchinger nimmt Ihnen Arbeit ab. Es wird schwierig genug, eine Lösung zu finden, mit denen die Brolls leben können. Wie vorhin erwähnt, sind die Kinder schulpflichtig und der Ehemann Angestellter. Ob sich die Familie wochenlang irgendwo verstecken lässt, ist mehr als zweifelhaft. Also müssen wir alle vier Familienmitglieder mit hohem Personalaufwand schützen.«

»Dafür finden wir einen Ausweg«, sagte Otto.

»Und dank Herrn Buchinger müssen Sie sich nicht zusätzlich um Maßnahmen für Frau Wiegers kümmern. Das sollte Ihnen ziemlich recht sein.«

Der Staatsanwalt rümpfte die Nase. Sein Missfallen war ihm deutlich anzusehen. »Verzwickte Lage«, sagte er leise. »Wenn Ihr Verdacht zutrifft, stehen Ihnen harte Zeiten bevor. Ich hoffe, Sie wissen, auf was Sie sich da einlassen.« Er ließ die Stuhllehne los. »Und ich verlasse mich darauf, jederzeit mit Frau Wiegers sprechen zu können. Sie hören bald von mir.« Otto tippte sich an die Stirn und verließ das Büro.

Miriam schaute ihm überrumpelt hinterher. »Was hatte das zu bedeuten? War das gerade eine versteckte Drohung?«

Ihr Partner zuckte mit den Achseln. »Keine Ahnung.«

Sie konnten sich keinen Reim auf den Auftritt des Staatsanwalts machen. Das Klingeln von Dorfers Telefon riss sie aus ihren Überlegungen.

»Das ist Waidner«, sagte Dorfer nach einem Blick aufs Display. »Was will der denn jetzt noch?«

»Geh ran, dann erfahren wir es.«

»Dorfer!«, meldete er sich. Mit einem Knopfdruck schaltete er den Lautsprecher ein. »Die Kollegin Decking hört mit.«

»Kommen Sie bitte beide noch mal zu mir«, sagte Waidner.

»Jetzt?«, wunderte sich Dorfer.

»In einer halben Stunde.« Ohne Erklärungen beendete der Polizeirat das Telefonat.

Miriam runzelte die Stirn. »Oh, oh. Das klang gar nicht gut.«

46

Waidner hatte überraschenderweise noch mehr Leute zu der Besprechung hinzugerufen.

»Ich schätze, Sie kennen sich untereinander«, vermutete er.

Miriam nickte. Die Hauptkommissare Verlaat und Knost waren ihr schon im Rahmen früherer Ermittlungen begegnet. Die beiden erhoben sich von den Stühlen.

»Hallo, Guido, hallo, Sebastian«, sagte Dorfer.

Ihr Partner kannte die Polizisten anscheinend noch besser, denn Miriam hätte ihre Vornamen nicht auf Anhieb parat gehabt.

»Ich bin überrascht, euch hier zu treffen«, fuhr Dorfer fort.

Sie begrüßten sich per Handschlag und nahmen Platz.

»Dann will ich Ihnen mal erklären, warum die beiden hier sind«, sagte Waidner.

Der Polizeirat rieb die Hände aneinander und wirkte auf Miriam sehr nervös.

»Wäre es nicht sinnvoller gewesen, wenn Staatsanwalt Otto auch anwesend wäre?«, fragte sie. »Oder geht es nicht um unsere Ermittlung?«

»Doch, aber Sie werden gleich verstehen, warum ich ihn nicht dabeihaben wollte.«

»Reden wir nicht lange um den heißen Brei herum«, schlug Verlaat vor. »Ihr seid ohne euer Zutun in den Fokus einer Ermittlung geraten, die Vincent, Sebastian und ich schon seit über einem halben Jahr heimlich vorantreiben.«

Verlaat und Waidner duzten sich offenbar, wie Miriam aufmerksam registrierte.

»Jetzt habt ihr mein Interesse geweckt«, sagte Dorfer.

»Eins vorneweg. Dieses Gespräch unterliegt der absoluten Geheimhaltung«, begann Waidner. »Sie dürfen mit keinem Kollegen darüber sprechen. Das ist wirklich wichtig.«

»Überhaupt kein Problem«, erwiderte Dorfer.

Waidner sah Miriam in die Augen, die daraufhin nickte.

»Ihr liegt mit eurer Vermutung richtig«, sagte Knost.

»Was die Ermordung Anapaks anbelangt?«, vergewisserte sich Miriam.

»Wir ermitteln seit einem halben Jahr in einer sehr delikaten Angelegenheit«, übernahm Verlaat das Reden. »In unserer schönen Stadt operiert ein geheimer Erpresserring, in den Polizisten verwickelt sein können. Zu den Opfern gehören Politiker der unterschiedlichsten Parteien, ebenso einige der wohlhabendsten und angesehensten Bürger. Stellenweise auch Prominente. Sie alle werden mit Videomaterial erpresst, das sie oder ihre nächsten Angehörigen in kompromittierenden Situationen zeigt. Die Erpresser drohen mit der Veröffentlichung der Filme.«

»Was ist auf diesen Videos zu sehen?«, fragte Dorfer.

»Das Übliche. Sexgeschichten, die es nicht geben dürfte, oder Drogenkonsum«, antwortete Waidner.

»Spielen Snuff-Videos eine Rolle?«, erkundigte sich Miriam.

»Nein. Die gehören ins Reich der Fabeln. So etwas gibt es gar nicht«, erwiderte Verlaat. »Die Existenz solcher Filme ist eine Legende. Bei einem Mord lässt sich niemand aufnehmen. Das könnte man nicht unter den Teppich kehren.«

»Und die Erpresser verlangen Geld für ihr Schweigen?«, vermutete Dorfer.

Zu Miriams Überraschung schüttelte Verlaat den Kopf. »Geld interessiert sie nicht. Es geht ihnen um Einfluss. Um das Material verschwinden zu lassen, verlangen sie Gefälligkeiten von ihren Opfern.«

»Was soll das den Erpressern bringen?«, wollte Dorfer wissen. »Worüber reden wir? Eine frühzeitige Baugenehmigung? Ein Schäferstündchen mit einer attraktiven Promi-Ehefrau?«

Verlaat lächelte. »Nicht ganz, aber im Prinzip auch nicht falsch. Stell dir vor, dir wird ein Video zugespielt, auf dem der 19-jährige Sohn eines angesehenen Bürgers Sex mit einer Minderjährigen hat. Die zwar aussieht wie siebzehn, aber erst dreizehn ist. Um einen Skandal und rechtliche Folgen für den Sohn zu verhindern, erwartest du nicht viel von unserem Vorzeigebürger. Er soll sich nur verpflichten, dir zum Zeitpunkt X einen Gefallen zu tun.«

»Welcher Art?«, fragte Miriam.

»Grundsätzlich nichts Wildes. Einen Politiker könnte man darum bitten, bei einer geheimen Abstimmung zu einem bestimmten Ergebnis zu kommen. Einen gut vernetzten Hanseaten bittet man, seine Beziehungen spielen zu lassen. Das, was die Erpresser fordern, ist niemals dramatisch. Vermutlich nicht mal strafbar. Aber so kommt eine Maschinerie in Gang, von der das Erpressernetzwerk quasi unbegrenzt profitiert.«

»Ich versteh noch nicht so ganz, wieso Staatsanwalt Otto das hier nicht hören sollte«, merkte Dorfer an.

»Weil eventuell auch einige Staatsanwälte zu dem Erpressernetzwerk gehören«, sagte Knost mit düsterer Stimme.

»Verdächtigen Sie Otto?«, fragte Miriam.

»Nein. Aber falls ein guter Freund von ihm darin verwickelt ist, würde Otto die Sache dann für sich behalten?«, erwiderte Waidner. »Das ist mir zu heikel.«

Dorfer strich sich ein paar widerspenstige Haare aus der Stirn. »Anapak hat also Material vom Computer eines beteiligten Polizisten erbeutet und versucht, ihn nun seinerseits zu erpressen. Hat dann jemand aus diesem Erpressernetzwerk Velkow engagiert?«

»Davon müssen wir ausgehen«, sagte der Polizeirat. »Auch wenn uns derzeit die Beweise fehlen.«

»Haben Sie Namen von verdächtigen Beamten für uns?«, fragte Miriam.

»Nein«, antwortete Verlaat.

Miriam sah ihn verständnislos an. »Wieso nicht?«

»Wir haben das eben unter uns besprochen«, erklärte Waidner. »Die Ermittlungen, die Guido und Sebastian unter meiner Leitung durchführen, sind streng vertraulich. Es gibt keine Akte dazu oder auch nur eine schriftliche Notiz. Wenn wir Ihnen die Namen der Verdächtigen preisgeben, besteht die Gefahr, dass unsere Bemühungen publik werden. Außerdem konzentrieren Sie sich dann zwangsläufig auf unsere Verdächtigenliste. Und vielleicht hat das alles gar nichts miteinander zu tun.«

»Das könnten wir herausfinden«, entgegnete Dorfer.

»Finden Sie heraus, von welchem Computer Anapak das Videomaterial geraubt hat. Sobald Sie uns den Namen des erpressten Polizisten nennen, gleichen wir ihn mit unserer Liste ab. Dann spielen wir Ihnen gegenüber mit offenen Karten. Versprochen.«

»Ich finde das unbefriedigend«, beklagte sich Miriam.

»Ehrlich gesagt fand ich es auch nicht toll, dass Sie eigenmächtig einen Zivilisten in Ihren Fall involviert haben«, konterte Waidner. »Dennoch kann ich es akzeptieren. Und so bitte ich Sie nun um Vertrauensvorschuss für uns. Wir hätten Sie hierüber nicht in Kenntnis setzen müssen. Trotzdem habe ich mich dafür eingesetzt. Guido und Sebastian waren nicht angetan davon.«

Miriam erhob sich. »Sie haben recht.«

Dorfer blickte sie überrascht an.

»Komm, Bastian. Wir haben einiges zu tun.«

»Was war das denn?«, fragte Dorfer, als er die Tür zu ihrem Büro hinter sich schloss.

»Lass uns nicht hier darüber sprechen«, sagte Miriam. »Warte kurz.«

Sie griff zum Handy und wählte Tills Nummer.

»Hi«, begrüßte er sie.

»Hey! Hast du Lust auf ein vorgezogenes Mittagessen mit mir und Bastian? Mein Magen knurrt wie verrückt. Sagen wir um Viertel nach elf im selben Restaurant wie gestern?«

»Bis gleich«, antwortete er, ohne Nachfragen zu stellen. Offenbar hörte er ihr die Dringlichkeit an.

»Ich freue mich.« Sie beendete das Gespräch.

»Ich hab noch gar keinen Hunger«, beschwerte sich Dorfer. »Warum verhältst du dich so irrational? Seid ihr alle wahnsinnig?«

»Lass uns wirklich erst außerhalb dieser vier Wände über das sprechen, was wir gerade gehört haben«, sagte sie. »Ist das okay?«

»Wenn's sein muss«, erwiderte Dorfer mürrisch.

Miriam setzte sich an ihren Schreibtisch und ließ das Gespräch in Waidners Büro Revue passieren. Je länger sie darüber nachdachte, desto stärker manifestierte sich ihr Eindruck. Das alles ergab keinen Sinn. Aber wieso führte Waidner ein solches Schauspiel auf? Was hatte er zu verbergen?

47

Miriam trank einen Schluck Wasser, um ihre raue Kehle anzufeuchten, bevor sie fortfuhr.

»Das ist alles Bullshit!«, sagte sie wütend. »Die bestehen also lediglich auf kleine Gefälligkeiten, trotz des brisantem Materials in ihrem Besitz?« Obwohl keine anderen Gäste in der Nähe saßen, verzichtete sie auf das Wort *Erpressung*. »Dann kommt Anapak, saugt Daten von einem PC, und schon werden sie rücksichtslos. Erst der Hacker, danach das Ehepaar. Das passt nicht zusammen. Wie kaltblütig muss man sein, um das anzuordnen? Würde man da vorab eher kleine Brötchen backen? Klingt für mich absolut unglaubwürdig.«

»Sehe ich auch so«, bestätigte Till. »Was wisst ihr über die Kollegen, die bei eurem Chef im Büro saßen?«

Miriam schaute zu Dorfer. »Du kennst sie besser als ich.«

Dorfer seufzte. »Ludger Krumm kannte sie noch viel besser. Er hat mich zweimal mit zu einem Billardabend geschleppt, wo wir die beiden getroffen haben. Das waren amüsante Abende, richtig warm geworden bin ich mit ihnen allerdings nicht.«

»Wenn dein ehemaliger Partner mit ihnen befreundet war, ist das kein guter Leumund. Sorry«, sagte Till.

»Ich weiß. Aber von der Sache mit seiner Ex abgesehen, war Ludger kein mieser Typ. So schwer es dir auch fällt, das zu glauben.«

»Reden wir nicht über Verstorbene«, schlug Miriam vor. »Ich kenne nur positive Geschichten, die im Präsidium über die beiden kursieren.«

»Sie haben eine hohe Aufklärungsquote«, bestätigte Dorfer. »Früher haben sie in einigen spektakulären Fällen ermittelt. Aber in den vergangenen Jahren wurde es ruhiger. Guido ist schon siebenundfünfzig, Sebastian nur wenige Jahre jünger. Manche würden behaupten, sie haben ihren Biss verloren. Zumindest kann ich mich nicht daran erinnern, dass sie in letzter Zeit irgendwelche Lorbeeren verdient hätten. Das ist klassisch. Irgendwann hast du so viel Ruhm gesammelt, dass die Kollegen bis zu deiner Pensionierung nur positiv über dich reden. Selbst wenn du die leichtesten Fälle nicht mehr zum Abschluss bringst.«

»Und euer Vorgesetzter?«, fragte Till. »Traut ihr ihm zu, auf Abwege geraten zu sein?«

Miriam sah zu ihrem Partner, der die Achseln zuckte.

»Bis vor wenigen Tagen hätte ich das verneint«, sagte sie. »Er wirkte immer sehr integer. Aber nach der heutigen Show? Wie soll ich mir das anders erklären? Der hat uns angelogen. Daran besteht kein Zweifel.«

»Lass uns kein vorschnelles Urteil fällen«, sagte Dorfer. »Wenn er das Lager gewechselt hat, könnte ich außer dir niemandem mehr trauen.«

Miriam lächelte. »Danke.«

Dorfer wirkte überrascht. »Wofür?«

Till lachte. »Du hast ihr gerade ein großes Kompliment gemacht, ohne es mitzubekommen.«

Dorfer verdrehte die Augen. »Wenn ich meiner Partnerin nicht vertraue, wem dann? Das hat nichts mit einem Kompliment zu tun.«

Till zog aus seiner über der Stuhllehne hängenden Jacke ein Notizbuch, in dem auch ein Kugelschreiber steckte. Er schlug es auf und schob es Dorfer zu. »Schreib mir bitte alles auf, was dir zu den beiden Kollegen einfällt. Und zu eurem Vorgesetzten. Ich hole heimlich Informationen über sie ein, vielleicht hilft mir Jessica wieder dabei.«

»Das darf keine Wellen schlagen«, warnte Dorfer.

»Wird es nicht«, versprach Till.

»Viel weiß ich ohnehin nicht.« Er nahm den Kugelschreiber aus der Lasche und schrieb zuallererst Verlaats vollständigen Namen auf.

»Mit einer Einschätzung hat unser Boss auf jeden Fall recht«, meinte Miriam. »Das erbeutete Material vom Computer des hochrangigen Polizisten ist der Schlüssel zur Aufklärung. Wenn wir wissen, wen Anapak unter Druck gesetzt hat, sind wir einen großen Schritt weiter.«

48

Wie vereinbart, nahm der Mörder das Telefonat erst beim zweiten Mal an.

»Hallo?«, meldete er sich.

»Wir haben jetzt die Informationen«, sagte sein Auftraggeber.

»Was ist schiefgelaufen? Wieso haben Sie mich in die Falle tappen lassen? Hätte ich keine Sturmmaske getragen, wäre ich auf einem verdammten Video zu sehen.«

»Wir wussten nichts davon.«

»Wie kann das sein? Sie hatten mir zugesichert, solche Überraschungen wären ausgeschlossen.« Es fiel ihm schwer, nicht wütend zu klingen.

»Die Frau hat das privat organisiert. Das LKA war nicht offiziell eingeweiht. Nur inoffiziell.«

»Was bedeutet das? Reden Sie nicht so schwammig, wenn ich den Auftrag wie gewünscht erledigen soll.«

»Die verantwortliche Oberkommissarin lebt mit einem Personenfahnder zusammen. Der Mann heißt Till Buchinger. Sie hat ihn ohne unser Wissen darum gebeten, die Frau in einer anderen Hamburger Wohnung zu verstecken.«

»Wo?«, fragte der Mörder.

»Das weiß angeblich nur dieser Buchinger.«

»Glauben Sie das?«

»Leider ja.«

»Das ist schlecht.«

»Aber kein unlösbares Problem. Man bekommt jede Information, wenn man mit den richtigen Methoden arbeitet.«

»Das müssen Sie mir nicht erklären.«

»Ich wollte Sie nicht belehren.«

Der Mörder atmetet tief durch. Das Bedürfnis, das Telefonat zu beenden, wurde übermächtig. Doch das würde kein Problem lösen. Wenn er den Auftrag einfach absagte, müsste er entweder das erhaltene Geld zurücktransferieren, oder er könnte nie wieder in Norddeutschland arbeiten.

»Ich schlage noch einmal vor, Velkow aus dem Spiel zu nehmen«, sagte er. »Dann ist der Gerichtsprozess hinfällig. Das hätten Sie schon längst erledigen können.«

»Das würde zu wenig Eindruck machen.«

»Ist diese Alphatiernummer wirklich nötig?«

»Angesichts dessen, wie sich die Kommissare aufführen, leider ja. Sie haben nämlich noch einen weiteren Schritt unternommen, von dem wir nichts wussten. Decking und Dorfer haben Donnerstag- und Freitagnacht im Haus der Familie geschlafen, um sie zu beschützen.«

»Das kann nicht wahr sein. Hätte ich mich also entschieden, in das Haus einzudringen, hätten sie mich überrascht.«

»So ist es.«

»Und jetzt?«

»Die Familie erhält momentan Polizeischutz. Am Wochenende ist das einfach zu organisieren. Der Ehemann muss nicht zur Arbeit, die Kinder nicht in die Schule. Schon am Montag werden die Karten neu gemischt.«

»Das gefällt mir alles gar nicht.«

»Müssen wir uns jemand anderen suchen, oder sind Sie weiter an Bord?«

Er zögerte. Sollte er lieber die Exit-Strategie wählen? Der finanzielle Verlust würde ihn treffen. Er hatte das Honorar eingeplant. »Was schwebt Ihnen vor?«

»Wir warten bis Montag. Montagabend bringen Sie diesen Buchinger in Ihre Gewalt und foltern ihn, bis er Ihnen den Aufenthaltsort der Frau verrät. Sie töten die beiden, und wir sehen Ihren Auftrag als erfüllt an.«

»Dann ist trotzdem noch immer eine Zeugin übrig.«

»Die wird anschließend eine deutliche Botschaft erhalten. Uns geht es jetzt nicht zuletzt um eine Bestrafung von Oberkommissarin Decking. Sie hätte uns nicht herausfordern dürfen.«

»Und wenn Ihre Botschaft bei der letzten Zeugin nicht ankommt?«

»Dann unterhalten wir uns entweder mit Ihnen über einen Bonus oder kümmern uns um den Bulgaren.«

Die Vorstellung, einen würdigen Gegner zu foltern, war verlockend. Außerdem fühlte es sich an, als habe er mit dem Personenfahnder eine Rechnung offen. Denn der hatte ihn ausgetrickst.

»Haben Sie Informationen über diesen Buchinger?«

»Sie finden alles, was Sie benötigen, im Internet. Außer seiner Privatadresse. Aber die haben wir für Sie.«

»Ich schaue mir das an und melde mich bei Ihnen.«

»Machen wir es umgekehrt. Ich rufe Sie in neunzig Minuten zurück. Dasselbe Vorgehen wie immer. Zwei Anrufe innerhalb von zwei Minuten. Unterdrückte Nummer.«

Das Gespräch brach ab.

Um keine Zeit zu verschwenden, setzte er sich sofort an den Laptop und gab den Namen des Mannes ein. Zuerst rief er die Homepage auf. Das Foto des Personenfahnders weckte seine Vorfreude. Er wirkte, als könnte er einiges wegstecken.

Folter war ein spezielles Handwerk, das nicht jeder beherrschte. Es ging nicht darum, dem Opfer schnellstmöglich die schlimmsten Schmerzen zuzufügen, sondern man musste das Leid stufenweise steigern. So erhielt man die gewünschten Informationen und hatte dabei noch Spaß.

Nachdem er die Homepage aufmerksam studiert hatte, klickte er sich durch die Zeitungsberichte, die er über Buchinger fand.

Als es zur vereinbarten Zeit zum zweiten Mal klingelte, hatte er eine Entscheidung getroffen.

»Montagabend«, sagte er seinem Auftraggeber. »Spätestens Dienstag, falls sich vorher keine Gelegenheit ergibt.«

»Einverstanden.«

Sofort beendete er das Gespräch. Das Schicksal von Till Buchinger und Valerie Wiegers war besiegelt.

49

Montagmorgen suchten Miriam Decking und Bastian Dorfer den Arbeitgeber von Tatjana Velkow auf. Polizisten, die das Haus bewachten, hatten in der letzten Woche beobachtet, dass die Ehefrau des mutmaßlichen Mörders Donnerstag und Freitag nicht zur Arbeit erschienen war. Auch am Montag war sie dem Job ferngeblieben.

Um halb zehn meldeten sie sich am Empfang des Unternehmens an. Da ein männlicher Mitarbeiter hinter dem Tresen saß, überließ Dorfer Miriam den Vortritt.

»Wir möchten gern mit Frau Tatjana Velkow sprechen«, sagte Miriam und zeigte ihren Dienstausweis, den der Mann überrascht musterte.

»In welcher Angelegenheit?«

»Das erfährt Frau Velkow von uns. Aber glauben Sie mir, wir wären nicht hier, wenn es nicht dringend wäre.«

Der Mitarbeiter tippte etwas in seine Tastatur und überprüfte eine Information auf dem Monitor, den Miriam nicht einsehen konnte. Dann griff er zu seinem Telefon und wählte eine vierstellige Nummer. Miriam hörte das mehrsekündige Freizeichen, ehe sich eine männliche Stimme meldete.

»Viktor Herbst vom Empfang. Ist Frau Velkow zu sprechen?« Kurz lauschte er, und seine Mundwinkel sackten nach unten. »Bleiben Sie bitte am Apparat?« Er drückte den Hörer an seine Brust und richtete den Blick auf Miriam. »Der Kollege sagt, Frau Velkow sei krankgeschrieben, und ihre direkte Vertretung befindet sich im Urlaub. Hilft Ihnen das weiter?«

»Geben Sie mir den Hörer«, erwiderte Miriam. Offenbar durchschaute der Empfangsmitarbeiter nicht, dass sie einen Teil der Informationen bereits kannte. Ihr ging es darum, Details über Velkows letzten Arbeitstag zu erhalten.

Völlig überrumpelt folgte Herbst der Bitte.

»Oberkommissarin Decking, LKA Hamburg. Mit wem habe ich das Vergnügen?«

»LK… was? Äh, mein Name? Rüdiger Wolff«, stammelte der Mann.

»Sind Sie Frau Velkows Vorgesetzter?«

Der Mann lachte. »Nein. Leider nicht. Ich bin ein Kollege. Der Einzige aus unserem Dreierteam, der derzeit arbeitet. Denn Marlene, also Frau Gläsner, hat noch bis Ende der Woche Urlaub. Und Frau Velkow ist krank.«

»Wann haben Sie Frau Velkow das letzte Mal gesehen?«

»Mittwoch«, antwortete er spontan. »Da war sie schon ziemlich … na ja … seltsam mir gegenüber. Lag wohl an der Migräne, wegen der sie fehlt.«

»Mittwoch?«, wiederholte Miriam zufrieden. »Sie sind genau der Mann, den mein Partner und ich jetzt sprechen wollen. Wo finde ich Sie?«

Als Miriam den Raum betrat, in dem Wolff an einem breiten Schreibtisch saß, räumte er hektisch Unterlagen in eine Schublade.

»Hallo«, sagte er. »Sind Sie vom LKA?«

Miriam nickte. »Oberkommissarin Decking. Und das ist mein Partner Hauptkommissar Dorfer.«

»Setzen Sie sich.« Er deutete auf den einzigen anderen Stuhl im Raum. »Oh. Das war wohl, ähm …«

»Kein Problem«, sagte Dorfer. »Ich bleibe stehen.«

Miriam nahm Platz und lächelte Wolff freundlich zu.

»Sie haben Frau Velkow Mittwoch das letzte Mal gesehen und ihr angemerkt, dass etwas nicht stimmt?«

»Anfangs nicht.« Er kratzte sich am Hinterkopf. »Anfangs hat sie sich völlig normal verhalten. Sie sitzt mit Frau Gläsner im Nebenraum, aber wir haben jeden Tag mindestens ein halbes Dutzend Mal Kontakt zueinander. Eher öfter. Außerdem verbringen wir gern unsere Mittagspausen zusammen. Tatjana wirkte schon am Vormittag abgelenkt, so etwas kommt halt ab und zu vor. Jeder hat mal schlechte Tage. Kurz vor Feierabend, also gegen sechzehn Uhr, hörte ich durch die Wand, dass sie ein Telefonat entgegennahm. Ich nutzte die Gelegenheit und ging mit einer Akte zu ihr. Sie hatte darin eine missverständliche Notiz hinterlassen. Ich wollte von ihr wissen, was ihr Eintrag bedeutete. Statt mir zu helfen, stürmte sie einfach an mir vorbei. Ich rief ihr noch hinterher, dass ich ihre Hilfe brauche, um den Vorgang abzuschließen, aber sie schien mich gar nicht wahrzunehmen. Tja, Donnerstag meldete sie sich dann wegen Migräne krank. Damit hat sie regelmäßig Probleme. Ich hätte vermutet, sie wäre spätestens heute wieder hier. Gesprochen habe ich seit letztem Donnerstag nicht mehr mit ihr. Ist ihr etwas zugestoßen?«

»Nein«, sagte Miriam. Sie überlegte, wie offen sie mit Wolff sprechen konnte. »Frau Velkow steckt nicht in Schwierigkeiten, unsere Ermittlungen konzentrieren sich auf ihren Ehemann.«

»Oh.« Wolff presste die Lippen zusammen und mied ihren Blick.

»Kennen Sie ihn?«, fragte Miriam.

»Das wäre zu viel gesagt. Ein unangenehmer Mensch. Er hat letzten Sommer Tatjana von unserem Sommerfest abgeholt und fand wohl, sie und ich würden zu nah beieinandersitzen. Er hat mich gepackt und mir geraten, mich von seiner Frau fernzuhalten. Dabei hatte unsere Nähe überhaupt nichts zu bedeuten.«

»Wie hat er Sie gepackt?«

Wolff umklammerte die Knopfleiste seines Poloshirts. »Ungefähr so. Tatjana hat ihn sofort zurückgezogen, aber dass ein brutaler Kerl wie er in Schwierigkeiten steckt, wundert mich gar nicht.«

»Und bevor Frau Velkow so überhastet aufgebrochen ist, hat sie telefoniert?«, vergewisserte sich Miriam.

Wolff nickte. Miriam schaute zu der Telefonanlage auf seinem Schreibtisch.

»Nutzt Frau Velkow den gleichen Apparat?«

»Ja. Total veraltet. Angeblich kriegen wir nächstes Jahr ein modernes System.«

»Speichern die Telefone die letzten Anrufe?«

»Die letzten fünf«, konkretisierte Wolff.

»Eingehend und abgehend?«

»Fünf Nummern. An einem Symbol sieht man, ob das eingehend oder abgehend war. Soll ich es Ihnen zeigen?« Er nahm den Hörer ab.

»Lieber an Frau Velkows Apparat. Wäre das möglich?«

»Überhaupt kein Problem. Dann müssen wir nur nach nebenan.« Er stand auf. »Brauchen Sie dafür eine Genehmigung, oder ist es okay, wenn ich Ihnen helfe?«

»Frau Velkow steht nicht unter Verdacht. Insofern brauchen wir keine Genehmigung, und Sie würden dem LKA wundervoll weiterhelfen.«

»Das mache ich gerne.« Er ging voran und betrat den Nebenraum, in dem sich zwei Schreibtische gegenüberstanden. Wolff nahm am hinteren Tisch Platz und hob den Hörer ab. Er schaute konzentriert auf das kleine Display.

»Schade«, murmelte er. »Ihr letztes Telefonat war ein eingehendes Gespräch, aber leider ohne übermittelte Rufnummer.«

Miriam lächelte. »Das hilft uns trotzdem sehr weiter. Wir danken Ihnen.«

Im Auto besprach sich Miriam mit ihrem Partner.

»Das Velkow in der Nähe des Hauses den Polizisten erkannt hat, war kein Zufall. Sie wurde kurz vor Feierabend telefonisch gewarnt. Deswegen hat sie fluchtartig das Büro verlassen. Um ihren Mann zu informieren.«

»Und sie hat ihn nicht angerufen …«

»… weil der Anrufer, der sie alarmiert hat, über die Abhörgenehmigung Bescheid wusste. Denn er hat Zugriff auf unseren Ermittlungsstand.«

»Beweisen können wir das nicht, aber es spricht viel dafür«, sagte Dorfer.

»Und ich weiß auch schon, wie wir dieses Wissen gegen Velkow einsetzen können. Fahren wir zu ihr.«

50

Trotz mehrmaligen Klingelns öffnete Tatjana Velkow ihnen nicht die Haustür. Die Zivilpolizisten, die das Haus überwachten, hatten Miriam und ihrem Partner bestätigt, dass die Frau das Grundstück nicht verlassen hatte. Dementsprechend energisch klopfte Dorfer an die Tür.

»Frau Velkow, wir wissen, dass Sie zu Hause sind. Ihnen ist bestimmt das Observationsteam nicht entgangen, das seit letzter Woche für Ihre Sicherheit sorgt«, rief er. »Sie sind doch sonst so aufmerksam.« Er klopfte noch einmal. »Also bringt das hier nichts. Wir gehen erst, wenn wir mit Ihnen gesprochen haben.«

Es dauerte ein paar Sekunden, bis ihnen Velkows Ehefrau endlich öffnete und sie wütend anstarrte. »Verschwinden Sie, oder ich rufe meinen Anwalt. Der verklagt Sie wegen Belästigung und Diffamierung. Nikolai ist unschuldig.«

Miriam lächelte freundlich. »Ich wünsche Ihnen auch einen wundervollen Morgen. Geht es Ihnen gut?«

»Was wollen Sie?«

»Ich würde Sie gern davon überzeugen, dass es in Ihrem Interesse ist, wenn wir uns unterhalten. Am besten nicht hier auf der Türschwelle.«

Velkow lachte spöttisch.

»Es ist eher in meinem Interesse, dass Sie mich in Ruhe lassen. Auf Wiedersehen.«

»Wollen Sie wirklich das Todesurteil für Nikolai unterzeichnen?«

Tatjana Velkow, die die Tür schon halb zugezogen hatte, hielt inne. »Drohen Sie mir etwa?«

»Ganz im Gegenteil. Wir sind um das Wohlergehen Ihres Mannes besorgt«, erwiderte Dorfer.

»Und je länger wir hier draußen stehen, desto größer die Gefahr, dass uns einer von Nikolais Auftraggebern bemerkt und die falschen Schlüsse zieht.«

»Fünf Minuten! Allerhöchstens!«, sagte Velkow.

Sie führte sie in die Küche, die blitzblank geputzt war. Neben der Spüle lagen Gummihandschuhe, ein Silberputztuch, eine Reinigungsflasche und der Besteckkasten.

Tatjana Velkow nahm am Esstisch Platz und deutete auf zwei Stühle. »Setzen Sie sich. Das macht mich sonst ganz nervös. Was wollen Sie?«

»Wir waren gerade bei Ihrem Arbeitgeber«, begann Miriam.

»Was hat das mit Nikolais Sicherheit zu tun? Verarschen Sie mich?«

»Wir haben uns mit Ihrem Kollegen Wolff unterhalten.«

Velkow verdrehte die Augen. »Lassen Sie mich raten. Er hat sich über meine fehlende Krankschreibung beschwert. Darum kümmert sich der Anwalt. Der gelbe Schein ist unterwegs.«

»Wolff hat uns erzählt, dass Sie Mittwoch kurz vor Feierabend einen Anruf bekommen und dann völlig kopflos das Büro verlassen haben.«

Sie brauchte ein paar Sekunden, um sich zu fangen. »Das ist gelogen«, behauptete sie wenig überzeugend.

»Der Anruf ging mit unterdrückter Rufnummer bei Ihnen ein. Das konnten wir dank der Telefonanlage problemlos herausfinden«, fuhr Miriam ungerührt fort. »Darf ich Ihnen meine Theorie darlegen? Sie haben am Mittwoch nicht zufällig unser Observationsteam bemerkt. Nein, Sie wurden gewarnt. Und dann ist Ihr Ehemann in Panik geraten und wollte fliehen.«

Velkow erwiderte nichts.

»Jemand, der Sie warnt, hat nicht nur detaillierte Kenntnisse über unser Vorgehen, sondern auch fantastische Kontakte«, sagte Dorfer. »Wahrscheinlich hat man Ihnen am Telefon gesagt, Ihr Mann soll sich im Fall einer Verhaftung an Dr. Kessel wenden. Den könnten Sie sich nämlich normalerweise nicht leisten.«

»Sie wissen nichts über uns, gar nichts«, giftete Velkow.

»Und genau an dieser Stelle machen Sie einen Denkfehler«, entgegnete Miriam. »Haben Sie sich noch nie gefragt, wie die Leute, die Sie warnen, reagieren, wenn ihnen das alles zu heiß wird?«

»Was wollen Sie damit andeuten?«

»Wie würden die Auftraggeber Ihres Ehemanns vorgehen, falls sie in Nikolai ein Sicherheitsrisiko sehen?«

»Das heißt?«, fragte Velkow leise.

»Die Justiz ist nicht besonders eifrig, wenn es darum geht, Suizide von Inhaftierten aufzuklären. Ganz ehrlich? Ich bin mit Leib und Seele Polizistin und glaube an Rechtsstaatlichkeit, aber selbst ich bezweifle, dass jeder Selbstmord in Untersuchungshaft eine Verzweiflungstat war.« Sie zuckte mit den Achseln.

»Drohen Sie meinem Mann?«, fragte Velkow.

»Ganz im Gegenteil«, antwortete Dorfer. »Wir sind an seinem Wohlergehen interessiert, denn wir wollen den Mord bis ins letzte Detail aufklären.«

»Und was würden diese Leute mit *Ihnen* anstellen, wenn sie Sie als Sicherheitsrisiko einstufen?«, fragte Miriam. »Denken Sie mal darüber nach. Wir sind nicht die Bösen in diesem Spiel, sondern wollen Ihnen helfen. Für Ihren Ehemann gäbe es die Möglichkeit einer Kronzeugenregelung.« Sie griff in die Jackentasche und zog eine Visitenkarte heraus, die sie auf den Tisch legte. »Sie können mich unter dieser Handynummer Tag und Nacht erreichen. Mein Partner und ich sind die Einzigen, die Ihnen und Ihrem Mann helfen können. Sie müssen das nur wollen.« Miriam erhob sich. »Komm, Bastian. Wir finden allein heraus.«

»Waidner wird über den Verlauf des Gesprächs nicht glücklich sein, sobald er davon erfährt«, sagte Dorfer im Auto. »Mit dem Angebot einer Kronzeugenregelung hast du dich weit aus dem Fenster gelehnt.«

»Ich weiß. Aber es ist unsere größte Chance. Wir müssen die Velkows auf unsere Seite ziehen. Ich bin gespannt, ob sie sich melden wird.«

51

Während Till zurück nach Hause ging, wählte er Miriams Telefonnummer.

»Hey«, sagte er, als sie sich meldete. »Bist du im Präsidium?«

»Noch mindestens zwei Stunden. Wie spät ist es überhaupt?«

»Halb sechs. Ich mache gerade Feierabend und bin auf dem Heimweg.«

»Du Glücklicher! Steht deine Verabredung, oder hat dir Mark kurzfristig abgesagt?«

»Nein, er hat sie bestätigt. Deswegen bin ich schon unterwegs. Wie sollen wir es heute Abend machen? Soll ich nach meinem Männerabend zu dir kommen, oder besteht dann die Gefahr, dich zu wecken? Bei Mark und mir wird's wahrscheinlich spät. Wir haben uns in letzter Zeit nur selten über Facetime ausgetauscht und viel zu erzählen. Vor allem über dich muss ich Rede und Antwort stehen. Er weiß zwar schon einiges, aber noch keine schmutzigen Details.«

Miriam schmunzelte. »Klingt so, als würde es ein langer Abend. Und ich will nicht, dass du meinetwegen das Gefühl hast, die Verabredung vorzeitig abbrechen zu müssen.«

»Trotzdem würde ich wahnsinnig gern an deiner Seite einschlafen.«

»Und ich an deiner. Schätz mal, wann du bei mir sein könntest.«

Till überlegte. Er war mit Mark um neunzehn Uhr in einem Restaurant verabredet. »Frühestens um elf.«

»Das wäre ja noch eine vernünftige Zeit.«

»Kann aber auch später werden. Zumal ich Mark tatsächlich nicht am Ende abwürgen will.«

»Wehe, du tust das. Okay, folgender Deal. Wenn du es bis Mitternacht schaffst, kommst du zu mir. Ansonsten schlafen wir mal wieder getrennt. Passt das für dich?«

»Sogar sehr gut. Und mit einundfünfzigprozentiger Wahrscheinlichkeit schließe ich dich heute noch in den Arm.«

»Das wäre fantastisch.«

»Ist seit dem Mittag etwas passiert?« Till wusste bereits über die Ereignisse des Vormittages Bescheid.

»Kleinigkeiten. Waidner hat den personalintensiven Schutz für Familie Broll bis zum Ende der Woche genehmigt. Unter der Voraussetzung, dass Frau Broll ihre Kinder jeden Tag zur Schule fährt und abholt. Normalerweise macht sie das nicht, und die Kinder sind ganz aus dem Häuschen vor Freude.« Sie lachte kurz. »Nach Schulschluss ist die Familie allerdings dazu verdonnert daheimzubleiben. Stay at home. Der Ehemann hat entschieden, ohne Polizeischutz zur Arbeit zu fahren. Sind jedoch auch nur sieben Kilometer Strecke, hauptsächlich viel befahrene Straßen. Die Gefahr für ihn schätzen wir ziemlich gering ein, zumal er sensibilisiert ist, aufzupassen und sofort anzurufen, wenn ihm was Ungewöhnliches auffällt. Aber ich habe keine Ahnung, wie es nach dem Wochenende weitergehen soll.«

»Staatsanwalt Otto hat sich nicht bei dir gemeldet, um einen Gesprächstermin mit Valerie Wiegers auszumachen?«

»Überraschenderweise nicht.«

»Ich hätte darauf wetten können. Allein, um mir eins auszuwischen.«

»Kommt vielleicht noch.«

»Ziemlich wahrscheinlich sogar. So, ich mach jetzt Schluss. Ich bin nämlich schon fast zu Hause.«

»Dann genieß' deinen Abend. Ich würde mich freuen, dich nachher in die Arme zu schließen. An deiner Seite schlafe ich viel besser. Aber lass dich davon nicht unter Druck setzen.«

»Die Wahrscheinlichkeit, dass wir uns vor Mitternacht sehen, ist gerade auf mindestens siebzig Prozent gestiegen. Deine Stimme klingt einfach zu verlockend.«

»Spinner. Hab einen schönen Abend.«

»Ich liebe dich.«

»Und ich dich.«

52

Aus sicherer Entfernung beobachtete er, wie Buchinger nach Hause kam. Der Personenfahnder telefonierte und lächelte dabei. Er trug an diesem lauen Sommerabend nur ein eng anliegendes T-Shirt zu einer blauen Jeans. Sein muskulöser Körperbau war unübersehbar. In einem Zweikampf könnte er ein unangenehmer Gegner sein. Der Angriff musste aus dem Hinterhalt erfolgen. Schnell und konsequent. Wie eine Schlange, die in der Wüste unter dem Schatten eines großen Steins lauerte und plötzlich zum Angriff hervorschoss, um ihre Giftzähne in die Beute zu rammen.

Genau so schnell würde er den Personenfahnder mit einem starken Stromschlag ausschalten.

Buchinger wirkte extrem gut gelaunt. Offenbar hatte er einen schönen Tag gehabt. Oder zumindest ein erfreuliches Telefonat.

Genieß dieses Gefühl. Verschließ es in dir. Vielleicht gibt es dir später Kraft, sobald du in meiner Gewalt bist und die Schmerzen ertragen musst, bevor ich dich breche, dachte er. *Und dass ich dich breche, garantiere ich dir. Hoffentlich gibst du nicht zu früh auf.*

Der Mörder beobachtete Buchinger auf seinen letzten Metern zum Haus. Der Personenfahnder war gedanklich wohl noch beim Telefonat, das er soeben beendet hatte. Er ahnte nichts von der Gefahr, in der er schwebte. An der Haustür warf er keinen Blick die Straße entlang. Falls er sich im späteren Verlauf des Abends noch immer so sorglos verhielt, würde das Vorhaben leichter als geplant.

Er wartete genau zehn Minuten, bevor er den Motor startete und ausparkte. Wenige Meter von dem Hauseingang entfernt, in dem Buchinger verschwunden war, gab es eine freie Parklücke.

Er manövrierte den Wagen hinein und schaltete den Motor wieder aus. Nun müsste er abwarten. Sollte Buchinger in den nächsten zwei Stunden das Haus verlassen, wäre es um ihn geschehen. Ansonsten würde der Mörder versuchen, sich Zutritt zu verschaffen und ihn zu überrumpeln.

Er klappte die Sonnenblende herunter und machte es sich bequem.

53

Um zwanzig vor sieben klingelte Tills Handy und übertrug Marks Rufnummer. Er zog sich rasch eine Jacke an und öffnete die Wohnungstür, bevor er das Gespräch entgegennahm.

»Bist du etwa schon im Restaurant?«, fragte er.

»Ganz im Gegenteil«, antwortete Mark. »Wir brauchen einen Ausweichort. Mich hat gerade der Restaurantbesitzer angerufen und unsere Reservierung abgesagt.«

»Wieso das?«, erkundigte sich Till. »Hast du eine Rechnung bei denen offen?«

»Wasserschaden in der Küche. Der Mann klang ziemlich niedergeschlagen.«

»Oh nein! Ärgerlich.«

»Fällt dir spontan ein guter Italiener ein, bei dem man draußen sitzen kann?«

Till schloss die Wohnungstür ab. »In Pöseldorf ist einer. In der Milchstraße.« Er lief die Stufen zur Haustür herunter und öffnete sie. »Da Mario heißt er.«

»Probieren wir es auf gut Glück und treffen uns dort?«

Till trat ins Freie. »Spricht nichts dagegen. Und wenn bei dem alles reserviert ist, finden wir etwas anderes, wo wir uns einen schönen Abend machen können.«

»Das klingt gut. Dann bis …«

Unvermittelt schoss ein Mann auf Till zu. Abgelenkt von dem Gespräch, reagierte er zu langsam. Der Angreifer schlug ihm hart ins Gesicht. Das Telefon fiel Till aus der Hand. Ein Stromstoß durchzuckte seinen Körper, und er verlor das Bewusstsein.

54

Beinahe perfekt, dachte der Mörder.

Er schnappte sich den bewusstlosen Personenfahnder und schleifte ihn zu seinem Auto. Mit einem Knopfdruck auf den Zündschlüssel öffnete er den Kofferraum. Er hob den Mann ächzend an und verfrachtete ihn in den Wagen. Nun kam es darauf an, möglichst schnell aus der Gegend zu verschwinden. Falls jemand den kurzen Kampf beobachtet hatte, würde er vermutlich die Bullen rufen. Sobald er dieses Viertel verlassen hatte, wäre er innerhalb weniger Minuten in seinem Versteck. Dann könnte er sich in Ruhe um den Mann kümmern und die benötigten Informationen aus ihm herausfoltern. Er warf die Kofferraumklappe zu und ging noch einmal zur Haustür zurück. Das Handy lag auf dem Boden, übers Display zog sich ein Sprung. Bei dem Sturz war das Gerät ausgegangen. So konnte er nicht überprüfen, mit wem der Personenfahnder telefoniert hatte. Doch das spielte keine große Rolle. Wichtiger war, dass man es nicht orten konnte. Buchinger war mit einer Polizistin liiert, die vermutlich Himmel und Hölle in Bewegung setzen würde, um ihren Liebsten aufzuspüren.

Der Mörder ließ das Handy fallen und zertrat es mit dem Absatz. Das Gerät zerbrach. Er fegte die Bruchstücke mit dem Fuß beiseite. Dann lief er zu seinem Auto und sprang hinters Steuer. Buchinger würde nicht ewig bewusstlos bleiben. Er musste ihn schnellstmöglich ins Versteck schaffen.

55

Die Leitung war tot.

»Till? Hallo?«, fragte Mark trotzdem. Hatte er sich das nur eingebildet oder kurz vor dem Gesprächsabbruch ein Stöhnen gehört?

Mark war beunruhigt. Sein Freund hatte einen gefährlichen Job, auch wenn er oft etwas anderes behauptete. Immerhin war ihr gemeinsamer Bekannter Jonathan Albrecht durch diesen Beruf umgekommen, und sein Tod durch eine Auftraggeberin, die sich als Mörderin entpuppt hatte, hatte Mark sehr mitgenommen.

Er wählte die Nummer seines Freundes. Statt eines Freizeichens sprang sofort die Mailbox an.

»Ich bin's. Das Gespräch war plötzlich weg und … na ja, egal. Ich fahre jetzt nach Pöseldorf. Dann sehen wir uns ja gleich.«

Eine Viertelstunde später erreichte Mark die Milchstraße und hatte sogar das Glück, in der engen Gasse einen freien Parkplatz zu ergattern. Von Tills Fahrzeug fehlte noch jede Spur. Eigentlich hätte er vor ihm ankommen müssen, denn sein Anfahrtsweg war kürzer.

Mark betrat den halb gefüllten Außenbereich des Restaurants und schaute sich um. Sein Freund war nicht da.

Ein Kellner kam auf ihn zu. »Ciao. Haben Sie reserviert?«

»Nein.«

»Wie viel Personen?«

»Zwei. Aber mein Freund ist noch nicht da.«

»Kein Problem. Kommen Sie.« Der Kellner führte ihn an einen Tisch und legte zwei Speisekarten ab.

Fünf Minuten später wählte Mark erneut Tills Nummer und landete wieder auf der Mailbox.

»Keine Ahnung, ob ich mich gerade lächerlich mache, aber ich hab ein mieses Gefühl, Till. Als vorhin das Gespräch abgebrochen ist, hab ich ein Stöhnen gehört. Oder hab ich mir das nur eingebildet? Ruf mich zurück. Ich sitze schon im Restaurant.«

Weitere fünf Minuten später versuchte Mark es erneut und traf dann eine Entscheidung. Er würde bei Till nach dem Rechten sehen. Er entschuldigte sich bei dem Kellner für das abrupte Aufbrechen und verließ das Restaurant. Für die Strecke zu dem Haus, in dem sein Freund wohnte, brauchte er keine Viertelstunde. Hinter den Fenstern brannte kein Licht. Mark klingelte Sturm, ohne dass Till ihm öffnete.

»Das ist gar nicht gut«, murmelte er.

Überfordert schaute er sich um. Er entdeckte schwarzes Plastik am Boden. Als er nähertrat, erkannte er die Überreste eines Telefons.

»Verdammt!«

Der Anblick des zerstörten Smartphones verschaffte ihm Gewissheit. Seinem Freund war etwas passiert. Zum Glück hatte Till bei den vorherigen Telefonaten den Namen seiner neuen Freundin fallen lassen.

Mark wählte den Notruf der Polizei. Eine Beamtin erkundigte sich nach dem Grund des Anrufs.

»Mark Förster. Guten Abend. Ich war mit einem Freund verabredet. Er heißt Till Buchinger. Als wir telefoniert haben, habe ich plötzlich einen Schmerzensschrei gehört.« Mark übertrieb bewusst. »Danach brach das Gespräch ab. Ich bin sofort zu seiner Wohnung gefahren und habe hier gerade eben vor der Haustür sein zerstörtes Telefon gefunden. Von Till fehlt jede Spur. Er reagiert auch nicht auf mein Klingeln. Ich bin mir sicher, ihm ist etwas zugestoßen.«

»Geben Sie mir seine Adresse und seine …«

»Entschuldigen Sie, dass ich Sie unterbreche. Till Buchinger ist mit einer Oberkommissarin des LKA liiert. Könnten Sie ihr Bescheid sagen, damit sie alles Weitere in die Wege leitet? Oberkommissarin Miriam Decking.«

56

Kurz nach zwanzig Uhr betrat Miriam ihre Wohnung. Sie hatte früher als erwartet Feierabend gemacht, nachdem sich eine Stunde lang im Präsidium nichts mehr ergeben hatte. Erschöpft hängte sie die dünne Sommerjacke an einen freien Garderobenhaken und legte den Schlüsselbund auf die Dielenkommode.

Im Badezimmer zog sie bequeme Kleidung an. Sie würde sich einen gemütlichen Abend vor dem Fernseher gönnen. Auf einem Streamingportal lief seit letzten Freitag eine Serie, die sie Till unmöglich zumuten konnte. Heute wäre eine gute Gelegenheit, einen Blick in die erste Folge zu riskieren. Zuerst würde sie allerdings eine Kleinigkeit essen.

Aus dem Kühlschrank holte sie eine Packung Toast und steckte zwei Scheiben in den Toaster. Die würde sie mit Meersalzbutter bestreichen und Käse belegen.

Die Scheiben sprangen perfekt gebräunt aus dem Gerät. Miriam legte sie auf einen Teller. Ihr Handy klingelte. Ob das schon Till war? Sie schaute zur Uhr am Backofen. Unwahrscheinlich. Dafür war es zu früh.

Der Blick aufs Display verriet ihr, dass der Anruf von ihrer Dienststelle kam. Ihr Puls beschleunigte sich.

»Oberkommissarin Decking«, meldete sie sich.

»Hallo Frau Decking, Stroth mein Name. Über den Notruf ist vor wenigen Minuten der Anruf eines Mannes namens Mark Förster eingegangen. Er bat darum, dass man Ihnen Bescheid geben soll. Herr Förster war mit einem gewissen Till Buchinger verabredet.«

»Das ist mein Freund«, sagte Miriam. »Ist ihm etwas passiert?«

»Herr Buchinger ist nicht zu dem Treffen erschienen, und Herr Förster hat vor dem Haus Ihres Freunds ein zerstörtes Handy gefunden. Darf ich Ihnen Försters Nummer geben?«

Miriam versuchte es zunächst bei Till, landete jedoch bloß auf der Mailbox. Ohne eine Nachricht zu hinterlassen, trennte sie die Verbindung und wählte Marks Nummer.

»Förster«, meldete der sich nach wenigen Sekunden Freizeichen.

»Miriam Decking. Sie sind Tills Freund?«

»Ja. Normalerweise würde ich sagen, schön Sie zu sprechen. Aber …«

»Erzählen Sie mir, was passiert ist.«

Das nächste Telefonat führte sie mit Bastian Dorfer. Ihr Partner hielt die Situation für genauso ernst wie sie.

»Ich brauche dich als Absicherung«, sagte Miriam. »Ich fahre jetzt zu Till, treffe mich da kurz mit seinem Freund. Dann geh ich in die Wohnung, zum Glück habe ich einen Schlüssel. Wenn du in spätestens einer Stunde nichts von mir gehört hast, musst du die Kavallerie losschicken.«

»Vergiss es!«, widersprach Dorfer. »Wir sehen uns vor dem Haus. Du unternimmst nichts ohne mich, hast du mich verstanden?«

»Danke«, sagte sie und beendete das Gespräch.

Mark Förster machte einen sympathischen Eindruck auf sie. Statt ihr die Hand zu geben, nahm er sie kurz in den Arm. Er zeigte ihr die Einzelteile des zerstörten Handys, das Miriam als Tills Modell identifizierte.

»Seit ich hier eingetroffen bin, hat niemand das Haus verlassen oder betreten«, berichtete er.

Miriam malte sich aus, was eine Stunde zuvor hier passiert war. Till verließ telefonierend das Gebäude und wurde plötzlich angegriffen. Ihm fiel das Smartphone aus der Hand und stöhnte auf, als er geschlagen oder sonstwie attackiert wurde.

Eine Stimme riss sie aus den trüben Gedanken. »Hey!« Dorfer war eingetroffen.

»Mark, das ist mein Partner, Hauptkommissar Bastian Dorfer.«

Die Männer begrüßten sich mit Handschlag.

»Ab hier übernehmen wir«, fuhr sie fort. »Till hat mir erzählt, Sie schlafen in einem Hotel?«

Mark nickte.

»Sobald ich Neuigkeiten habe, sage ich Ihnen Bescheid. Aber jetzt wäre es besser, wenn Sie sich zurückziehen.«

»Ich hoffe, Till geht's gut, und wir sehen uns das nächste Mal unter schöneren Umständen. Ich freue mich für Sie und Till. Der Knabe hat …« Er hielt inne und wich kurz ihrem Blick aus. »Ihm darf nichts passieren.«

»Wir finden ihn«, versprach Miriam.

Mark verabschiedete sich von ihnen und ging zu seinem Auto.

Miriam wartete, bis er eingestiegen war und den Motor gestartet hatte.

»Wir wissen beide, dass es nur eine wahrscheinliche Erklärung gibt«, sagte Dorfer leise.

»Es geht um den Ort, an dem Till Frau Wiegers untergebracht hat.«

»Weißt du, wo das ist?«

Miriam zögerte kurz. Irgendwo im LKA gab es einen

Maulwurf. Aber wenn sie ihrem Partner nicht vertrauen konnte, wem dann?

»Er hat zwei Wohnungen angemietet. Eine hier in Hamburg. Ich weiß nicht wo, glaube aber, wir finden auf seinem Laptop Hinweise auf diese Unterkunft.«

»Und die zweite? Wieso überhaupt zwei?«

»Die Unterkunft in Hamburg hat er für den Fall angemietet, dass genau so etwas passiert. Die andere Wohnung hat er verdeckt organisiert. Er hat mir gegenüber nicht angedeutet, wo Wiegers in Wahrheit untergetaucht ist.«

»Dein Freund ist verdammt clever.«

»Bringt uns bloß leider auch nicht weiter.«

»Ganz im Gegenteil. Wir müssen herausfinden, wo diese Hamburger Wohnung ist.«

»Und dann?« Sie verstand nicht, worauf Dorfer hinauswollte.

»Nehmen wir an, Till ist entführt worden, um die Adresse der Unterkunft preiszugeben. Er wird seinem Entführer die leere Wohnung nennen …«

Sie verstand. »Du hast recht! Wir könnten uns dort auf die Lauer legen.« Aus ihrer Jacke zog sie den Schlüsselbund. »Wir dürfen keine weitere Zeit verlieren. Wer weiß, was der Mistkerl Till antut.«

Dorfer legte ihr eine Hand auf die Schulter. »Daran darfst du die nächsten Minuten nicht denken.«

»Ich versuch's.«

Sie betraten den Hausflur und liefen zu Tills Wohnung hoch. Trotz Dorfers gut gemeintem Ratschlag bekam sie die Bilder nicht aus dem Kopf.

Till wehrlos in den Händen eines Täters, der zu allem entschlossen war.

57

Till erwachte aus der Bewusstlosigkeit wie aus einem Albtraum. Er schnappte nach Luft und ruckte vor, wurde jedoch von irgendetwas festgehalten.

Till schlug die Augen auf. Er saß auf einem harten Stuhl in einem halbdüsteren Raum. Jemand hatte ihm die Hände hinter den Rücken und die Füße an die Stuhlbeine gefesselt. Er schaute sich um und erinnerte sich an den Angriff vor der Haustür. Mehr als eine schemenhafte Gestalt hatte er nicht wahrgenommen. Wie viel Zeit war seitdem vergangen? Davon hing ab, ob er Hoffnung haben durfte.

In dem Raum, in den ihn der Angreifer verschleppt hatte, stand außer dem Stuhl nur ein billig wirkendes Sideboard, auf dem ein grauer, geschlossener Koffer lag. War das ein Werkzeugkoffer?

»Hallo«, sagte eine Stimme hinter ihm.

Till zuckte zusammen.

Ein großer Mann trat in sein Sichtfeld. Er war ganz in Schwarz gekleidet und trug eine Maske mit Sehschlitz.

»Was wollen Sie von mir?« Tills Gedanken rasten. Dass ihm der Mann nicht sein Gesicht zeigte, war ein gutes Zeichen.

»Eine berechtigte Frage«, antwortete der Maskierte. »Antworten und Informationen. Mehr erwarte ich nicht. Falls du befürchtest, ich könnte dich umbringen: Das liegt nicht in meinem Interesse. Wenn die nächsten Minuten gut verlaufen, gehen wir schnell wieder getrennter Wege, ohne dass du mich identifizieren kannst.«

Der Mann ging zum Koffer und öffnete ihn. Auf den ersten Blick erkannte Till einen Hammer, eine Zange, große Nägel und ein Teppichmesser.

»Nur weil mir nichts an deinem Tod liegt, sollst du allerdings nicht glauben, ich hätte ein weiches Herz. Wenn es sein muss, spielen wir mit harten Bandagen. Dann kommt all das Zeug hier an dir zum Einsatz. Aber ich hoffe, dass das nicht nötig sein wird.« Er schloss den Koffer wieder. »Mit einer einfachen Antwort kannst du dir unerträgliche Schmerzen ersparen.« Der Mann baute sich vor Till auf. »Weißt du, wieso ich dich entführt habe?«

»Bin ich den falschen Leuten in die Quere gekommen?«

Der Maskierte lachte. »Eine schöne Formulierung. Sie lässt so viel Spielraum.«

Unversehens gab der Mann Till eine Ohrfeige. Tills Kopf ruckte zur Seite.

»Spiel keine Spielchen. Weißt du, wieso du hier bist?«

»Ich kann es nur vermuten. Valerie Wiegers?«

»Du hast auf Anhieb ins Schwarze getroffen. Ich bin begeistert. Wo ist sie?«

»Es tut mir leid, aber das kann ich Ihnen nicht sagen. Sie hat mir ihr Leben anvertraut.«

Der Maskierte seufzte. Dann schlug er Till die Faust auf die Nase. Blut schoss aus beiden Nasenlöchern, und Till stöhnte vor Schmerz. Sein Peiniger griff in die Hosentasche und zog ein Taschentuch heraus.

»Noch ist die Nase nicht gebrochen. Aber das lässt sich ändern.« Unsanft drückte er ihm das Taschentuch aufs Gesicht und wartete. Nach ein paar Sekunden nahm er es wieder weg.

»Ich weiß deine Loyalität zu deiner Auftraggeberin zu schätzen. Wirklich. Du bist ein ehrenhafter Mann. Valerie

Wiegers würde nicht wollen, dass du ihretwegen Schmerzen erträgst. Überleg' dir deine nächsten Worte deshalb ganz genau. Wo ist sie?«

»Es tut mir leid, aber das kann ich Ihnen nicht sagen. Sie hat mir ihr Leben anvertraut.«

Diesmal schlug ihm der Maskierte voller Wucht in den Magen. Der Schlag raubte ihm den Atem. Er krümmte sich zusammen – soweit es die Fesseln zuließen. Till schnappte nach Luft.

Der Maskierte trat an das Sideboard und öffnete erneut den Koffer. Dann baute er sich wieder vor Till auf.

»Ich frage dich jetzt zum dritten Mal. Aber vorab will ich dich warnen. Wenn du mir die Antwort schuldig bleibst, hat das drastische Konsequenzen. Wo ist sie?«

Till zögerte. »Es tut mir leid«, antwortete er leise. »Es … ich … nein, ich kann meine Klientin nicht verraten. Damit würde ich ihr Todesurteil unterzeichnen. Das müssen Sie verstehen. Bitte tun Sie mir nichts!«

Der Maskierte seufzte. »Du hast es nicht anders gewollt.« Er zog den Hammer aus der Schlaufe. »Kannst du dir vorstellen, was ich dir damit für Schmerzen zufügen werde?«

»Machen Sie das nicht«, flehte Till.

Der Maskierte hielt den Hammerkopf an Tills Knie. »Danach bist du nie wieder derselbe. Selbst wenn du gute Ärzte hast, lässt sich eine zertrümmerte Kniescheibe nicht so einfach wiederherstellen. Erst dieser unfassbare Schmerz, du wirst vielleicht bewusstlos, und danach hast du für lange Zeit etwas davon. Wahrscheinlich brauchst du ein künstliches Gelenk.«

»Nein!«

Der Maskierte holte aus.

»Bitte!«

Kurz vor der Kniescheibe stoppte der Mann. »Ich glaube, das bewahre ich mir für die nächste Stufe auf«, sagte er. Er legte den Hammer beiseite und griff zur Zange. »Ein zerquetschter Finger ist eine bessere Zwischenlösung. Nicht ganz so rabiat. Wir müssen uns ja Luft nach oben lassen.«

Der Mann stellte sich hinter Till. Im nächsten Moment klemmte er den kleinen Finger der rechten Hand in das Werkzeug.

»Nein! Lassen Sie das!« Till atmete hektisch. Er schluckte. »Ich sag's Ihnen!«

Der Druck auf den Finger ließ nach.

»Wo?«

Till nannte ihm eine Hamburger Adresse. Der Maskierte kehrte in sein Sichtfeld zurück.

»Wenn die Information falsch ist, ramme ich dir Nägel in jedes einzelne Körperteil«, warnte er.

Till senkte den Kopf. »Die Adresse stimmt.«

»Wie hast du die Wohnung organisiert?«

»Das ist eine Unterkunft, die man über verschiedene Anbieter zeitweise mieten kann.«

»Hast du sie über deinen eigenen Account angemietet?«

»Ja.«

»Aber du kennst deine Login-Daten vermutlich nicht auswendig?«

»Doch. Warum tun Sie das? Die Zeuginnen haben Ihnen nichts getan.«

»Ich bin gleich wieder bei dir.« Der Maskierte legte die Zange auf das Sideboard und verließ den Raum.

Till versuchte, seine Beine zu bewegen. Sie waren allerdings so fest an den Stuhl gebunden, dass er keinerlei Spielraum besaß. Ob er sich befreien könnte, wenn er voller

Wucht zu Boden stürzte? Der Stuhl wirkte massiv, möglicherweise würde er beim Sturz nicht kaputtgehen.

Der Maskierte kehrte mit einem Laptop zurück. Er stellte ihn auf das Sideboard und klappte ihn auf. Das System erwartete die Eingabe eines Passworts, das der Mann eintippte. Sekunden später war der Computer einsatzbereit.

»Wie heißt der Anbieter?«

»Ferienwohnung.de«

Der Mann öffnete die Startseite. »Sag mir deine Zugangsdaten.«

»Mein Benutzername lautet *tillbuch*. Klein und zusammengeschrieben.«

»Und dein Passwort?«

Um ein paar Sekunden Zeit zu gewinnen, nannte er ihm zunächst ein unvollständiges Passwort, das der Mann eingab.

»Du nimmst mich einfach nicht ernst!«, schrie er. »Das ist falsch!«

»Was? Nein! Das kann nicht … Oh scheiße, am Ende noch ein Fragezeichen. Ich habe das Fragezeichen vergessen. Entschuldigung!«

»Wenn das wieder nicht stimmt, kannst du dich von deinem Finger verabschieden.« Er tippte es ein. »Glück für dich. Ich bin eingeloggt.«

Till beobachtete, wie der Mann sich durch das Benutzerkonto arbeitete.

»Hier ist die Buchung zu der Adresse. Davor hast du deinen Account monatelang nicht benutzt.«

»Ich weiß«, sagte Till leise. »Lassen Sie Wiegers leben. Sie ist ein liebenswürdiger Mensch.«

»Das sehen meine Auftraggeber anders«, erwiderte der Maskierte. »Es gibt zwei Möglichkeiten, wie unser Rendezvous endet. Hör mir genau zu, bevor du einen schweren

Fehler begehst. Ich fahre jetzt zu der Adresse. Wenn ich Wiegers dort antreffe, töte ich sie und gebe den Bullen einen anonymen Hinweis, wo sie dich finden. Dann kommen sie und befreien dich aus deiner misslichen Lage. Du wirst dir zwar Vorwürfe machen, weil du sie verraten hast, aber vielleicht tröstet dich der Gedanke, keine Wahl gehabt zu haben. Sollte ich allerdings feststellen, dass du mich angelogen hast, komm ich zurück und töte dich statt Wiegers. Da gibt es bloß einen entscheidenden Unterschied. Ich habe kein Interesse daran, sie zu quälen. Sie wird genau wie Nehrig durch einen gezielten Kopfschuss sterben. Ein paar Sekunden Angst, bevor sie ihr Schicksal begreift, mehr nicht. Mir fallen unzählig schlimmere Arten ein, wie man abtreten könnte. Sollte ich allerdings hierhin zurückkehren müssen, stirbst du nicht durch einen Kopfschuss. Denn dann hätte ich sehr großes Interesse daran, dich zu quälen. Insofern rate ich dir, ehrlich zu antworten. Treffe ich Wiegers vor Ort an?«

»Sofern sie sich an meine Empfehlungen hält, ist sie dort.«

»Was heißt das?«

»Ich habe ihr geraten, die Wohnung in den nächsten Tagen nicht zu verlassen. Aber ich bin nicht ihr Babysitter. Wenn sie also ausgeht, ist das nicht meine Schuld.«

»Das will ich dir zugutehalten. In dem Fall würde ich ja zumindest auf Spuren ihrer Anwesenheit stoßen, die deine Geschichte bestätigen. Eine Sache noch. Sind in der Wohnung wieder Kameras versteckt? Ich werde zwar eine Maske tragen, wüsste aber trotzdem lieber Bescheid.«

»In der Diele und im Schlafzimmer«, sagte Till.

»Ich hoffe, sie weiß davon. Oder erregt es dich, sie zu beobachten, wenn sie unter die Decke schlüpft?«

»Sie hat sich damit einverstanden erklärt.«

»Wie hast du Zugriff auf die Kamerabilder?«

»Übers Internet. Nach Eingabe der IP-Adresse. Die ich nicht auswendig kenne.«

Der Maskierte klatschte abrupt in die Hände. Till zuckte leicht zusammen.

»Ich hoffe für dich, dass sich jetzt unsere Wege trennen. Wenn du nicht gelogen hast, siehst du mich nie wieder. Falls du mich aber austricksen willst, wird unser zweites Treffen sehr schmerzhaft werden.«

Er tippte sich an die Stirn und drehte sich um. Der Maskierte nahm den Laptop und den Werkzeugkoffer an sich und ging zur Tür. An der Schwelle blieb er stehen und schaute noch einmal zurück. Till begegnete seinem Blick.

»Ich bin sehr gespannt, was mich dort erwartet«, sagte der Maskierte. Er verließ den Raum und schloss die Tür.

Till atmete durch. Vorläufig hatte er sich Spielraum verschafft.

58

Je nachdem, in welchen Stadtteil der Maskierte Till verschleppt hatte, würde er eine Weile bis zur Fake-Adresse benötigen. Das hier war vermutlich seine einzige Chance. Tills Hände waren mit Handschellen gefesselt. Aussichtslos, sich daraus befreien zu wollen. Und die Beine waren fest an den Stuhl gebunden. Egal, wie sehr er seine Muskeln anspannte, der Strick lockerte sich nicht.

Könnte es ihm irgendwie gelingen, den Stuhl in Einzelteile zu zerbrechen? Till musterte die Kommode. Wenn er seinen Schwerpunkt verlagerte, würde er zusammen mit dem Stuhl zu Boden stürzen. Das würde vermutlich nicht reichen, um ihn zu zerlegen. Anschließend könnte er mühevoll bis zur Kommode robben und immer wieder die Sitzgelegenheit gegen den Schrank donnern.

Aber wie viel Zeit würde das in Anspruch nehmen? Der Maskierte wäre nicht ewig unterwegs.

Till überlegte hektisch. Er sah ein, dass der Plan zu verzweifelt war und höchstens in einem schlechten Film funktionieren würde.

Er zwang sich, ruhig zu atmen. Vor seinem inneren Auge spielte sich ab, was ihn erwartete. Der Maskierte verschaffte sich Zutritt zur Wohnung und würde feststellen, dass er erneut auf einen Trick hereingefallen war. Dementsprechend wütend würde er Till vor seinem Tod unvorstellbare Schmerzen zufügen.

Till bezweifelte, dass der Maskierte die Polizei anriefe,

nachdem er Wiegers beseitigt hätte. Vielmehr würde er so oder so zu Till zurückkehren und ihn töten.

Till wappnete sich innerlich gegen die Tortur, die ihn erwartete. Der Maskierte würde versuchen, die Information über Wiegers Versteck aus ihm herauszupressen. Und Till würde bis zum unvermeidlichen Ende standhaft bleiben.

Zwei Gedanken gaben ihm Hoffnung. Er hatte beim hinterhältigen Angriff mit Mark telefoniert und war anschließend nicht zum Treffen erschienen. Sein Freund war klug genug, um die richtigen Rückschlüsse zu ziehen. Aber konnte er sich noch an Miriams vollständigen Namen erinnern? Soweit Till sich entsann, hatte er ihn erst einmal ihm gegenüber erwähnt. Mark verfügte über ein fantastisches Namensgedächtnis und war von Natur aus neugierig. Vielleicht hatte er in den vergangenen Wochen im Internet nach Informationen über Miriam gesucht. Auch wenn er nicht fündig geworden wäre, hätte das geholfen, sich den Namen einzuprägen.

Falls sich diese Hoffnung allerdings zerschlagen sollte, blieb ihm noch ein weiterer tröstender Gedanke. Nach seinem Tod wäre er wieder mit Antje vereint.

Er sah die beiden Frauen vor sich: Antje und Miriam. Sie spielten jede auf ihre Weise wichtige Rollen in seinem Leben. Miriam stand ihm nicht so nah wie Antje früher, dafür waren sie noch nicht lange genug zusammen. Aber sein Herz sagte ihm, dass sich das ändern könnte, wenn ihm das Schicksal die Gelegenheit dazu geben würde.

»Ich will nicht sterben«, flüsterte er.

Till traf eine Entscheidung. Er würde nicht tatenlos auf seinen Henker warten. Er schob seine Hüfte so weit wie möglich nach rechts und wechselte die Position. Links, rechts, links. Der Stuhl wackelte leicht.

»Komm schon!«, stöhnte er vor Anstrengung. »Kipp endlich um!«

Als die Schwerkraft seinen Wunsch erfüllte, schrie er überrascht auf. Er kippte auf die linke Seite und schlug hart am Boden auf.

59

Der Mörder parkte seinen Wagen zwei Straßen von der Adresse entfernt, die ihm der Personenfahnder genannt hatte. Er stieg aus. Statt die Maske aufzusetzen, streifte er sich die Kapuze über.

Bis zu seinem Ziel waren es noch dreihundert Meter. Falls die Bullen ihm hier eine Falle gestellt hatten, wollte er keineswegs hineintappen. Grundsätzlich traute er dem Personenfahnder einen solchen Schachzug zu.

Er achtete genau darauf, ob in einem der Autos jemand saß und interessiert die Umgebung beobachtete.

Er bog in die Straße ein, in der die Ferienunterkunft lag, und blieb stehen. Soweit er es überblicken konnte, saß niemand in den parkenden Fahrzeugen.

Langsam ging er weiter. Er kam an zwei Hofeinfahrten vorbei, in die er einen Blick warf. Dann erreichte er die Haustür. Aus seiner Jacke zog er das Einbruchswerkzeug und eine Taschenlampe. Innerhalb kürzester Zeit verschaffte er sich Zugang zum Haus. Er schaute sich noch einmal um, entdeckte aber nichts, was ihm verdächtig vorkam. Falls die junge Frau wirklich in der Wohnung schlief, würde sie gleich seine Bekanntschaft machen. Und vielleicht hatte er nach all dem Aufwand, den er bei der Suche nach ihr betrieben hatte, eine kleine Belohnung verdient.

60

Miriam Decking spähte um die Mauer der Hofeinfahrt. Sie hatte sich darin versteckt und vor wenigen Augenblicken die Schritte eines Passanten gehört. Sie wagte es, einen Blick aus der Ausfahrt zu werfen und sah eine schwarz gekleidete Gestalt, die sich an dem Haustürschloss zu schaffen machte. Der Mann warf einen Blick zurück, bevor er im Hausflur verschwand, bemerkte sie jedoch nicht.

Trotzdem wartete Miriam, bis die Tür hinter ihm zugefallen war. Über ein Headset kommunizierte sie mit Dorfer.

»Der Mann ist gerade im Haus verschwunden. Jetzt dauert es nicht mehr lange, bis er begreift, dass er auf eine Finte reingefallen ist.«

»Wir sollten ihn verhaften«, schlug Dorfer vor.

»Nein. Er muss uns zu dem Versteck führen, in dem er Till gefangen hält.«

»Miriam, das ist total riskant. Was ist, wenn er uns entwischt? Dann ist Till ihm ausgeliefert.«

»Ich weiß«, erwiderte sie leise. »Das darf einfach nicht passieren.«

»Sagst du so leicht. Kannst du dir vorstellen, welche Vorwürfe du dir den Rest deines Lebens machen wirst, wenn er uns entwischt? Selbst ich hab heute noch Albträume wegen meines ehemaligen Partners. Und es gibt nichts, was ich mir wegen der Explosion vorwerfen müsste.«

Seine eindringliche Warnung brachte ihren Entschluss ins Wanken. Hatte er recht? »Ich habe Angst um Till. Aber wir können nicht die ganze Stadt nach ihm absuchen.

Wenn wir den Mann verhaften, wird er schweigen, davon bin ich überzeugt. Er muss uns zu seinem Unterschlupf führen.«

»Er wird nicht schweigen, falls wir ihm einen Deal anbieten.«

»Darauf wird er nicht eingehen. Er hat Unterstützer bei uns. Dadurch fühlt er sich sicher. Till wird elendig verdursten, wenn es uns nicht gelingt, seinen Aufenthaltsort zu finden. Oder Schlimmeres, falls ihn sein Entführer lebensbedrohlich verletzt hat. Der Mistkerl hat eiskalt eine Zeugin und deren Ehemann ausgeschaltet. Das klingt für mich nicht so, als könnten wir ihn im Verhör brechen.«

»Miriam! Das ist Wahnsinn!«

»Ich weiß!«, antwortete sie. »Wir halten jetzt Funkstille, bis der Mann das Haus wieder verlässt. Dann haften wir uns an seine Fersen.«

»Okay«, sagte Dorfer.

Er klang nicht überzeugt. Doch Miriam blieb nichts anderes übrig. Schon die Verhaftung könnte sich als schwierig gestalten, denn der Mann würde sich vermutlich widersetzen. Aber selbst wenn es ihnen gelänge, ihn in Handschellen zum Präsidium zu bringen, würde es ihm die größten Vorteile verschaffen, zu schweigen. Er war ziemlich sicher bewaffnet, jedoch mit einer anderen Waffe als der, die er bei den Nehrigs zurückgelassen hatte. Vielleicht war er sogar dazu berechtigt, eine Pistole zu tragen. Es gab so viele Szenarien, die darin gipfeln könnten, dass der Mann nicht einmal lange in Untersuchungshaft bleiben würde. Und mit jeder Minute, die verstrich, wäre Till dem Tod einen kleinen Schritt näher. Falls er überhaupt noch lebte.

Sie starrte auf den Hauseingang.

61

Vor der Wohnungstür zog sich der Mörder die Maske über. Dann führte er den Dietrich ins Schloss und knackte es problemlos. Er schlüpfte in die Diele, schaltete die Taschenlampe ein und suchte die Tür nach Sensoren ab. In dieser Wohnung hatte der Personenfahnder keine angebracht.

Im Schein der Lampe schaute er sich um. Auch hier waren alle Türen geschlossen – genau wie in Valerie Wiegers Wohnung. Seine Vorahnung wurde stärker. Er lauschte, doch nicht das leiseste Geräusch war zu hören. Dämmten die Türen so gut, oder hatte der Personenfahnder wirklich die Dreistigkeit besessen, ihn anzulügen? Er entdeckte die Kamera, die Buchinger erwähnt hatte. In diesem Moment vibrierte seine Armbanduhr, und er warf einen kurzen Blick darauf, ehe er sich wieder konzentrierte. Eine Nachricht war eingegangen. Dafür war jetzt keine Zeit. Im schlimmsten Fall waren schon Bullen unterwegs, weil sein Eindringen einen stillen Alarm ausgelöst hatte. Er zog die Waffe und überprüfte jeden einzelnen Raum. Diesmal verlor er keine Zeit, da er darauf verzichtete, lautlos vorzugehen.

Nachdem er auch die letzte Tür geöffnet hatte, stieß er einen leisen Fluch aus.

Der Personenfahnder hatte ihn in die Irre geführt. Aber wieso? Der Mörder trat an eines der Fenster und schaute hinaus. Nichts deutete auf die Anwesenheit von Bullen hin. Warum hatte Buchinger mit gezinkten Karten gespielt? War das nur eine Vorsichtsmaßnahme, falls jemand seinen

Computeraccount hackte und sich Zugang zu der Buchung verschaffte? Oder steckte mehr dahinter?

Er würde vor Ort keine weitere Zeit verschwenden. Egal, was Buchinger damit bezweckt hatte, er würde dafür auf die härteste Weise büßen. Bis er ihm Wiegers wahren Aufenthaltsort verriet.

Der Mörder wandte sich vom Fenster ab, verließ die Wohnung und rannte im Hausflur die Stufen hinunter. An der Tür blieb er stehen und blickte durch die Glasscheibe. Noch immer waren keine Bullen zu sehen. Er trat ins Freie. Eine Hand steckte in der Jackentasche, in der er die Pistole verbarg. Falls ihn jetzt jemand aufforderte stehenzubleiben, würde er sich nicht kampflos ergeben.

Doch nichts passierte. Er musterte die Straße in beide Richtungen, ohne jemanden zu entdecken.

Der Mörder lief los. Je schneller er im Unterschlupf wäre, desto früher würde Buchinger für seine dreisten Lügen bezahlen.

62

Der Mann trat aus dem Haus. Obwohl er die Maske wieder abgenommen hatte, war die Entfernung zu groß, als dass man sein Gesicht hätte erkennen können. Am liebsten hätte Miriam ihn mit ihrem Handy fotografiert, doch aufgrund der Dämmerung und der Schnelligkeit, mit der er sich bewegte, war das sinnlos. Sie nutzte die parkenden Fahrzeuge als Deckung und folgte ihm geduckt. Sollte er sie bemerken, würde sie alles daransetzen, ihn zu verhaften.

Als er um eine Häuserecke bog, schaute er sich einmal um. Miriam duckte sich rechtzeitig und beobachtete ihn über die Motorhaube eines SUVs hinweg. Der Flüchtende lief in normaler Geschwindigkeit weiter. Miriam befürchtete, er könnte ihr eine Falle stellen. Etwas langsamer als zuvor huschte sie bis zu der Häuserecke und zog ihre Waffe. Sie spähte um das Gebäude. Der Mann hatte seinen Vorsprung vergrößert. Sie eilte ihm mit der gebotenen Vorsicht nach. Zu ihrem Glück wohnten in dieser Gegend viele SUV-Liebhaber. Hinter den hohen Fahrzeugen konnte sie sich leichter verbergen.

Schließlich blieb der Mann stehen. Die Blinklichter eines Autos erhellten kurz die Umgebung. Er schaute die Straße entlang und überprüfte den Weg, den er genommen hatte. In gebückter Haltung wartete Miriam, bis der Mann eingestiegen war und den Motor anließ. Vorsichtig näherte sie sich dem ausparkenden Auto. Sie kam nah genug heran, um das Kennzeichen zu identifizieren.

»Er fährt einen unauffälligen, stahlgrauen Hyundai. Ein

i30, wenn ich mich nicht irre.« Sie gab das Kennzeichen durch.

»Ich bin an ihm dran«, erwiderte Dorfer.

Miriam rannte zurück zu ihrem Auto, das sie unweit der Ferienunterkunft abgestellt hatte. Je nachdem, wohin der Mann fuhr, würden sie sich unterwegs immer wieder abwechseln, um ihm nicht aufzufallen. Sie erreichte ihr Fahrzeug und entsperrte die Türverriegelung.

Dorfers Stimme erklang in ihrem Ohr.

»Ich habe ihn an einer Ampel verloren. Er ist bei Rotlicht drübergefahren. Ich konnte ihm unmöglich folgen. Das wäre zu auffällig gewesen.«

Fassungslos hielt Miriam mitten in der Bewegung inne.

»Nein«, stöhnte sie leise. Das durfte nicht wahr sein! Hätte sie auf ihren Partner hören und den Mann verhaften müssen?

Eine zweite Stimme erlöste sie von diesem Gedanken. »Stahlgrauer i30 mit passendem Kennzeichen fünfzig Meter vor mir«, sagte Hauptkommissar Trichter.

Gemeinsam mit Dorfer hatte Miriam überlegt, wen sie aus dem LKA vertrauenswürdig fanden und wer flexibel genug wäre, um ihnen kurzfristig zu helfen. Ihre Wahl war auf den Hauptkommissar gefallen, den sie bei früheren Ermittlungen kennengelernt hatte. Dorfer hatte ihn angerufen, und Trichter war innerhalb weniger Minuten einsatzbereit gewesen.

»Wie hast du das geschafft, Richard?«, fragte Dorfer.

»Ich kenne mich hier in der Gegend ziemlich gut aus und bin parallel zu euch gefahren«, erklärte er.

»Ich bin unterwegs«, sagte Miriam. Etwas erleichtert stieg sie in den Wagen und startete den Motor. »Wo genau bist du zurzeit?«

Trichter nannte ihr seine Position. Ohne auf die gültige Geschwindigkeitsbegrenzung zu achten, fuhr Miriam die Straßen entlang. Hoffentlich rächte es sich in den nächsten Minuten nicht, dass sie erst seit rund einem Jahr in Hamburg lebte. Ihre Ortskenntnisse waren in vielen Stadtteilen noch mangelhaft. Das müsste sie dringend ändern.

Doch nun hatte es Vorrang, den Mann zu verfolgen, der Tills Schicksal in den Händen hielt. Für gute Vorsätze war Zeit genug, sobald sie ihn gerettet hatte.

»Ich bin jetzt einige hundert Meter hinter ihm«, sagte Trichter. »Einer von euch beiden sollte mich demnächst ablösen.«

»Miriam?«, fragte Dorfer. »Wie weit bist du entfernt?«

63

Immer wieder schaute er in den Rückspiegel. In den Straßen herrschte für die abendliche Uhrzeit noch recht viel Verkehr. Das erschwerte es, eventuelle Verfolger zu identifizieren. Ideal waren von Gelb auf Rot umspringende Ampeln ohne Radarkontrolle. Zweimal gelang es ihm, bei beginnender Rotphase noch über die Haltelinie zu fahren. In beiden Fällen folgte ihm niemand über die Kreuzung.

Je weiter er sich von der angemieteten Unterkunft entfernte, desto sicherer fühlte er sich.

Bis er einen Streifenwagen im Rückspiegel erblickte. Der Wagen setzte sich genau hinter ihn und machte keinerlei Anstalten, ihn zu überholen, nachdem er zuvor deutlich schneller unterwegs gewesen war.

Zufall? Oder hatte er bei einem seiner Manöver unerwünschte Aufmerksamkeit erzeugt? Noch machte die Streifenwagenbesatzung nicht den Anschein, ihn aufzuhalten. Trotzdem wollte er sein Glück nicht überstrapazieren.

Kurz vor einer Nebenstraße setzte er den Blinker, verlangsamte sein Tempo und bog ab. Angespannt schaute er in den Innenspiegel. Folgten ihm die Bullen? Dann würde er in der engen Gasse aufs Gaspedal treten. Die Motorleistung seines unauffälligen Mittelklassewagens war von einem Mechaniker seines Vertrauens getunt worden. Außerdem hielt er sich für einen exzellenten Fahrer. Trotzdem war eine Flucht in einer Großstadt mit unzähligen Variablen verbunden, auf die er keinen Einfluss hatte. Dieses Risiko galt es zu meiden, zumal er nicht wusste, wie gut der Polizist am Steuer ausgebildet war.

Nachdem er hundert Meter zurückgelegt hatte, atmete er erleichtert durch. Der Streifenwagen war ihm nicht gefolgt. Er bog bei den nächsten drei Gelegenheiten rechts ab und kehrte auf die Hauptstraße zurück. Er schaute auf die Uhr. Ohne weitere Verzögerungen wäre er in ungefähr zehn Minuten in seinem Unterschlupf.

Wie würde er den Personenfahnder leiden lassen? Mit dem Teppichmesser könnte er ihm klaffende Wunden zufügen. Die Nägel würden ihm unvorstellbare Qualen bereiten. Doch das alles war erst für später vorgesehen. Denn zuerst müsste er in Erfahrung bringen, wo sich Valerie Wiegers tatsächlich aufhielt. Er würde damit beginnen, dem Personenfahnder jeden einzelnen Finger mit der Zange zu zerquetschen. Lange hielt kein Mensch solche Schmerzen aus.

64

»Warum ist er abgebogen?«, fragte Miriam besorgt.

»Wegen des Streifenwagens?«

»Nicht auszuschließen«, antwortete Dorfer. »Ich folge ihm weiter mit dem nötigen Abstand. Bleib du auf der Hauptstraße. Falls es an den Kollegen lag, müsste er irgendwann zurückkehren. Dann kannst du wieder übernehmen. Er biegt gerade zum zweiten Mal rechts ab. Spricht viel dafür, dass das bloß ein Ausweichmanöver war.«

Es vergingen nur Sekunden, bis sich Dorfer mit der nächsten guten Nachricht meldete.

»Er ist wieder rechts abgebogen.«

»Ich hab einen freien Platz am Seitenstreifen gefunden«, informierte Miriam ihre Kollegen. »Sobald er an mir vorbeifährt, übernehme ich.«

Keine zwei Minuten später war es so weit. Der stahlgraue Wagen passierte ihre Position. Miriam wartete kurz, ehe sie ihm nachfuhr. Auf den nächsten Kilometern wechselten sie, Dorfer und Trichter sich mit der Verfolgung ab.

»Er biegt in eine Seitenstraße ein«, sagte Miriam schließlich. »Ich halte mich etwas zurück.«

Sie reduzierte ihre Geschwindigkeit. Es sprach viel dafür, dass sie sich ihrem Ziel näherten. Miriam bog in die Straße und sah den Wagen des Mannes nicht mehr. Hundert Meter vor ihr lag eine Sackgasse, deren Ende hinter einer Kurve lag. War er dort hineingefahren?

»Ich sehe ihn nicht mehr. Vermutlich ist er in eine Sackgasse abgebogen. Ich stelle das Auto am Straßenrand ab und überprüfe die Gegend zu Fuß.«

»Sei vorsichtig«, sagte Dorfer. »Wir folgen dir.«

»Bleibt erst mal in euren Wagen. Nicht, dass ich auf einen Trick reingefallen bin.«

Sie schaltete das Licht an ihrem Fahrzeug aus und manövrierte ihr Auto in eine Parklücke. Miriam lief in die kurze Sackgasse. Vier Häuser waren über diesen Teilabschnitt zu erreichen. Doch nirgends stand ein Wagen. Verwirrt schaute sie sich um.

Die Gebäude wirkten unbewohnt. Hinter den Fenstern und an den Türen brannte nirgends Licht. Eines der alten Häuser hatte eine Garage. War der Mann da reingefahren?

»Wir warten auf deine Statusmeldung«, sagte Dorfer.

»Der Wagen steht hier nicht«, erwiderte sie. »Am Ende der Sackgasse gibt es eine Garage. Darin könnte er geparkt haben. Ist für mich die einzige Erklärung. Aber wartet kurz.« Sie lief aus dem Abschnitt heraus und prüfte den Rest der Gegend. Es gab keine andere Möglichkeit für das Verschwinden des Fahrzeugs. »Ja«, sagte sie. »Er muss in der Garage stehen. Kommt her! Wir dürfen keine weitere Zeit verlieren.«

»Warte auf uns«, appellierte Dorfer. »Unternimm keinen Alleingang.«

65

Von der Garage führte ein direkter Zugang ins Haus. Vor dem Raum, in dem der Personenfahnder sein Ende finden würde, standen der Werkzeugkoffer und der Laptop. Er nahm den Koffer in die Hand und betrat den Nebenraum.

»Sieh mich ruhig an«, sagte er laut. Schlagartig blieb er stehen. Buchinger lag in der Nähe des Sideboards am Boden. Er atmete schwer. Offenbar hatte er versucht, den massiven Stuhl irgendwie zu zerstören, um sich aus seiner Gefangenschaft zu befreien. Egal, wie viel Zeit er gehabt hätte: Mit seiner geringen Bewegungsfreiheit war das Vorhaben von vornherein zum Scheitern verurteilt gewesen.

Der Mörder stellte den Werkzeugkoffer auf das Sideboard. »Ich bewundere dein Rückgrat«, sagte er. »Allein, dass du die Eier hattest, mich zu einer falschen Adresse zu schicken, nötigt mir Respekt ab. Leider wirst du dafür mit dem Tod bezahlen. Und es wird kein schneller Tod, das verspreche ich dir.«

Er zog seine Jacke aus und legte sie ebenfalls auf die Kommode. Aus der Seitentasche zückte er die Pistole, die er daneben platzierte. Dann packte er seinen Gefangenen an der Schulter und hob ächzend den Stuhl hoch. Der Personenfahnder starrte ihn feindselig an, sagte jedoch kein Wort.

»Ich frage mich bloß, warum du das getan hast.«

»Sie hatten von Anfang an vor, mich zu töten. Trotz der Maske und der Versprechungen.«

Der Mörder lächelte überheblich. »Kluges Kerlchen.

Aber es wäre schnell gegangen. Ein Kopfschuss, dann wäre alles vorbei gewesen. Jetzt zerquetsche ich dir jeden einzelnen Finger, zertrümmere deine Kniescheiben und ramme dir Nägel in den Körper. Keine Ahnung, wie lange du durchhältst.« Er trat an das Sideboard und öffnete den Werkzeugkasten. »Erst die Knie oder die Finger? Du darfst entscheiden.«

Der Gefangene antwortete nicht.

»Herrje, so wird das mit uns beiden nichts.« Er nahm den Hammer zur Hand. »Ich gebe dir eine letzte Chance auf einen friedlichen Tod. Verrat mir, wo du die Zeugin untergebracht hast. Allerdings musst du mir auch beweisen, dass du diesmal nicht lügst. Dann erschieße ich dich einfach nur. Ich schwöre dir, Wort zu halten. Wo ist sie?«

»Es tut mir leid, aber das kann ich Ihnen nicht beantworten. Sie hat mir ihr Leben anvertraut.«

»Du bist ein wirklich harter Hund. Meinen Respekt hast du dir verdient. Verabschiede dich von deiner linken Kniescheibe.«

Er führte den Hammerkopf an Buchingers Knie und beobachtete amüsiert, wie er zusammenzuckte, die Augen schloss und tief einatmete.

Der Mörder holte mit dem Hammer aus.

66

Trichter brachte aus seinem Auto einen Vorschlaghammer zur Haustür.

Dorfer schaute ihn überrascht an. »Hast du so etwas standardmäßig im Kofferraum liegen?«

»Nein. Ich habe bloß nach deinem Anruf nachgedacht und bin zum Ergebnis gekommen, dass wir uns eventuell irgendwo Zutritt verschaffen müssen. Türen einzutreten, gehört nicht zu meinen Standardfähigkeiten.«

»Großartig«, sagte Miriam. »Dann los.«

»Ich hoffe, die Tür ist so altersschwach, wie sie aussieht.« Trichter holte mit dem Hammer aus und schlug wuchtig auf das Schloss.

Die Tür wackelte.

»Nochmal!«, rief Miriam. Sie zog ihre Waffe.

Erneut schlug Trichter mit aller Gewalt zu. Diesmal flog die Tür auf. Im Haus hörten sie einen hohen Alarmton, der in den Ohren wehtat. Offenbar hatte der Mann den Zugang gegen Eindringlinge gesichert.

Trichter ließ den Vorschlaghammer fallen. Genau wie Dorfer zog er ebenfalls seine Waffe. Da der Lärm die Kommunikation erschwerte, gab Dorfer Handzeichen, wohin sich jeder von ihnen bewegen sollte.

67

Ein lautes Donnern aus dem Hausflur ließ den Mörder innehalten. Nur Sekundenbruchteile später sprang der Alarm an, mit dem er die Tür gesichert hatte.

Statt seine Zeit an Buchinger zu verschwenden, trat er an den Schrank, legte den Hammer beiseite und griff zur Pistole.

»Er hat eine Waffe«, schrie der Personenfahnder. »Seid vorsichtig!«

Der Mörder wog seine Handlungsoptionen ab. Je nachdem, wie viele Bullen ins Haus eingedrungen waren, boten sich ihm unterschiedliche Möglichkeiten.

Er zog sich hinter seinen Gefangenen zurück und ging in die Hocke. So verfügte er über einen lebendigen Schutzschild.

»Geben Sie auf!«, schrie Buchinger über den Lärm hinweg.

»Halt die Schnauze.«

Die geschlossene Tür flog auf. Keiner der Bullen war dumm genug, in sein Schussfeld zu laufen.

»Bist du okay?«, rief eine weibliche Stimme.

»Er hockt hinter mir und zielt mit der Waffe auf den Eingang.«

Am liebsten hätte der Mörder Buchinger erschossen. Doch tot war er als Schutzschild nicht zu gebrauchen.

»Geben Sie auf!«, rief eine männliche Stimme.

»Wir sind Ihnen klar überlegen«, behauptete eine dritte Person.

Seine Gedanken rasten. Drei zu eins. Der Personenfahnder war sein einziges Faustpfand. Wie wahrscheinlich war es, dass er drei Polizisten in einem Feuergefecht töten konnte? Zumal er kein Ersatzmagazin eingesteckt hatte. Er dachte an seine Auftraggeber. Falls er tatsächlich Polizisten erschießen würde, hätte er eine unsichtbare Grenze kilometerweit überschritten. Das könnten die Hintermänner nicht mehr korrigieren.

Würde ihm Gefahr im Gefängnis drohen? Er selbst hatte seinem Kontaktmann empfohlen, Velkow zu beseitigen. Der Bulgare war allerdings ein Anfänger. Er hingegen würde die Warnsignale deutlich wahrnehmen. Und dann sofort seinen Joker ausspielen.

»Geben Sie auf!«, schrie die Frau. »Weitere Einsatzkräfte sind gleich vor Ort. Sie haben keine Chance.«

»Okay«, antwortete der Mörder. »Ich ergebe mich.«

»Schieben Sie Ihre Waffe zur Tür.«

Er zögerte einen letzten Moment. Bislang konnten sie ihm nur die Entführung Buchingers zur Last legen. Der Doppelmord ließe sich ihm nicht nachweisen.

»Alles klar.« Er legte die Pistole auf den Boden und ließ sie in Richtung der Tür schlittern. Auf halbem Weg blieb sie liegen. »Die Waffe ist nicht mehr in meiner Reichweite.«

»Stimmt das, Till?«, fragte die Frau.

»Sie liegt zwei Meter vor der Tür.«

»Hat er noch eine andere Waffe?«

»Ich glaube nicht.«

68

Miriam betrat den Raum mit gezogener Pistole zuerst. Ihr Blick fiel auf Till. Unter seiner angeschwollenen Nase klebte verkrustetes Blut. Davon abgesehen, wirkte er einigermaßen unversehrt.

Dorfer trat vor und legte dem Mörder Handschellen an.

»Ich will mit meinem Anwalt Doktor Kessel sprechen«, forderte der Mann.

»Schön, dich zu sehen«, sagte Till zu Miriam. Er brachte ein Lächeln zustande.

Dorfer stellte sich mit dem Verhafteten in eine Ecke des Raums, damit Trichter ungehindert hinter Till treten konnte. Er nutzte seine eigenen Handschellenschlüssel, um ihn zu befreien.

Till streckte seine Arme nach vorne und rieb sich die Gelenke. Unterdessen hockte sich Miriam zu Boden und überprüfte die Fußfesseln. »Verdammt fest!«, sagte sie. »Hat jemand von euch ein Messer?«

»Im Werkzeugkoffer ist ein Teppichmesser«, mischte sich der Verhaftete ein. »Wenn Sie wollen, helfe ich Ihnen.«

»Halt die Schnauze!«, befahl Dorfer.

»Ich wollte nur helfen.«

Trichter schaute in den Werkzeugkasten. »Hier ist tatsächlich ein Teppichmesser.«

»Können wir das nutzen, ohne Spuren zu vernichten?«

»Er hat das Messer bisher nicht angerührt. Als ihr kamt, wollte er gerade mit dem Hammer meine Kniescheibe zertrümmern.«

»Ach, scheiß drauf.« Miriam erhob sich, zog Handschuhe aus ihrer Jacke und streifte sie über. Sie griff zum Messer und hockte sich erneut vor Till. »Ich bin ganz vorsichtig«, versprach sie. Behutsam durchtrennte sie mit der scharfen Klinge die Fesseln. »Steh langsam auf. Wahrscheinlich wird es dauern, bis dich deine Beine wieder tragen.« Sie streckte ihm die Hand entgegen

Unsicher erhob sich Till. Miriam stütze ihn und schaute ihm tief in die Augen. Am liebsten hätte sie ihn leidenschaftlich geküsst.

Während Till in einem Nebenraum seine Gliedmaßen massierte und Trichter den Verhafteten bewachte, kehrten Miriam und Dorfer zur Haustür zurück. Der Entführer hatte ihnen erklärt, wie man den Alarm ausschaltete.

»Er wird genau wie Velkow nichts ohne seinen Anwalt sagen«, befürchtete Dorfer. »Zum Glück haben wir Till gerettet, aber davon abgesehen, sind wir keinen Schritt weiter.«

»Ich hab eine Idee.«

»Erzähl!«

»Bring den Verhafteten ins Präsidium und verständige vorerst seinen Anwalt nicht.«

»Das ist gegen die Regeln.«

»Legen wir sie großzügig aus. Ich fahre unterdessen zu Tatjana Velkow und schaffe sie auch ins Präsidium. Wenn ich dir eine Nachricht schicke, stellst du unserem Häftling folgende Fragen.«

Aufmerksam hörte Dorfer zu.

69

Miriam parkte in der Garagenauffahrt. Sie formulierte die Nachricht an ihren Partner, die sie senden würde, sobald sie im Präsidium ankäme. Es war mittlerweile halb elf. Noch dürfte Tatjana Velkow nicht im Bett liegen. Das hoffte Miriam zumindest, denn die Frau würde wahrscheinlich eher kooperieren, wenn sie noch nicht bettfertig wäre.

Sie stieg aus und ging auf den Hauseingang zu. Zunächst klopfte sie an die Tür, dann drückte sie mehrere Sekunden die Klingel. Sie musste an Till denken. Die Gefangenschaft hatte ihn mitgenommen, doch war er körperlich einigermaßen unversehrt davongekommen. Wären sie nur wenige Augenblicke später aufgetaucht, stände ihm nun ein langwieriger Krankenhausaufenthalt bevor. Dafür sollten Emma Nehrigs Mörder und dessen Hintermänner bezahlen. Miriam würde nicht eher ruhen, bis sie alle Verantwortlichen zur Rechenschaft gezogen hatte.

Sie klopfte erneut energisch an die Tür. »Frau Velkow! Ihre Lieblingspolizistin möchte mit Ihnen sprechen.«

»Verschwinden Sie!«, erklang es gedämpft aus dem Hausflur.

»Das wäre nicht in Ihrem Interesse, und außerdem äußerst undankbar. Wir haben Ihnen vor knapp einer Stunde das Leben gerettet.«

Tatjana Velkow schloss die Tür auf und schaute nach draußen. »*Sie* haben *mein* Leben gerettet?«, fragte sie ungläubig.

»Und das Ihres Ehemanns auch.«

»Warum behaupten Sie so etwas? Das ist Unfug. Sie wollen mir nur Angst einjagen.«

Ja, dachte Miriam. *Und ich sehe in deinen Augen, dass es funktioniert.* »Es tut mir leid, Frau Velkow. Aber ich hatte es ja schon erwähnt. Sie und Nikolai werden inzwischen ganz offenbar als Sicherheitsrisiko angesehen. Anders kann ich mir die heutigen Ereignisse nicht erklären.«

»Was ist passiert?«

Nun kam es darauf an, die erfundene Geschichte möglichst glaubwürdig vorzutragen.

»Wir verfolgen seit Tagen Hinweise, dass jemand einen Auftragsmörder auf Sie und Ihren Mann angesetzt hat. Heute haben meine Leute, die Ihnen so lästig erscheinen, den Mann verhaftet.« Sie drehte sich um und deutete zur Straße. »Dreihundert Meter von Ihrem Hauseingang entfernt. Er hatte eine Pistole mit Schalldämpfer dabei. Sie waren sein erstes Ziel, aber wir haben Hinweise darauf, dass er anschließend Nikolai im Gefängnis ausschalten wollte.«

Tatjana Velkow wurde leichenblass. »Das glaube ich Ihnen nicht. Ich hab nichts von einem Polizeieinsatz mitbekommen.«

»Waren Sie gegen halb zehn draußen vor der Haustür?«

»Nein.«

»Ich möchte Sie nur um eine Sache bitten: Kommen Sie mit ins Präsidium. Wir verhören den Auftragsmörder gerade. Schauen Sie ihn sich durch einen Einwegspiegel an. Er kann Sie dabei nicht sehen. Ich will von Ihnen bloß wissen, ob Sie den Mann in den letzten Tagen gesehen haben. Er ist Ihnen gefolgt, aber ich schätze, er ist umsichtig vorgegangen.«

»Ich soll ihn identifizieren?«

»Sich ihn nur ansehen. Sie müssen nicht gegen ihn aussagen oder so etwas. Keine Sorge.«

Velkow zögerte. »Sollte ich lieber meinen Anwalt anrufen?«

»Dafür gibt es wirklich keinen Grund. Sagen Sie mir einfach, ob Sie ihn schon mal gesehen haben. Danach fahre ich Sie zurück.«

»Na gut. Warten Sie hier. Ich ziehe mir eine Jacke und Schuhe an.« Sie schloss die Tür.

Auf dem Weg ins Präsidium erzählte Miriam eine etwas ausführlichere Version der Geschichte. Sie behauptete, einen Mann observiert zu haben, der wahrscheinlich die erste Zeugin und ihren Ehemann hingerichtet hatte.

»Als Nächstes wollte er vermutlich die beiden anderen Zeuginnen aus dem Verkehr ziehen. Was ihm misslungen ist, da wir die Frauen mittlerweile rund um die Uhr beschützen. Nach einem Fehlschlag haben die Hintermänner offenbar beschlossen, dass es einfacher ist, Sie und Ihren Ehemann als Mitwisser auszuschalten.«

Velkow schaute aus dem Fenster. Ihr Schweigen passte Miriam gut in den Kram, denn ihre improvisierte Geschichte wies einige Logiklöcher auf. Dazu zählte die Frage, warum die Polizei den Auftragsmörder nicht schon früher verhaftet hatte, wenn sie so gut über ihn informiert war.

»Ich schätze übrigens, der Verhaftete wird genau wie Ihr Ehemann schweigen. Vermutlich wird er sogar nach Doktor Kessel fragen. Würde mich nicht wundern.«

Den Rest der Fahrt legten sie schweigend zurück. Als sie am Präsidium parkten, griff Miriam zu ihrem Handy. »Ich schicke meinem Partner eine Nachricht, damit der Nebenraum zum Vernehmungszimmer für Sie vorbereitet ist.« Sie versandte die vorformulierte Mitteilung. »Fertig.«

Gemeinsam betraten sie das Gebäude.

»Hier entlang«, sagte sie und führte Velkow durch die verschiedenen Gänge. Vor dem Nebenraum blieb sie stehen. »Der Mann kann uns weder sehen noch hören. Es geht mir nur darum, ob er Ihnen schon mal aufgefallen ist. Mehr wollen wir nicht wissen.«

Sie klopfte kurz an die Tür des Vernehmungsraums. Das war das vereinbarte Zeichen. Danach betrat sie das Nebenzimmer, in dem bereits Licht brannte. Sie beobachtete Velkow, die den Verhafteten anstarrte.

»Den kenne ich nicht«, hauchte sie.

»Sie hätten die Frau getötet«, sagte Dorfer soeben im Vernehmungsraum, »wenn wir Sie nicht rechtzeitig aufgehalten hätten. Oder wollen Sie das abstreiten?«

Miriam sah den arroganten Blick, mit dem der Verhaftete Dorfer musterte.

»Ohne meinen Anwalt Doktor Kessel sage ich nichts.«

»Und danach hätten Sie den Gefangenen getötet. Oder irre ich mich da?«

»Ohne meinen Anwalt Doktor Kessel sage ich nichts«, wiederholte der Gefangene gelangweilt.

Innerlich ballte Miriam triumphierend ihre Faust. *Perfekt!*, dachte sie.

70

Miriam fasste Tatjana Velkow sanft am Arm. »Kommen Sie. Unterhalten wir uns in meinem Büro.«

Velkow reagierte nicht. Sie starrte auf den Verhafteten, den sie für jemanden hielt, der sie hatte töten sollen. Miriam ging einen Schritt auf die Tür zu, und Velkow folgte ihr. Als sie den Nebenraum des Vernehmungszimmers verließen, atmete Miriam innerlich durch. Bislang war ihr Plan aufgegangen. Doch sie war noch lange nicht auf der Ziellinie. So viel konnte in den nächsten Minuten schiefgehen.

In aller Ruhe führte sie die Ehefrau des Mörders in ihr Büro.

»Setzen Sie sich.« Miriam zeigte auf einen der Besucherstühle. »Möchten Sie ein Glas Wasser oder lieber …«

»Wasser wäre gut.«

Miriam griff zu einer geschlossenen Flasche, öffnete sie und schenkte ihnen ein. Tatjana Velkow trank einen Schluck und umklammerte anschließend das Glas so fest mit beiden Händen, als suchte sie irgendwo Halt. Mit leerem Blick starrte sie auf Miriams Schreibtisch.

»Ich verstehe das nicht«, sagte sie leise. »Wie können die das wagen? Nikolai hat mir versichert, dass uns einflussreiche Leute schützen. Sie schulden ihm etwas.«

»Frau Velkow, Ihr Mann hat sich auf eine Sache eingelassen, die mindestens zwei Nummern zu groß für ihn ist. Er ist kein Auftragsmörder. Seine bisherigen Straftaten gingen in eine ganz andere Richtung.«

Sie nickte. »Ich weiß. Mit mir hat er vorher nicht über

sein Vorhaben gesprochen. Ich hätte es ihm ausgeredet. Das müssen Sie mir glauben.«

»Davon bin ich überzeugt.«

Velkow schaute ihr in die Augen und lächelte dankbar.

»Inwieweit hat Nikolai Sie eingeweiht? Kennen Sie den Namen des Auftraggebers? Je eher wir die Hintermänner verhaften, desto früher sind Sie und Ihr Mann in Sicherheit.«

»Er hat von hochrangigen Polizisten gesprochen. Einen Namen hat er nie genannt. Tut mir leid.«

»Erzählen Sie mir von dem Anruf, den Sie letzten Mittwoch kurz vor Feierabend erhalten haben. Den mit der unterdrückten Rufnummer.«

Zum ersten Mal packte Velkow ausführlich aus. Sie gab Einzelheiten preis, die sich mit dem deckten, was Miriam und ihr Partner herausgefunden oder zumindest vermutet hatten.

»Also haben Sie Ihrem Mann ein falsches Alibi gegeben«, stellte Miriam fest.

Velkow reagierte nicht.

»Ich kann Ihnen nur helfen, wenn Sie mit offenen Karten spielen.«

»Falls ich das zugebe, schade ich Nikolai. Er ist mein Mann.«

»Ich sehe für ihn nur eine Chance, einigermaßen unbeschadet aus der Sache herauszukommen. Er muss vollumfänglich aussagen. Wenn er dabei hilft, alles aufzuklären, wirkt sich das strafmildernd aus.«

»Aber er kommt nicht frei?«

»Frau Velkow, Nikolai hat einen Menschen erschossen. Das würde normalerweise lebenslänglich bedeuten. Vielleicht sogar mit anschließender Sicherheitsverwahrung, da es ein Auftragsmord war. Kaltblütiger geht es nicht. Kooperation ist für Sie beide die einzige Chance.«

Velkow schwieg eine Weile und nippte am Wasser.

»Sprechen Sie bitte noch heute Nacht mit Nikolai«, fügte Miriam hinzu.

»Heute Nacht? Wie soll das gehen? Die Besuchszeit im Gefängnis …«

»Wir fahren jetzt gemeinsam dorthin. Egal, wie spät es ist, ich veranlasse, dass Ihr Mann in den Besuchsraum gebracht wird.«

»Meinetwegen«, sagte Velkow leise.

Zunächst kehrte Miriam noch einmal zum Vernehmungszimmer zurück. Tatjana Velkow begleitete sie.

»Warten Sie bitte hier«, sagte Miriam einige Schritte vor dem Raum. »Ich muss meinem Partner kurz Bescheid sagen.«

Velkow blieb stehen. Sie ließ den Kopf hängen und starrte zu Boden.

Miriam klopfte dreimal an die Tür. Es dauerte nicht lange, bis Dorfer nach draußen trat. Flüsternd informierte sie ihn über die Fortschritte, die sie bei dem Gespräch erzielt hatte.

»Ich fahre jetzt mit ihr ins Gefängnis. Ihr Mann wird sich kaum so kooperativ wie sie verhalten. Ich bin sogar ziemlich sicher, dass er mit Kessel sprechen will.«

»Davon ist auszugehen«, erwiderte Dorfer.

»Ich schalte auf meinem Handy die Rufnummernübermittlung aus und gebe es ihm, damit er ihn anrufen kann. In der Zwischenzeit musst du dafür sorgen, dass Kessel herkommt und im Vernehmungsraum neben seinem neuen Mandanten sitzt.«

»Was bringt uns das?«

»Er wird einen Anruf mit unterdrückter Rufnummer sehen. Ich bin sicher, unsere mysteriösen Drahtzieher rufen ebenfalls nur mit unterdrückter Nummer an. Sobald sein Handy klingelt, musst du den Verhafteten mit Vorwürfen bombardieren. Kessel darf keine Zeit haben, den Anruf entgegenzunehmen. Das wird ihm nicht koscher vorkommen, aber er kann ja nicht zurückrufen.«

»Vertrauen wir darauf, dass dein Plan aufgeht. Ich gebe hier mein Bestes.«

71

Nikolai Velkow blieb wie vom Blitz getroffen auf der Türschwelle stehen, als er Miriam in Begleitung seiner Frau erblickte.

»Gehen Sie weiter.« Der Vollzugsbeamte legte die Hand auf Velkows Schulter.

»Tatjana, ist was passiert?«

»Setzen Sie sich am besten«, schlug Miriam vor und deutete auf den Platz neben seiner Ehefrau.

Zögerlich folgte er der Aufforderung.

»Brauchen Sie mich?«, fragte der Beamte.

»Nein. Sie können draußen warten. Ich danke Ihnen.« Miriam lächelte dem Mann freundlich zu.

»Was machst du hier in Begleitung dieser … Frau?«, erkundigte sich Nikolai Velkow. »Was hat das zu bedeuten?«

»Es ist nichts passiert«, erklärte Miriam. »Weil wir es im letzten Moment verhindert haben.«

»Was heißt das?«

»Ein Auftragsmörder war auf dem Weg zu Ihrer Frau.« Miriam agierte am Rand dessen, was Polizisten erlaubt war. Vielleicht sogar ein Stück darüber hinaus. Gegen Tatjana Velkow wurde nicht ermittelt. Insofern hatte die Behauptung, den Auftragsmörder vor ihrem Haus verhaftet zu haben, nicht dieselbe Relevanz, als wenn sie das Velkow gegenüber behauptet hätte. Sie würde ihre Worte gut abwägen.

»Schwachsinn!« Der Inhaftierte lachte spöttisch und wandte sich seiner Ehefrau zu. »Du hast das doch hoffentlich nicht geglaubt?«

»Ich hab den Mörder gesehen. Im Vernehmungsraum«, antwortete sie leise. »Er hat es nicht abgestritten.«

»Was hat er nicht abgestritten?«

»Dass er mich töten wollte und sich danach auch um dich gekümmert hätte.«

»Schwachsinn!«, wiederholte er.

»Nikolai, es ist wahr. Oder glaubst du, ich kann meinen Ohren nicht trauen?«

»Das ist ausgeschlossen. Irgendein billiger Trick. Wahrscheinlich ein Schauspieler, den die Bullen dafür bezahlt haben.«

Tatjana Velkow runzelte die Stirn und schaute verunsichert zu Miriam. Die schüttelte den Kopf.

»Ich kann verstehen, warum Sie das glauben«, sagte sie. »Aber Frau Velkow, Sie haben ihn gesehen.«

»Das stimmt. Er hat nach Kessel verlangt. Woher hätte ein Schauspieler …«

»Fantastische Idee, die dieser mutmaßlich festgenommene Auftragsmörder da hatte. Ich will sofort mit Doktor Kessel reden. Der wird meine Vermutung bestätigen.«

»Und Sie glauben, Sie erreichen ihn mitten in der Nacht?«, fragte Miriam.

»Er hat mir versichert, er ist jederzeit für mich zu sprechen.«

»Tut mir leid«, erwiderte Miriam. »Ich habe seine Telefonnummer nicht parat. Keine Ahnung, wie Sie ihn kontaktieren wollen.«

Velkow lächelte arrogant. »Billiger Trick. Ich hab seine Rufnummer auswendig gelernt.«

»Wundervoll«, erwiderte Miriam gelassen. Sie angelte ihr Handy aus der Jackentasche und entsperrte das Display mit ihrem Fingerabdruck. »Dann nehmen Sie mein Telefon.«

Velkows arroganter Gesichtsausdruck fiel in sich zusammen. Zögerlich griff er nach dem Smartphone und gab die Nummer des Anwalts ein. Innerlich zitterte Miriam. Hoffentlich konnte Bastian seinen Teil des Plans umsetzen. Sie hörte das Freizeichen. Mit jeder Sekunde stiegen ihre Hoffnung und Furcht zugleich. Wann sprang endlich die Mailbox an? Oder hatte Kessel keine eingerichtet?

Nach einer halben Minute erlöste die aufgezeichnete Computerstimme Miriam.

»Ja, äh, hallo Doktor Kessel, hier spricht Nikolai Velkow. Ich … warum erreiche ich Sie gerade nicht?«

»Ich kann es Ihnen erklären«, flüsterte Miriam.

Velkow nahm das Telefon vom Ohr und trennte die Verbindung. Er schob das Handy Miriam zu. Die steckte es zurück in die Jackentasche und schaltete es dabei heimlich aus.

»Was können Sie mir erklären?«, fragte er verunsichert.

»Wahrscheinlich war schon heute Nacht ein Mordanschlag auf Sie geplant. Spätestens morgen, nachdem der Auftragskiller Ihre Frau getötet hätte. Deswegen stellt sich Kessel tot. Er will mit Ihnen nichts mehr zu tun haben. Stattdessen versucht er, den Mörder aus dem Präsidium freizubekommen, damit er sein Werk vollenden kann.«

»Das ist unmöglich. Was sollte das bezwecken?«

»Sie sind für Ihre Auftraggeber zu einem Sicherheitsrisiko geworden. Wir lassen die beiden Zeuginnen rund um die Uhr beschützen. Es ist ausgeschlossen, sie vor Prozessbeginn auszuschalten. Ihnen wurde bestimmt versichert, dass es zu keinem Verfahren kommt, weil es keine Zeugen mehr geben wird. Hab ich recht? Tja, da haben sich Ihre Auftraggeber geirrt. Trotzdem wollen sie den Prozess unbedingt verhindern. Und das geht nur noch, indem sie Sie beiseiteschaffen.«

Sichtlich verunsichert stand Velkow auf und lief ein paar Schritte durch den Raum, ehe er sich wieder setzte und seine Frau ansah.

»Was hast du gehört? Erinnerst du dich an den Wortlaut, den der verhaftete Kerl gesagt hat?«

»Zuerst wollte der Polizist, der ihn verhört hat, wissen, ob er mich getötet hätte, wenn die Polizei ihn nicht aufgehalten hätte.«

Miriam triumphierte innerlich. Tatjana hatte die Formulierung wirklich auf sich bezogen.

»Wie hat er darauf reagiert?«, fragte Velkow.

»Er wollte ohne seinen Anwalt Doktor Kessel nichts sagen.«

»Scheiße!«, fluchte Velkow. »Und dann?«

»Der Polizist wollte wissen, ob er sich danach um den Gefangenen gekümmert hätte. Also um dich. Darauf hat er wieder nur geantwortet, dass er seinen Anwalt dabeihaben will.«

»Was für ein verfluchter Mist.« Velkow suchte Miriams Blick.

»Es tut mir leid«, sagte Miriam. »Wahrscheinlich haben Ihre Auftraggeber Ihnen zu viel versprochen. Glauben Sie mir. Sobald für sie auch nur das kleinste Risiko auftaucht, fühlen sie sich nicht mehr an ihre Versprechen gebunden. Ich sehe für Sie nur eine Chance. Sie müssen vollumfänglich kooperieren. Dann können wir Sie und Ihre Ehefrau beschützen.«

»Werde ich verurteilt?«, fragte Velkow.

»Ich kann Ihnen keine Straffreiheit zusichern. Nicht bei dem Tatbestand Mord. Aber ich versichere Ihnen, wenn Sie uns helfen, die Hintermänner zu verhaften, wird das strafmildernd berücksichtigt. Ich würde mich vor Gericht für Sie einsetzen. Dem Richter erzählen, was heute vorgefallen ist. Das wird die Haftstrafe deutlich verkürzen.«

Velkow wich ihrem Blick aus. Seufzend schaute er erst zur Decke und dann zu seiner Ehefrau. Selbst ihrem Blickkontakt hielt er nicht lange stand.

»Ihre Frau wird erst wieder in Sicherheit sein, wenn wir die Hintermänner verhaftet haben«, fuhr Miriam fort.

Velkow wischte sich übers Gesicht. Noch einmal seufzte er.

72

Ein Sanitäter hatte Till vor Ort untersucht und ihm bestätigt, dass die Nase nicht gebrochen war. Der Notarzt hatte ihm die Nase bandagiert, ihm eine Schachtel mit starken Schmerztabletten gegeben und dann nach Hause entlassen, mit dem Rat, in den nächsten Tagen den Hausarzt aufzusuchen – vor allem, falls das Gesicht weiterhin schmerzte.

Um sich nicht durch das Medikament außer Gefecht zu setzen, verzichtete Till auf die Einnahme. Er fuhr mit einem Taxi nach Hause und griff auf ein schwächeres Mittel zurück, das er im Medizinschrank lagerte.

Eine Stunde später fragte er sich allerdings, ob er die richtige Wahl getroffen hatte. Die Nase pochte, und die Schmerzen strahlten ins Gesicht ab.

Um sich abzulenken, dachte er an seine Gefangenschaft zurück. Hatte ihm sein Entführer versehentlich ein Detail verraten, mit dem er Miriam weiterhelfen könnte? Er rekapitulierte die Gespräche, ohne einen zündenden Einfall zu haben. Ihm fielen die Kameras ein, die er in der Ferienunterkunft platziert hatte. Vielleicht förderten die Bilder interessante Details zutage.

Till startete seinen Laptop und loggte sich in das Programm ein, mit dem er die Aufnahmen sichten konnte.

Er spulte bis zu der Stelle vor, an der der Maskierte die Wohnung betrat, und ließ das Video in normaler Geschwindigkeit weiterlaufen.

Der Mann sah sich im Schein der Taschenlampe um und überprüfte zuerst den Türrahmen. Wahrscheinlich hielt er nach Sensoren Ausschau. Dann leuchtete er die verschlossenen Zimmertüren an, ehe er sich noch einmal umdrehte und vermutlich die Kamera suchte. In diesem Moment leuchtete an der Armbanduhr des Maskierten ein Symbol auf. Er schaute kurz darauf, ehe er die Zimmer nacheinander inspizierte und die Wohnung wieder verließ.

Till spulte zurück. Die Auflösung der Kamera war zu schlecht, um zu erkennen, welches Symbol auf der Uhr aufleuchtete. Doch die Form des viereckigen Gehäuses verriet ihm zumindest eine wichtige Information. Der Mann trug eine Smartwatch.

Was hatte sie aktiviert? Beglückwünschte die Uhr ihren Träger dazu, an diesem Tag genügend Schritte zurückgelegt oder genug Menschen gefoltert zu haben? Oder hatte er eine wichtige Mitteilung erhalten?

Till wählte Miriams Handynummer, landete allerdings direkt auf der Mailbox. Statt ihr eine Nachricht zu hinterlassen, versuchte er es bei Dorfer.

»Hallo, Till«, begrüßte der ihn.

»Ich hab Miriam nicht erreicht. Hast du einen Moment Zeit?«

»Miriam ist im Gefängnis bei Velkow und will ihn zur Kooperation bewegen. Was gibt's?«

»Hatte mein Folterknecht ein Handy bei seiner Verhaftung dabei?«

»Leider nicht«, sagte Dorfer. »Das wäre für uns eine wichtige Informationsquelle. Aber weder in seiner Kleidung noch im Auto haben wir ein Telefon gefunden.«

»Wie sieht es mit einer Smartwatch aus? Ich hab mir das Videomaterial aus der Ferienunterkunft angesehen. Kaum hat er die Wohnung betreten, leuchtete plötzlich seine Uhr auf, und er hat draufgeschaut. Der Grund ist möglicherweise harmlos, aber … Es gibt Uhren, die funktionieren mit einer elektronischen SIM. Damit kann man Nachrichten empfangen, ohne die Uhr mit einem Handy zu koppeln.«

»Das werde ich überprüfen. Falls er die Smartwatch bei der Verhaftung noch getragen hat, haben die Kollegen sie ihm abgenommen.«

»Kennst du dich mit solchen Uhren aus? Er hat das viereckige Modell von …«

»Ich benutze selbst eine. Ich weiß, wie man nach eingegangenen Nachrichten sucht. Ich kümmere mich darum.«

»Danke.«

»Was macht deine Nase?«

»Pocht höllisch.«

»Trotz des Schmerzmittels, das dir der Sanitäter gegeben hat?«

»Ich habe erst mal ein leichteres Medikament ausprobiert. War wohl ein Fehler.«

Dorfer seufzte. »Du warst heute heldenhaft genug. Schluck das richtige Mittel, und leg dich ins Bett. Miriam und ich werden noch lange beschäftigt sein.«

»Mach ich. Sagst du ihr, dass ich angerufen habe und jetzt versuche zu schlafen?«

»Ausnahmsweise. Erhol' dich gut.«

73

Miriam schaltete ihr Handy wieder ein, aktivierte allerdings den Offline-Modus. Sie benötigte nur die Diktierfunktion und wollte sich nicht von eingehenden Nachrichten oder Anrufen ablenken lassen.

»Erzählen Sie von Anfang an«, sagte Miriam zu dem Gefangenen. Sie startete die Aufnahme. »Wie haben Sie den Auftrag erhalten, Yannik Anapak zu töten?«

»Es fing mit einem Anruf mit unterdrückter Rufnummer an«, erinnerte sich Velkow. »Fast wäre ich nicht rangegangen, aber letztlich hat die Neugier gesiegt.«

»Wer hat sich bei Ihnen gemeldet?«

»Ein Mann, der seinen Namen nicht sagen wollte. Er fragte mich, ob ich noch immer allergisch auf Leute reagiere, die Kinderpornografie herstellen und vertreiben.«

Miriam erinnerte sich an Velkows Akte. Er hatte während einer Haftstrafe einen Mithäftling übel zugerichtet, der wegen Handels mit Kinderpornografie eingesessen hatte. Das hatte Velkow zusätzliche Zeit hinter Gittern eingebrockt.

»Sie sprechen auf den Vorfall während Ihrer Inhaftierung an«, vergewisserte sie sich.

»Bei diesem Abschaum werde ich rasend vor Wut. Da setzt es in meinem Kopf aus.« Er seufzte. »Ich ahnte schon damals, dass der Anrufer Zugriff auf meine Gefängnisakten haben musste. Polizei oder Staatsanwaltschaft.« Velkow zuckte mit den Schultern. »Ich antwortete, solche Männer abgrundtief zu hassen. Darauf sagte der Unbekannte nur, er würde sich in genau achtundvierzig Stunden wieder melden, um mir ein Angebot zu unterbreiten. Danach ging mir das Telefonat nicht mehr aus dem Kopf. Ich malte mir aus, was es zu bedeuten hatte. Wie vereinbart meldete sich der Mann bei mir. Pünktlich auf die Minute. Er behauptete, Polizist zu sein. Ich fragte, was ein Bulle von mir wolle. Er erzählte von einer Ermittlung gegen einen Kinderpornoring, bei dem ein Verdächtiger identifiziert worden sei. Leider hätte die Person sich mit einem juristischen Trick der Verhaftung entzogen. Doch er könne es nicht ertragen, ein solches Individuum ungestraft davonkommen zu lassen. Der Anrufer sagte, ich könnte einhundertfünfzigtausend Euro verdienen, wenn ich mich um ihn kümmern würde. Falls ich Interesse hätte, sollte ich ihn in genau vierundzwanzig Stunden treffen. Er nannte den Treffpunkt und beendete das Telefonat. Ich überlegte wild hin und her. Die Summe war verlockend, und dieser Widerling hätte nichts anderes verdient. Aber natürlich hatte ich Angst, auf einen Trick reinzufallen. Außerdem wusste ich nicht, ob ich zu einem Mord in der Lage wäre. Ich hab überlegt, Tatjana davon zu erzählen, hab mich aber dagegen entschieden. Ich kannte ihre Antwort.«

Velkow schaute seine Frau entschuldigend an.

»Allerdings!«, sagte sie beleidigt.

»Ich fuhr am nächsten Tag zum Hafen und traf mich mit dem Mann. Der hatte eine Einkaufstasche dabei. In der steckten fünfzigtausend als Anzahlung und eine Pistole mit Schalldämpfer. Ich wollte von ihm wissen, wie er heißt. Ohne zu zögern, nannte er mir seinen Namen und Dienstgrad. Polizeirat Vincent Waidner.«

Den Namen ihres Chefs zu hören, schockierte Miriam weniger, als sie es vor einigen Wochen für möglich gehalten hätte.

»Ich bat ihn, sich zu identifizieren. Er zeigte mir seinen Dienstausweis. Dann redeten wir. Er nannte mir den Namen des Mistkerls, den ich aus dem Weg räumen müsste. Anschließend sollte ich mit dessen Schlüssel in seine Wohnung und die Festplatte ausbauen. Die sollte ich Waidner bringen, danach würde mir die restliche Summe zukommen. Ich würde gern behaupten, mich hätte der Gedanke an einen Mord abgeschreckt. Leider kann ich das nicht. Tatjana und ich konnten das Geld gebrauchen …«

»Hör auf, mich da reinzuziehen!«, brüllte sie wütend.

Ihr Ehemann zuckte erschrocken zusammen.

»Wir hatten ein gutes Leben, und du hast alles kaputt gemacht.«

»Entschuldige«, flüsterte er. Er griff nach ihrer Hand, die sie jedoch wegzog.

»So leicht kann ich dir nicht verzeihen.«

»Wie ging es weiter?«, fragte Miriam.

»Der Polizeirat sagte mir, man würde Anapak kontaktieren, um ein fingiertes Treffen zu vereinbaren. Zur Übergabe von Pornomaterial. Ich sollte dort auftauchen, ihn erschießen und seinen Schlüsselbund an mich bringen. Wir liefen am Hafen entlang, Waidner redete auf mich ein und überzeugte mich schließlich. Ich nahm die Tasche an mich. Schon am nächsten Tag erhielt ich den Anruf. Es war wieder Waidner, der mir den Parkplatz am Fährdamm nannte. Ich fuhr zur vereinbarten Zeit hin, und da wartete tatsächlich jemand auf mich. Es war so leicht. Ich habe in ihm nur ein dreckiges Schwein gesehen, das mit dem Leid unschuldiger Kinder Geld verdient. Nach dem Schuss hatte ich dann plötzlich Panik. Ich bin ausgestiegen, hab ihn abgeklopft und seinen Schlüsselbund gefunden. Danach bin ich schleunigst abgehauen.«

»Ohne darauf zu achten, ob es Zeugen gab«, sagte Miriam.

Velkow nickte. »Was hätte ich auch tun sollen? Hätte ich die Frauen bemerkt, hätte ich sie unmöglich beseitigen können. Das müssen Sie mir glauben.«

»Wie ging es dann weiter?«

»Ich bin zu seiner Wohnung, hab dort einen Laptop und einen normalen PC gefunden. Den hab ich aufgeschraubt und die Festplatte entfernt. Den Laptop nahm ich mit. Danach bin ich zu einem vereinbarten Treffpunkt gefahren, wo Waidner auf mich wartete. Ich gab ihm Laptop, Festplatte und die benutzte Pistole, um die er sich kümmern wollte. Anschließend bin ich nach Hause. Die restliche Summe sollte ich nach zwei Wochen bekommen.«

»Was haben Sie mit der Anzahlung gemacht?«

»In unserem Haus versteckt.«

Tatjana Velkow sah ihren Mann überrascht an. »Wo?«

»Im Schlafzimmer, in einem der Bettpfosten. Man kann die Abdeckung aufhebeln, der Hohlraum ist groß genug für so viel Geld.«

»Ich hab die ganze Zeit neben diesem Blutgeld geschlafen? Bist du bescheuert?«

»Ich habe das für uns getan.«

»Hast du nicht.«

»Liebling …«

»Nenn mich nicht so.« Tatjana schaute Miriam an. »Ich wusste davon nichts«, beteuerte sie.

Miriam glaubte ihr. »Am nächsten Tag hat jemand Ihre Frau angerufen und vor der Überwachung gewarnt.«

»Und ich hab meine Flucht vorgetäuscht. Als Sie mich verhafteten, kamen mir die ersten Zweifel. Andererseits schien mir die Sache noch immer wasserdicht zu sein. Denn ich hatte die Unterstützung eines hochrangigen Polizisten, der mir den besten Strafverteidiger der Stadt besorgte. Meine Mitgefangenen wurden blass vor Neid, als sie hörten, wer mich vertritt. Sie sind überzeugt, dass er mich trotz der Zeuginnen raushaut.«

Miriam stoppte die Handy-Aufnahme. »Stattdessen will er jetzt Sie aus dem Weg räumen.«

»Ich kann's nicht glauben«, sagte Velkow verbittert.

»Ich bespreche mich mit den diensthabenden Vollzugsbeamten. Sie kommen in Schutzhaft, bis wir Ihren Auftraggeber und seine Komplizen verhaftet haben.«

»Hat Waidner Komplizen?«, vergewisserte sich Velkow.

Miriam dachte sofort an Verlaat und dessen Partner Knost. »Vermutlich. Sobald Sie hier geschützt sind, fahre ich Ihre Ehefrau nach Hause und nehme das Geld an mich. In welchem Bettpfosten steckt es?«

»An der Kopfseite meiner Hälfte«, sagte er.

»Das verzeihe ich dir nie«, flüsterte seine Ehefrau.

»Baby, ich habe das für unsere Zukunft …«

»Halt den Mund!«, fuhr sie ihn an.

Velkow wandte sich wieder an Miriam. »Ist meine Frau zu Hause überhaupt sicher? Was ist, wenn Waidner einen zweiten Killer auf sie ansetzt?«

»Das wird nicht passieren. Wir lassen Ihr Haus noch immer observieren. Und so schnell kann niemand einen Ersatzmann besorgen.«

»Sind Sie sicher?«

Miriam nickte. Sie sah Velkow an, dass er ihr nicht alles abgekauft hatte. Es wurde Zeit, das Gefängnis zu verlassen.

74

Zwei Stunden später kehrte Miriam ins Präsidium zurück. Sie hatte bereits mehrfach kurz mit Dorfer telefoniert. In ihrem Büro schlossen sie die Tür und kamen endlich dazu, sich ausführlich auszutauschen.

»Das passt zu dem, was ich mit Tills Hilfe herausgefunden habe«, sagte er. »Till hat auf dem Video aus der Ferienunterkunft ein wichtiges Detail entdeckt.« Er erzählte ihr von der Smartwatch. »Ich hab sie geprüft. Der Verhaftete hat eine Nachricht erhalten, in der jemand ihn fragt, ob er die Adresse ermittelt hätte. Die Nachricht enthielt eine Handynummer. Und nun darfst du raten, wem der Account des Prepaidhandys gehört.«

»Waidner?«

»So sieht's aus. Ein privates Handy, das nicht zu unserer Dienststelle gehört.«

»Dieser Mistkerl!«, fluchte sie. »Was machen wir jetzt?«

»Er will morgen früh garantiert wissen, was wir in Erfahrung gebracht haben. Dass er nichts mehr von dem engagierten Killer hört, wird ihn verunsichern.«

»Und wenn wir ihn mit unserem Wissen konfrontieren? Jetzt, mitten in der Nacht? Bei ihm zu Hause, vor seiner Frau?«

Dorfer nickte nachdenklich. »Bist du noch fit genug für einen solchen Überfall?«

»Du kannst dir nicht vorstellen, wie viel Adrenalin in mir fließt. Der Penner hätte Tills Tod in Kauf genommen.«

»Wir sollten Trichter zur Verstärkung mitnehmen.«

Polizeirat Waidner wohnte in einem Einfamilienhaus im Stadtteil Wellingsbüttel. Um halb fünf morgens fuhren Miriam und Dorfer auf sein Grundstück. Trichter folgte ihnen in seinem Privatwagen. Gemeinsam stiegen sie aus und gingen auf die Haustür zu. Ein Bewegungsmelder aktivierte sich und beleuchtete die letzten Meter des Kiesweges zum Eingang. Ansonsten brannte hinter keinem Fenster Licht.

Dorfer klingelte Sturm. Trichter trat unterdessen wieder zurück, um sich einen Gesamtüberblick zu verschaffen.

»Jetzt regt sich was«, sagte er nach ein paar Sekunden.

In einem Raum der oberen Etage öffnete sich eine Tür. Waidner, der nur einen Schlafanzug trug, schaute zu ihnen hinaus, streckte einen Zeigefinger hoch und verschwand wieder aus ihrem Blickfeld. Es dauerte knapp drei Minuten, bis er vollständig angezogen an der Haustür erschien.

»Was wollen Sie mitten in der Nacht hier?«, wunderte er sich. »Neue Entwicklungen hätten Sie mir auch telefonisch mitteilen können.«

»Das hier funktioniert nicht am Telefon«, entgegnete Miriam. »Ich muss Ihnen eine Tondatei vorspielen. Wo sind wir ungestört?«

»Im Arbeitszimmer. Kommen Sie rein.« Er wandte sich Trichter zu. »Was machen Sie eigentlich hier? Meines Wissens arbeiten Sie doch gar nicht an dem Fall.«

»Wir haben ihn auf unsere Verantwortung hinzugezogen«, erklärte Dorfer. »Zur Absicherung.«

»Wofür?«

»Wollten wir nicht in Ihr Arbeitszimmer?«, fragte Miriam.

Waidner ging vor und führte sie in einen mit dunklen, massiven Möbeln ausstaffierten Raum. An den Wänden standen Bücherregale voller Fachliteratur. Ein Kamin unterstrich den Eindruck, dass es sich eher um ein Bibliothekszimmer handelte. Die zwei bodentiefen Fenster lockerten den Raum auf. Waidner setzte sich hinter den Schreibtisch, auf dem ein All-in-one-Computer mit großem Bildschirm thronte.

»Was hat es mit dieser Tondatei auf sich?«

Miriam zog ihr Handy aus der Jackentasche. »Ich habe die Datei in einem Backup gespeichert. Sie ist also vor einem versehentlichen Löschen gesichert.«

Sie startete die Aufnahme. In den Folgeminuten ließ sie Waidner nicht aus den Augen. Der Mann hielt sich nach einer Weile die Hand vor den Mund, als wollte er sich selbst daran hindern, etwas zu sagen.

»Warum?«, fragte Dorfer schließlich.

Waidner senkte die Hand. »Wer weiß davon?«

»Wenn uns ein Unglück zustoßen sollte, haben wir uns abgesichert«, erwiderte Miriam.

»Sie wissen nicht, mit wem Sie sich da anlegen. Dieses Geständnis muss verschwinden.«

»Sie streiten es also noch nicht einmal ab«, sagte Trichter.

Waidners Blick huschte zwischen ihnen hin und her. Er sackte in sich zusammen und schien seine Niederlage zu akzeptieren. Trotzdem schwieg er lange.

Miriam wartete geduldig. Waidner würde reden, davon war sie überzeugt. Und tatsächlich behielt sie recht.

»Die erpressen mich«, flüsterte Waidner leise. »Sie haben Videomaterial, das meinen minderjährigen Sohn beim Drogenkonsum zeigt. Er ist sechzehn. Wissen Sie, was es für meine Karriere bedeutet, wenn das herauskäme? Und für seine Zukunft? Dass ich jemals dazu gezwungen sein würde, jemandem eine Waffe für einen Mord zu übergeben, konnte ich nicht ahnen. Es tut mir leid.«

»Sie müssen uns alles erzählen.« Miriam startete eine neue Tonaufnahme. »Wer erpresst Sie?«

»Verlaat und Knost sind die Drahtzieher. Es stecken noch vier andere hochrangige Polizisten des LKA dahinter. Die haben einen Erpresserring aufgebaut.«

»Nennen Sie uns die Namen«, forderte Dorfer.

Zögerlich gab Waidner ihnen die Information.

»Und was heißt Erpresserring?«, wollte Trichter wissen.

»Die haben sich auf hochrangige Persönlichkeiten eingeschossen, deren Kinder sie in kompromittierende Situationen bringen. Wenn ein 18-Jähriger aus einflussreichem Haus Sex mit einer Minderjährigen hat und dabei gefilmt wird, haben die Erpresser die Eltern in der Hand. Den Skandal und die strafrechtlichen Folgen wollen sie alle vermeiden. Keine Ahnung, woher die Erpresser immer an die Minderjährigen kommen, die sie als Lockvögel einsetzen.«

Miriam dachte sofort an den Film, den Anapak ins Darknet gestellt hatte. Darauf würde sie später zurückkommen.

»Nicht viel besser ist es, wenn eins der Kinder harte Drogen nimmt«, fuhr Waidner fort. »So wie mein Sohn. Eines Tages standen Verlaat und Knost bei mir vor der Tür. So wie Sie heute. Sie zeigten mir auf einem Laptop das Material. Ich konnte es nicht glauben. Mein Sohn, der Koks schnupft. Verlaat versprach mir, dieses Video niemals gegen mich einzusetzen, falls ich ihnen mit kleinen Gefälligkeiten weiterhelfen würde. Nichts Dramatisches. Bei manchen Ermittlungen sollte ich wegschauen. Außerdem wollten Verlaat und Knost selbst über ihre Schichten entscheiden. Das war harmlos. Bis ich Velkow kontaktieren sollte. Ich war wie vor den Kopf gestoßen und weigerte mich anfangs. Aber was hätte ich tun sollen? Als sie mich dann noch zwangen, ein Handy auf meinen Namen zu registrieren und ihnen auszuhändigen, befürchtete ich das Schlimmste.«

Dorfer sichtete seine Notizen und nannte Waidner die Nummer, von der auf der Smartwatch heute Nacht eine Nachricht eingegangen war.

»Ja«, bestätigte Waidner. »Das ist die Nummer.«

»Sie wollen wissen, was Sie hätten tun sollen? Wie wäre es mit auffliegen lassen?«, fragte Dorfer.

»Das wäre der größte Polizeiskandal in der Geschichte unserer Hansestadt«, sagte Waidner resigniert.

»Was wollen die Erpresser? Geld?«, erkundigte sich Miriam.

»Manchmal. Wenn das Erpressungsopfer nichts anderes zu bieten hat, nehmen sie auch Geld. Haufenweise. Aber in erster Linie geht es ihnen um Einfluss. Sie haben sich auf Politiker des Senats konzentriert. Noch mehr freuen sie sich über Staatsräte, die sie erpressen können, denn die stehen nicht ganz so im Fokus der Öffentlichkeit.«

»Um was zu erreichen?«, fragte Miriam.

»Sie wollen politische Entscheidungen beeinflussen. Haben Sie sich nie gefragt, warum manchmal heikle Abstimmungen über mehr Polizeibefugnisse so reibungslos durch den Senat gehen? Da steckt die Gruppe von Verlaat hinter. Das sind graue Eminenzen, die im Hintergrund Fäden ziehen.«

»Geld und Macht«, fasste Dorfer zusammen.

Waidner nickte.

»Wie ist Yannik Anapak in ihr Visier geraten?«

»Er hat Verlaats privaten Computer gehackt. Ihm sind mehrere Dateien in die Hände gefallen. Eine war ganz besonders kritisch. Darauf war der Sohn eines stinkreichen Unternehmers zu sehen. Siebzehn Jahre. Sie hatten eine

13-Jährige auf ihn angesetzt. Der Junge nahm vor dem Akt Drogen. Er war so zugedröhnt, dass er die 13-Jährige beim Sex erwürgte. Ich glaube, der Junge war auf einem ganz schlechten Trip. Wahrscheinlich nicht schuldfähig. Verlaat und die anderen sorgten dafür, dass die Leiche verschwand und es nie eine Untersuchung dazu gab. Statt das Video zu vernichten, bewahrte er es auf seiner Festplatte auf. Dieser Idiot! Ein Mord, bei dem die Polizei die Leiche verschwinden lässt, ohne eine Ermittlung anzustoßen, ist ein Problem. Und wenn ein Hacker sich dann an den Polizisten wendet, um ihn zu erpressen, dampft die Kacke so richtig.«

»Also hat Anapak den kurzen Teaser ins Darknet gestellt, um Verlaat Druck zu machen?«, folgerte Miriam.

Waidner nickte. »Das war sein Todesurteil.«

»Aber wie ist die Gruppe auf Velkow gekommen?«, hakte sie nach.

»Ich weiß es nicht. Ehrlich nicht.«

Das konnte Miriam vorläufig akzeptieren. »Und der Mörder der Nehrigs? Wir haben ihn verhaftet, aber er weigert sich, seine Identität preiszugeben. Seine Fingerabdrücke sind nicht registriert. Wissen Sie, wie er heißt?«

»Keine Ahnung.«

Waidner blickte durch eines der bodentiefen Fenster nach draußen. Soeben fuhren zwei Autos auf das Grundstück. Ihr Scheinwerferlicht fiel in den Raum.

»Was wollen die denn hier?«, fragte Waidner entsetzt. »Wie haben sie so schnell davon erfahren?« Plötzlich fasste er sich an die Stirn. »Ich bin so dumm«, stöhnte er. »Die haben von mir verlangt, ihnen Zugriff auf die Außenkameras zu geben. Seit Sie hier eingetroffen sind, wussten sie Bescheid.«

Die Autos stoppten. Vier Männer stiegen aus. Unter

ihnen Verlaat und Knost. Sie hielten Pistolen in den Händen.

»Die sind bewaffnet«, schrie Miriam. »In Deckung!« Hektisch griff sie nach ihrer Pistole. Ein Schuss donnerte auf, dann zersprang das Fenster in tausend Scherben.

Aus dem Augenwinkel sah sie, wie Waidner mit einer Kopfwunde zusammenbrach. Entsetzt wandte sie sich ihm zu. Der Polizeirat war tödlich getroffen.

76

Miriam und Dorfer suchten hinter dem Schreibtisch Schutz, Trichter hingegen presste sich neben einem Fenster an ein Bücherregal.

»Wir müssen die alle erschießen«, flüsterte Trichter. »Sonst kommen wir nicht lebend raus.«

Miriam tastete nach ihrem Handy. Hektisch wählte sie den Notruf und gab durch, dass Polizeibeamte beschossen wurden. Kurz überlegte sie, die Namen der Täter zu nennen, doch sie befürchtete, dass dadurch Komplikationen auftreten würden.

»Bis hier Verstärkung auftaucht, vergehen mindestens fünfzehn Minuten. Das überleben wir nicht«, flüsterte Dorfer.

»Miriam, Bastian und Richard. Wir wollen uns nur mit euch unterhalten. Kommt mit erhobenen Händen raus. Dann regeln wir das«, rief Verlaat.

»So wie ihr es mit Waidner geregelt habt?«, erwiderte Dorfer.

»Das war unumgänglich. Sein Tod ist eure Chance, hier lebend rauszukommen«, behauptete Verlaat.

Trichter suchte Miriams Blick. »Die oder wir«, flüsterte er.

Miriam nickte unsicher. Sie hatte noch nie im Dienst einen Menschen erschossen, von Kollegen ganz zu schweigen. Sie nahm sich vor, nicht zu zögern.

Trichter nickte ihr ebenfalls zu und wandte sich dann Dorfer zu. Der zeigte ihm den erhobenen Daumen.

Plötzlich erklang ein Schuss. Miriam zuckte zusammen. Hinter ihr zerbrach etwas in Scherben.

»Damit lenken die uns ab«, wisperte Trichter. »Ich schätze, sie greifen gleich an. Haltet euch bereit. Es geht um unser Leben.«

Richard hat recht, dachte Miriam. *Verlaat und die anderen wissen, dass hier bald Streifenwagen auftauchen. Wenn sie irgendwie aus der Sache rauskommen wollen, haben sie nicht mehr viel Zeit.*

»Wie sollen wir unsere Kapitulation regeln?«, rief sie zur Ablenkung.

»Einfach mit erhobenen Händen rauskommen«, antwortete Verlaat. »Wir fahren mit euch zu einem Ort, an dem wir in Ruhe reden können.«

»Einverstanden«, erwiderte Miriam. »Aber warum warten wir nicht, bis die alarmierten Kollegen dazustoßen?«

Eine Salve von Schüssen aus verschiedenen Waffen beantwortete ihre Frage unmissverständlich. Miriam widerstand ihrem Instinkt und zog nicht den Kopf ein.

»Richard!«, schrie sie, als der erste gegnerische Polizist durch das zerbrochene Fenster trat.

Der schaute sich durch die Warnung abrupt um und entdeckte den am Bücherregal postierten Trichter. Der Eindringling riss die Pistole herum, doch Trichter war schneller. Er schoss, und der Gegner sackte tödlich getroffen zusammen.

»Jetzt sind wir drei gegen drei«, schrie Trichter. »Vielleicht sollet ihr verschwinden.«

Stattdessen feuerten die Angreifer eine weitere Salve ab. Knost stürmte in den Raum und schoss dabei mehrfach. Zwei Kugeln schlugen vor Miriam im Schreibtisch ein. Das massive Holz bot zum Glück guten Schutz.

Dorfer reagierte schnell. Er feuerte und traf. Die Wucht des Projektils schleuderte Knost zurück.

Ihnen blieb keine Zeit, um durchzuatmen. Auch Verlaat betrat durch ein zerschossenes Fenster den Raum. Er visierte den abgelenkten Dorfer an.

»Bastian!«, schrie Miriam. Ohne über die Konsequenzen nachzudenken, schoss sie zweimal.

Ihr Partner reagierte prompt auf ihre Warnung und warf sich zu Boden. Gerade rechtzeitig, denn Verlaat hatte auf ihn gefeuert, den Schuss aber zu hoch angesetzt.

Im nächsten Augenblick taumelte Verlaat zurück. Die Waffe fiel ihm aus der Hand. Er presste sich die Hand an den Hals. Miriams Kugeln hatten ihn getroffen. Verlaat sackte zu Boden und starb.

Erneut peitschten Schüsse auf, und die Projektile flogen über sie hinweg. Sekunden später sprang dröhnend ein Motor an.

»Er flieht!«, rief Trichter.

»Lass ihn«, sagte Miriam. »Der kommt nicht weit.«

Ein Zittern erfasste ihren Körper. Sie legte die Dienstwaffe auf den Boden und schlang die Arme um die Brust. »Wir leben«, flüsterte sie leise.

77

Zwei Wochen später saßen Till und Miriam bei herrlichstem Wetter in der Strandperle am Elbufer. Die Sonne schien vom wolkenlosen Himmel, und selbst der typische Hamburger Wind war nicht vorhanden. Sie saßen in Liegestühlen, hatten jeder einen Teller hausgemachtes Chili con Carne auf dem Schoß und tranken dazu eine Strandperlen-Apfelschorle.

»Das fühlt sich wie Urlaub an«, seufzte Miriam. »Ich könnte mich daran gewöhnen.« Sie lächelte, wich jedoch Tills Blick aus.

Er wusste, sie sorgte sich um ihre berufliche Zukunft. Nach dem Vorfall waren sie, Dorfer und Trichter suspendiert worden. Seitdem hatten die Ermittler viel herausgefunden. Zu Verlaats Erpresserring hatten sieben teils hochrangige Polizisten gehört. Mit Erpressungen hatten sie sich nicht begnügt. Entweder hatte Waidner nicht die volle Wahrheit erzählt oder nicht alles gewusst. Miriam vermutete, dass Letzteres der Fall war. Mindestens drei Morde gingen bereits vor Anapaks Hinrichtung auf das Konto der Polizisten. Deswegen hatte Verlaat auch so brutal zugeschlagen, nachdem Anapak in seinen Computer eingedrungen war. Er hatte befürchtet, der Datenraub würde eine zerstörerische Lawine nach sich ziehen. Vor Anapak waren die Opfer Kriminelle gewesen, die Verlaat und seinen Kollegen zu verschiedenen Gelegenheiten in die Quere gekommen waren. Außerdem war zumindest Knost an einem Syndikat beteiligt gewesen, das Frauen aus asiatischen Ländern in

Nagelstudios und Massagesalons zur Prostitution zwang. Mit jedem Tag kamen neue Vorwürfe gegen die Polizisten ans Tageslicht.

Trotz dieser Erkenntnisse durften Miriam und ihre Unterstützer erst in den Dienst zurückkehren, wenn alles nahtlos aufgeklärt war. Als sie vor einer Woche den Namen des zweiten Auftragskillers herausgefunden hatten, schien der Durchbruch nahe. Doch die letzten Tage waren wieder sehr zäh gewesen.

Dafür überschlug sich die Presse mit immer neuen Meldungen. Der Leiter des LKA Hamburg würde den Skandal nicht überstehen, obwohl er nicht darin verwickelt war. Die erpressten Politiker hatten ihre Ämter und Mandate rasch niedergelegt. Die Opposition wetzte bereits die Messer. Sie versuchten, den regierenden Bürgermeister und seine Stellvertreterin in den Sumpf zu schubsen, ohne zugleich Beweise für deren Beteiligung an den Verbrechen vorweisen zu können.

»Mich hat heute Valerie Wiegers angerufen«, sagte Till, um Miriam auf andere Gedanken zu bringen.

»Was wollte sie?«

»Sich für die Wohnung in Nienburg bedanken. Sie will sich die nächsten Wochen dort einquartieren und überlegt sogar, von der Elbe an die Weser zu ziehen.«

»Echt? Aber du hast ja schon erzählt, wie begeistert sie von Nienburg war, als du sie vom Bahnhof abgeholt hast. Trotzdem frage ich mich, wie man freiwillig mit dem Gedanken spielen kann, Hamburg zu verlassen. Das würde mir nie in den Sinn kommen. Nur, dass du Bescheid weißt.«

»Umso besser.« Er trank einen Schluck Schorle und stellte den Teller neben sich. »Frau Wiegers hat sich während ihres Aufenthalts fast sofort mit dem Ehepaar angefreundet, dem die Wohnung gehört. Besonders begeistert ist sie von dem Strickladen, den die Frau betreibt. Sie überlegt, als Geschäftspartnerin einzusteigen und das Business im Internet groß aufzuziehen.«

»Stricken hätte meine Oma wohl nie als Business bezeichnet.« Miriam lächelte. »Schön. Dann nimmt die Geschichte für sie ein glückliches Ende.«

Till beugte sich vor und umfasste ihre Hand. »Für dich hat das auch ein gutes Ende. Schon bald.«, versprach er. »Du kannst dir nichts vorwerfen. Ihr habt in Notwehr gehandelt.«

»Ich weiß«, sagte sie. »Heute Nacht hab ich wieder davon geträumt. Verlaat hat sich die Hand auf den Hals gepresst, trotzdem kam das Blut wie eine Fontäne auf mich zugeschossen. Dann bin ich wach geworden. Momentan bin ich auf deinen tiefen Schlaf sehr neidisch.«

»Du kannst mich jederzeit wecken, wenn du aus einem Albtraum erwachst. Bestimmt fällt mir etwas ein, um dich abzulenken.«

Diesmal lächelte Miriam herzlicher. »Du lässt einfach keine Gelegenheit aus.«

»Wäre ja auch ziemlich dumm von mir.«

»Ich hab darüber nachgedacht, was ich anstelle, falls ich den Dienst quittieren muss.«

»Das wird nicht passieren.«

»Man sollte immer einen Plan B haben. Willst du ihn hören?«

»Schieß los!«

»Ich werde deine Partnerin. Also auch im Job. Dann hättest du mich rund um die Uhr am Hals.«

Till lächelte. »Dein Ernst?«

»Bastian hat übrigens ebenfalls Interesse. Wir könnten es richtig groß aufziehen.«

»Wow«, sagte Till überrumpelt. »Würde mir gefallen. Da muss ich mir ja fast wünschen, dass das LKA euch vom Hof jagt.«

»Würde dir das wirklich gefallen?«, vergewisserte sie sich.

»Klar. Gute Kräfte mit euren Kenntnissen und Verbindungen sind unbezahlbar.«

Miriam atmete übertrieben deutlich aus. »Jetzt bin ich froh. Ich hatte schon Angst, du würdest die Beine in die Hand nehmen und dich nie wieder blicken lassen.«

»Vielleicht mache ich das, wenn du das nächste Mal zur Toilette gehst.«

»Gute Idee«, sagte sie. Auch Miriam stellte ihren Teller neben sich auf den Boden, putzte sich den Mund mit der Serviette ab und erhob sich. Sie gab ihm einen nach Chili schmeckenden Kuss, bevor sie den Innenbereich des Restaurants ansteuerte.

Kaum war sie durch die Tür gegangen, zog Till einen Umschlag aus seiner Jacke und legte ihn auf ihren Stuhl. Wie sie wohl auf sein Geschenk reagieren würde? Hoffentlich überrumpelte er sie damit nicht zu sehr. Till schloss die Augen. Er malte sich aus, mit Miriam und Bastian das Geschäft zu vergrößern. Am besten würden sie Jessica Sturm noch hinzuziehen und die Sache richtig groß aufziehen. Ein riesiges Büro, in dem sie jeden Fall annehmen konnten. Vielleicht sogar im ganzen Norden. Die Vorstellung gefiel ihm.

»Was ist das?«, fragte Miriam, als sie zurückkehrte.

Till öffnete wieder die Augen. »Wenn du es aufmachst, erfährst du es. Das hab ich heute organisiert.«

»Wann hast du das eigentlich alles geschafft? Mit Valerie Wiegers zu telefonieren und dann noch das hier? Was auch immer das ist.« Sie wedelte mit dem Umschlag.

»In der einen Stunde, in der du kurz nach Hause gefahren bist. War ziemlich knapp, weil du früher als erwartet zurück warst.«

Miriam setzte sich. Sie hielt den Brief gegen das Licht. »Schade, es schimmert nichts durch.« Sie öffnete ihn und zog die beiden Blätter heraus. Plötzlich erhellte ein Strahlen ihr Gesicht. »Ist das dein Ernst? Du hast gebucht?«

»Unseren ersten gemeinsamen Urlaub«, sagte er. »Auch wenn es noch ein bisschen dauert, freue ich mich schon tierisch.«

»Wow! Ich kann's kaum glauben. Wie geil!« Ihr Blick huschte über die Ausdrucke.

»Ich kenne die Reisekauffrau persönlich. Sie hat mir versichert, wir können auch umbuchen, falls dir der Termin oder das Reiseziel nicht passt.«

»Das Reiseziel ist super. Da wollte ich schon immer hin. Und der Termin passt perfekt. Ist ja die Zeit, in der ich Urlaub genehmigt bekommen habe.«

»Ich dachte, falls sich durch die Suspendierung etwas ändert.«

»Das wagen sie nicht. Entweder habe ich dann Urlaub, oder ich bin längst deine Geschäftspartnerin.« Sie steckte die Papiere zurück in den Umschlag und drückte ihn sich ans Herz. »Das habe ich jetzt gebraucht. Einen schönen Termin vor Augen. Du bist der Allerbeste!« Sie erhob sich und setzte sich auf seinen Schoß.

»Ich liebe dich«, flüsterte sie, während sie sein Gesicht streichelte.

»Und ich dich.«

Er schloss die Augen und spürte ihre Lippen. Zärtlich erwiderte er den Kuss. Das Leben war schön und würde es hoffentlich noch lange Zeit bleiben. Schmerzende Verluste hatte er in seiner Vergangenheit bereits genug erlitten. Auch an die panische Angst, die er in der Gefangenschaft des Auftragsmörders ausgestanden hatte, dachte er nicht gern zurück. Till fand, er hatte es verdient, viele Jahre von Schicksalsschlägen verschont zu bleiben.

Hoffentlich sah das Schicksal das ähnlich.

Nachwort

Liebe Leserinnen und Leser,

das war also der vierte Fall für den Personenfahnder Till Buchinger. Ein fünfter Roman wird voraussichtlich im Herbst oder spätestens im Winter folgen. Doch mit dieser Reihe ist noch viel mehr geplant – nicht nur in schriftlicher Form. Die Lausch-Medien bringen ab dem Sommer 2021 die komplette Reihe als Hörbücher heraus. Gesprochen werden die Hörbücher von Tetje Mierendorf, den ich neulich in Hamburg kennengelernt und mit ihm kurzweilige Stunden verbracht habe. Ich bin überzeugt, das Endprodukt wird hervorragend. Seien Sie gespannt! In meinem Newsletter informiere ich über das Erscheinungsdatum, und auch ansonsten bleiben Sie immer auf dem Laufenden, wenn Sie sich als Abonnent eintragen.

www.marcus-huennebeck.de/newsletter

Alle neuen Empfänger erhalten die Kurzgeschichte *Die Namen des Todes – Die Jagd beginnt* als Dankeschön geschenkt.

Wenn Ihnen der Roman *Zu viel gesehen* gefallen hat und Sie mich unterstützen wollen, nehmen Sie sich doch bitte ein paar Minuten Zeit und hinterlassen eine Bewertung auf der Produktseite meines Buches bei Amazon. Neben Rezensionen freue ich mich auch über persönliches Feedback von Ihnen, sei es per Mail oder per Facebook. Ich bemühe mich stets, darauf zu antworten. Das klappt meistens, aber leider nicht immer. Sehen Sie mir das bitte nach. Auch wenn Sie weitere Anregungen oder Bitten haben, lese ich mir das stets sehr gerne durch.

Per E-Mail kontaktieren Sie mich unter:

kontakt@marcus-huennebeck.de

Per Facebook erreichen Sie mich wie folgt:

www.facebook.com/MarcusHuennebeck

Vielen Dank und herzliche Grüße

Marcus Hünnebeck

LESETIPPS

Ich werde oft nach der richtigen Reihenfolge meiner Bücher gefragt. Diese finden Sie im Folgenden, auch wenn ich der Meinung bin, dass man jeden meiner Thriller unabhängig von den anderen lesen kann. Aber für alle Leser, die sich gern an der chronologischen Reihenfolge des Erscheinens orientieren, ist diese Auflistung gedacht.

Die KEG-Reihe:

Die Todestherapie
Der Wundennäher
Der Schädelbrecher
Blut und Zorn
Die TodesApp
Muttertränen
Todesschimmer
Vaters Rache
Rachekrieger
Der Geisterfahrer
Nesthäkchens Schrei
Bittere Brut
Tödlicher Fake
Schreikind
Eiskalte Reue
Der Schattenbringer
Der Mädchenpflücker

Die Buchinger-Reihe:

So tief der Schmerz
Kein letzter Blick
Wundenherz
Zu viel gesehen

Bei meinen übrigen Büchern finden Sie die Reihenfolge direkt auf den Produktseiten der Bücher.

Über den Autor

Marcus Hünnebeck wurde 1971 in Bochum geboren und lebt inzwischen als freier Autor in Hamburg. Er studierte an der Ruhr-Universität Bochum Wirtschaftswissenschaften.

Im März 2001 erschien mit *Verräterisches Profil* sein erster Thriller, 2003 und 2004 folgten *Wenn jede Minute zählt* und *Im Visier des Stalkers*.

Dank der Möglichkeiten, die das E-Book-Publishing bietet, veröffentlichte er im Jahr 2013 seine alten Thriller als überarbeitete E-Books. *Im Visier des Stalkers* erhielt aus rechtlichen Gründen den Namen *Die Rache des Stalkers* und schaffte im Juli 2013 den Sprung in die Top 10 der Amazon-Bestseller-Charts. Dem Roman *Verräterisches Profil* gelang dies im Dezember 2013. *Wenn jede Minute zählt* erreichte im Juni 2014 die Spitzenposition der Kindle-Charts und gehörte 2014 zu den zehn meist verkauften E-Books bei Amazon. Die Fortsetzung um den Kommissar Peter Stenzel erschien im Juni 2015 (*Stumme Vergeltung*).

Als Erstausgabe erschien im Juni 2014 *Kainsmal* bei Amazon Publishing. Mit *Die Drahtzieherin* führte er die Serie um Oberkommissarin Katharina Rosenberg fort. Die Trilogie schloss der Roman *Tödlicher Komplize* ab.

Im September 2015 veröffentlichte Egmont-Lyx den ersten Band einer neuen Reihe, der den Titel *Im Auge des Mörders* trägt. Im Mittelpunkt dieser Serie stehen die Journalistin Eva Haller und der Leibwächter Stefan Trapp.

Der zweite Band folgte im September 2016 und heißt *Abschaum*.

In *Sommers Tod* taucht zum ersten Mal Oberkommissar Lukas Sommer auf. *Sommers Schuld* ist sein zweiter Solo-Fall.

Die Namen des Todes bildet den Auftakt einer neuen Serie um den BKA-Kriminalkommissar Robert Drosten und sein Team. *Schuld vergibt man nie* ist der Folgeband. Die Romane sind genau wie der dritte Teil *Rudelfänger* und der vierte Teil *Rudeljagd* unabhängig voneinander zu lesen.

In *Die Todestherapie* ermitteln Lukas Sommer und Robert Drosten zum ersten Mal für eine neue Polizeibehörde namens KEG (Kriminalermittlungstaktische Einsatzgruppe). *Der Wundennäher*, *Der Schädelbrecher*, *Blut und Zorn*, *Die Todes-App*, *Muttertränen* und *Todesschimmer* setzen diese Zusammenarbeit fort. In *Vaters Rache* stößt die Oberkommissarin Verena Kraft zum Team hinzu. *Rachekrieger*, *Der Geisterfahrer*, *Nesthäkchens Schrei*, *Bittere Brut*, *Tödlicher Fake*, *Schreikind*, *Eiskalte Reue*, *Der Schattenbringer* und *Der Mädchenpflücker* setzen die Reihe fort. Der Thriller Der Wundennäher war 2018 Finalist beim Kindle Storyteller Award.

Außerdem hat er mit *So tief der Schmerz*, *Kein letzter Blick*, *Wundenherz* und *Zu viel gesehen* eine Reihe um den Personenfahnder Till Buchinger gestartet.

Nika Lubitsch

Der 19. Engel – Psychothriller

Die zu lebenslanger Haft verurteilte Vanessa bittet die Krimiautorin Jane, ihre Geschichte zu schreiben. Das spurlose Verschwinden ihrer Schwester Amanda führte zu ihrer Verurteilung in einem Aufsehen erregenden Indizienprozess. Aber hat Vanessa tatsächlich ihre Schwester getötet? Die Krimiautorin beginnt mit eigenen Recherchen, um den wahren Mörder von Amanda zu finden – und läuft ihm dabei geradewegs in die Arme.

Taschenbuch, 268 Seiten, € 11,90 [D]
ISBN 978-3-96357-137-4

Elke Bergsma

Platzverweis

Als in Emden ein Obdachloser ermordet aufgefunden wird und zeitgleich eine Sozialarbeiterin bei einem Verkehrsunfall ums Leben kommt, deutet zunächst nichts auf einen Zusammenhang zwischen den beiden Vorkommissen hin. Sebastian Hasenkrug aber stößt auf Ungereimtheiten. War an dem Unfall noch eine zweite Person beteiligt? Nach einem weiteren Mord beschließt die Polizei, einen Privatdetektiv als Undercover-Ermittler im Obdachlosenmilieu einzusetzen.

Taschenbuch, 264 Seiten, € 11,90 [D]
ISBN 978-3-96357-123-7

Maurice Leblanc

Arsène Lupin – Gentleman-Gauner

Erster Band der Abenteuer das Meisterdiebs Arsène Lupin. Der berühmte französische Einbrecher erscheint in verschiedenen Verkleidungen und führt die Polizei ständig an der Nase herum. Selbst bei seiner Verhaftung und dem Aufenthalt im berüchtigtsten Gefängnis von Paris ist er seinen Gegnern stets voraus. Weder große Geldbeträge noch Schmuck oder Kunstgegenstände sind vor ihm sicher. Sogar der weltbekannte britische Detektiv Sherlock Holmes hat gegen Lupin keine Chance. Nur die Liebe zu einer Frau kann dem Gentleman-Gauner zum Verhängnis werden.

Hörbuch, 418 Minuten, € 12,95 [D]
ISBN 978-3-96357-234-0